人民共和國文化與文學叢書

初 編

李 怡 主編

第 **2** 冊

《人民日報》文藝副刊與中國新詩
（1949～1959）

白 貞 淑 著

花木蘭文化出版社

國家圖書館出版品預行編目資料

《人民日報》文藝副刊與中國新詩（1949～1959）／白貞淑 著
-- 初版 -- 新北市：花木蘭文化出版社，2014〔民103〕
目 2+170 面；19×26 公分
（人民共和國文化與文學叢書 初編：第 2 冊）
ISBN 978-986-322-756-4（精裝）
1. 新詩　2. 詩歌　3. 詩評
820.8　　　　　　　　　　　　　　　　　103012654

特邀編委（以姓氏筆畫為序）：

ISBN-978-986-322-756-4

9 789863 227564

人民共和國文化與文學叢書
初 編 第 二 冊　　　　　　　ISBN：978-986-322-756-4

《人民日報》文藝副刊與中國新詩（1949～1959）

作　　者　白貞淑
主　　編　李 怡
企　　劃　北京師範大學民國歷史文化與文學研究中心
　　　　　四川大學現代中國文化與文學研究中心
總 編 輯　杜潔祥
副總編輯　楊嘉樂
編　　輯　許郁翎
印　　刷　普羅文化出版廣告事業
出　　版　花木蘭文化出版社
社　　長　高小娟
聯絡地址　235 新北市中和區中安街七二號十三樓
　　　　　電話：02-2923-1455／傳眞：02-2923-1452
網　　址　http://www.huamulan.tw 信箱 hml810518@gmail.com
初　　版　2014 年 9 月
定　　價　初編 17 冊（精裝）新台幣 30,000 元

《人民日報》文藝副刊與中國新詩
（1949～1959）

白貞淑　著

作者簡介

白貞淑，1982 年生於韓國金海，文學博士。先後畢業於東亞大學（韓國）、北京師範大學，現為東亞大學中文系講師。目前主要從事中國現當代文學與文化、中國現當代詩歌、漢語教學等領域的研究。在北京師範大學讀博士期間發表過《論林莽〈我流過這片土地〉》、《1956 年「百花時代」中的〈人民日報〉副刊與詩歌》等論文。在韓國學術期刊上發表論文有《韓國戰爭時期中國「抗美援朝運動」與詩歌》。

提　　要

本書以新中國初期十年間（1949～1959）發表在《人民日報》上的詩歌作為研究對象，試圖研究分析《人民日報》對新中國初期中國詩歌的發展所起的作用和造成的影響，并探討這時期詩歌在政治體制的框架中，所經歷的成長歷程。

《人民日報》與中國當代文學的發展有著非常緊密的關係。它作為中共中央的「黨報」，用它特有的權威性來直接影響到整個中國當代文學的發展。實際上，新中國成立以後十年間發生的重要文學運動幾乎都從《人民日報》的社論開始展開的，當時的重要詩歌運動和詩歌現象也都在它上面展現。因此，通過《人民日報》可以更為清楚地看出新中國成立初期「詩歌與政治」之間的特殊關係。

本書第一章以《人民日報》本身為進行考察，主要闡釋《人民日報》的創刊歷程、報紙的性質，并探討這時期《人民日報》詩歌的基本特點。

第二章主要考察新中國初期詩歌的生態環境變化，以及 1 新中國成立初期《人民日報》所刊出的詩歌，從而揭示出詩歌生存環境的變化和當代「頌歌的時代」的開展之間的影響關係。

第三章至第五章主要關注 50 年代重要詩歌現象和運動。各章分別選取抗美援朝運動與詩歌，雙百運動與詩歌，大躍進新民歌運動的主題，根據《人民日報》的有關文章和詩歌作品來分析在這三個重要政治運動中，詩歌的位置、作用、藝術風格及詩歌觀念的變化。

《人民共和國文化與文學叢書》總序

李　怡

　　中國當代文學是與「中國現代文學」相對的一個概念，指的是中華人民共和國建立之後的文學。追溯這一概念的起源，大約可以直達 1959 年新中國十週年之際，當時的華中師院中文系著手編著《中國當代文學史稿》，這是大陸中國最早編寫的「中國當代文學史」教材。從此以後，「當代文學」就與「現代文學」區分開來。與中國現代文學研究比較，中國的當代文學研究是一個相對年輕的學科，所以直到 1985 年，在一些「現代文學」的作家和學者的眼中，年輕的「當代文學」甚至都沒有「寫史」的必要。〔註1〕

　　但歷史究竟是在不斷發展的，從新中國建立的「十七年」到「文化大革命」十年再到改革開放的「新時期」，而後又有「後新時期」的 1990 年代以及今天的「新世紀」，所謂「中國當代文學」的歷史已達六十餘年，是「中國現代文學三十年」的整整一倍！儘管純粹的時間計量也不足說明一切，但「六十甲子」的光陰，畢竟與「史」有關。時至今日，我們大約很難聽到關於「當代文學不宜寫史」的勸誡了，因為，這當下的文學早已如此的豐富、活躍，而且當代史家已經開始了更為自覺的學科建設與史學探討，這包括洪子誠的《中國當代文學史》，孟繁華、程光煒的《中國當代文學發展史》，張健及其北京師範大學團隊的《中國當代文學編年史》等等。

　　中國當代文學研究的活躍性有目共睹，除了對當下文學現象（新世紀文學現象）的緊密追蹤外，其關於歷史敘述的諸多話題也常常引起整個文學史

〔註1〕 見唐弢：《當代文學不宜寫史》，《文藝百家》1985 年 10 月 29 日「爭鳴欄」（見
　　　　《唐弢文集》第九卷，社科文獻出版社 1995 年），及施蟄存：《關於「當代文
　　　　學史」》（見《施蟄存七十年文選》，上海文藝出版社 1996 年）。

學界的關注和討論，形成對「當代文學」之外的學術領域（例如現代文學）的衝擊甚至挑戰。例如最近一些年出現的「十七年文學研究熱」。我覺得，透過這一研究熱，我們大約可以看到中國當代文學研究的某些癥結以及我們未來的努力方向。

我曾經提出，「十七年文學研究熱」的出現有多種多樣的原因，包括新的文學文獻的發掘和使用，歷史「否定之否定」演進中的心理補償；「現代性」反思的推動；「新左派」思維的影響等等。〔註 2〕尤其是最後兩個方面的因素值得我們細細推敲。在進入 1990 年代以後，隨著西方後現代主義對「現代性」理想的批判和質疑，中國當代的學術理念也發生了重要的改變。按照西方後現代主義的批判邏輯，現代性是西方在自己工業化過程中形成的一套社會文化理想和價值標準，後來又通過資本主義的全球擴張向東方「輸入」，而「後發達」的東方國家雖然沒有完全被西方所殖民，但卻無一例外地將這一套價值觀念當作了自己的追求，可謂是「被現代」了，從根本上說，也就是被置於一個「文化殖民」的過程中。顯然，這樣的判斷是相當嚴厲的，它迫使我們不得不重新思考我們以「現代化」為標誌的精神大旗，不得不重新定位我們的文化理想。就是在質疑資本主義文化的「現代性反思」中，我們開始重新尋覓自己的精神傳統，而在百年社會文化的發展歷史中，能夠清理出來的區別於西方資本主義理念的傳統也就是「十七年」了，於是，在「反思西方現代性」的目標下，十七年文學的精神魅力又似乎多了一層。

1990 年代出現在中國的「新左派」思潮在相當大的程度上強化著我們對「十七年」精神文化傳統的這種「發現」和挖掘。與一般的「現代性反思」理論不同，新左派更突出了自「十七年」開始的中國社會主義理想的獨特性──一種反西方資本主義現代性的現代性，換句話說，十七年中國文學的包含了許多屬於中國現代精神探索的獨特的元素，值得我們認真加以總結和梳理。在他們看來，再像 1980 年代那樣，將這個時代的文學以「封建」、「保守」、「落後」、「僵化」等等唾棄之顯然就太過簡單了。

「反思現代性」與新左派理論家的這些見解不僅開闢了中國當代文學史寫作的新路，而且對中國現代文學的基本價值方向也形成了很大的衝擊。如果百年來的中國文學與文化都存在一個清算「西方殖民」的問題，如果這樣

〔註 2〕 參見李怡：《十七年文學研究「熱」的幾個問題》，《重慶大學學報》2011 年 1 期。

的清算又是以延安—十七年的道路爲成功榜樣的話，那麼，又該如何評價開啓現代文化發展機制的五四？如何認識包括延安，包括十七年文化的整個「左翼陣營」的複雜構成？對此，提出這樣的批評是輕而易舉的：「那種忽略了具體歷史語境中強大的以封建專制主義文化意識爲主體的特殊性，忽略了那時文學作品巨大的政治社會屬性與人文精神被顚覆、現代化追求被阻斷的歷史內涵，而只把文本當作一個脫離了社會時空的、僅僅只有自然意義的單細胞來進行所謂審美解剖，這顯然不是歷史主義的客觀審美態度。」〔註3〕

利用文學介入當代社會政治這本身沒有錯，只不過，在我看來，越是在離開「文學」的領域，越需要保持我們立場的警覺性，因爲那很可能是我們都相當陌生的所在。每當這個時候，我們恰恰應該對我們自己的「立場」有一個批判性的反思，在匆忙進入「左」與「右」之前，更需要對歷史事實的最充分的尊重和把握，否則，我們的論爭都可能建立在一系列主觀的概念分歧上，而這樣的概念本身卻是如此的「名不副實」，這樣的令人生疑。在這裡，在無數令人眼花繚亂的當代文學批評的背後，顯然存在值得警惕的「僞感受」與「僞問題」的現實。

只要不刻意的文過飾非，我們都可以發現，近「三十年」特別是 1990 年代以來中國當代文學及其批評雖然取得了很大的發展。但是也存在許多的問題，值得我們警惕。特別需要注意的是 1990 年代以後中國文學現象的某種空虛化、空洞化，一些問題成爲了「僞問題」。

眞與假與僞、或者充實與空虛的對立由來已久。1980 年代的現代主義文學也曾經被稱爲「僞現代派」，有過一場論爭。的確，我們甚至可以輕而易舉地指出如北島的啓蒙意識與社會關懷，舒婷的古代情致，顧城的唯美之夢，這都與詩歌的「現代主義」無關，要證明他們在藝術史的角度如何背離「現代派」並不困難，然而這是不是藝術的「作僞」呢？討論其中的「現代主義詩藝」算不算詩歌批評的「僞問題」呢？我覺得分明不能這樣定義，因爲我們誰也不能否認這些詩歌創作的眞誠動人的一面，而且所謂「現代派」的定義，本身就來自西方藝術史。我們永遠沒有理由證明文學藝術的發展是以西方藝術爲最高標準的，也沒有根據證明中國的詩歌藝術不能產生屬於自己的現代主義。也就是說，討論一部分中國新詩是否屬於眞正西方「現代派」，以

〔註3〕董健、丁帆、王彬彬：《我們應該怎樣重寫當代文學史》，《江蘇行政學院學報》2003 年第 1 期。

「更像」西方作爲「非僞」，以區別於西方爲「僞」，這本身就是荒謬的思維！如果說 1980 年代的中國詩壇還有什麼「僞問題」的話，那麼當時對所謂「僞現代派」的反思和批評本身恰恰就是最大的「僞問題」！

不過，即便是這樣的「僞」，其實也沒有多麼的可怕，因爲思維邏輯上的某種偏向並不能掩飾這些理論探求求眞求實的根本追求，我們曾經有過推崇西方文學動向的時代，在推崇的背後還有我們主動尋求生命價值與藝術價值的更強大的願望，這樣的願望和努力已經足以抵消我們當時思維的某種模糊。

文學問題的空虛化、空洞化或者說「僞問題」的出現，之所以在今天如此的觸目驚心在我看來已經不是什麼思維的失誤了，在根本的意義上說，是我們已經陷入了某種難以解決的混沌不明的生存狀態：在重大社會歷史問題上的躲閃、迴避甚至失語——這種狀態足以令我們看不清我們生存的眞相，足以讓我們的思想與我們的表述發生奇異的錯位，甚至，我們還會以某種方式掩飾或扭曲我們的眞實感受，這個意義上的「僞」徹底得無可救藥了！1990 年代以降是中國文學「僞問題」獲得豐厚土壤的年代，「僞問題」之所以能夠充分地「僞」起來，乃是我們自己的生存出現了大量不眞實的成分，這樣的生存可以稱之爲「僞生存」。

近 20 年來，中國文學批評之「僞」在數量上創歷史新高。我們完全可以一一檢查其中的「問題」，在所有問題當中，最大的「僞」恐怕在於文學之外的生存需要被轉化成爲文學之內的「藝術」問題而堂皇登堂入室了！這不是哪一個具體的藝術問題，而是滲透了許多 1990 年代的文學論爭問題，從中，我們可以見出生存的現實策略是如何借助「文學藝術」的方式不斷地表達自己，打扮自己，裝飾自己。《詩江湖》是 1990 年代有影響的網站和印刷文本，就是這個名字非常具有時代特徵：中國詩歌的問題終於成爲了「江湖世界」的問題！原來的社會分層是明確的，文學、詩歌都屬於知識分子圈的事情，而「江湖世界」則是由武夫、俠客、黑社會所盤踞的，與藝術沒有什麼關係。但是按照今天的生存「潛規則」，江湖已經無處不在了，即便是藝術的發展，也得按照江湖的規矩進行！何況對於今天的許多文學家、批評家而言，新時期結束所造成的「歷史虛無主義」儼然已經成了揮之不去的陰影，在歷史的虛無景象當中，藝術本身其實已經成了一個相當可疑的活動，當然，這又是不能言明的事實，不僅不能言明，而且還需要巧妙地迴避它。在這個時候，生存已經在「市場經濟」的熱烈氛圍中扮演了我們追求的主體角色，兩廂比

照，不是生存滋養了文學藝術的發展，而是文學藝術的「言說方式」滋養了我們生存的諸多現實目標。

於是，在 1990 年代，中國文學繼續產生不少的需要爭論的「問題」，但是這些問題的背後常常都不是（至少也「不單是」）藝術的邏輯所能夠解釋的，其主要的根據還在人情世故，還在現實人倫，還在人們最基本的生存謀生之道，對於文學藝術本身而言，其中提出的諸多「問題」以及這些問題的討論、展開方式都充滿了不真實性，例如「個人寫作」在 20 世紀中國新詩「主體」建設中的實際意義，「知識分子寫作」與「民間寫作」的分歧究竟有多大，這樣的討論意義在哪裏？層出不窮的自我「代際」劃分是中國新詩不斷「進化」的現實還是佔領詩壇版圖的需要？「詩體建設」的現實依據和歷史創新如何定位？「草根」與「底層」的真實性究竟有多少？誰有權力成為「草根」與「底層」的的代言人？詩學理論的背後還充滿了各種會議、評獎、各種組織、頭銜的推杯換盞、觥籌交錯的影像，近 20 年的中國交際場與名利場中，文學與詩歌交際充當著相當活躍的角色，在這樣一個無中心無準則的中國式「後現代」，有多少人在苦心孤詣地經營著文學藝術的種種的觀念呢？可能是鳳毛麟角的。

在這個意義上，中國當代文學的研究與批評應該如何走出困境，盡可能地發現「真問題」呢？我覺得，一個值得期待的選擇就是：讓我們的研究更多地置身於國家歷史情態之中，形成當代文學史與當代中國史的密切對話。

國家歷史情態，這是我在反思百年來中國文學敘述範式之時提出來的概念，它是百年來中國文學生長的背景，也是文學中國作家與中國讀者需要文學的「理由」，只有深深地嵌入歷史的場景，文學的意味才可能有效呈現。對於中國現代文學研究而言，這樣的歷史場景就是「民國」，對於中國當代文學而言，這樣的歷史場景就是「人民共和國」。

感謝花木蘭文化出版社，使得我們對百年來中國文學的研究有了兩大厚重的背景——民國與人民共和國，這兩套大型叢書將可能慢慢架構起百年中國文學闡述的新的框架，由此出發，或許我們就能夠發現更多的真問題，一步一步推進我們的學術走上堅實的道路。

2014 年馬年春節於江安花園

目

次

引　論

　　「文學報刊」作爲重要的文學載體，在 20 世紀中國文學的發展過程中，一直具有非常重要的地位。它是作家發表文學創作、表達自己對文學的主張、發表對作家作品的評論、推行文學運動的重要陣地，在文學生產和傳播等方面，一直承擔著不可替代的角色。《小說月報》、《新青年》、《晨報副刊》、《創造季刊》、《現代》、《文學雜誌》、《大公報・文藝》等等報刊都是在中國現代文學發展中承擔了這種「文學載體」的角色，在中國現代文學研究中，關於這些文學報刊研究確實是很多研究者所關注的重要課題。新中國成立以後，「文學報刊」仍然受到很高的重視，繼承了其傳統的地位。不過，進入「當代」以後文學報刊的性質有了很大的變化。40 年代後期，中國大陸原有的文學期刊和文學雜誌包括解放區的報刊，基本上都停刊，1949 年以後，新中國通過大規模的社會主義改造，對文學生產和出版實行全方位的「國有化」和「體制化」，這樣與文學相關的所有報紙和刊物都納入到了國家的管理和控制之下。因此，這時期出現的很多新創辦的文學報刊，如《人民文學》、《文藝報》、《新觀察》、《文藝學習》、《詩刊》等等，基本上都是「機關刊物」，由中國作家協會和文聯直接主辦和管理，從而具有了一種「權威性」和「統一性」。

　　文學的「體制化」局面帶來了文學刊物的「等級化」。一般來說，「中央一級的（中國文聯和作家協會的刊物）具有最高的權威性，次一等的是省和直轄市的刊物，以此類推。後者往往是『中央』一級的回聲，作出的呼應。重要問題的提出，結論的形成，由前者承擔。」〔註 1〕因此，這一時期從這些

〔註 1〕 洪子誠，問題與方法〔M〕，北京：北京大學出版社，2010，200。

不同的文學刊物中難以看到互相競爭的、矛盾的思想。在這種情況下，當時的各種文學刊物互相未能形成一個獨立和平行的關係。洪子誠在《問題與方法》中，提出過這一時期文學的體制化和文學報刊的問題，他認爲1949年以後出現這種文學報刊的性質變化就是當代文學的「一個重要的、標誌性的現象」，標誌的是「基本上結束了晚清以來以雜誌和報紙副刊爲中心的文學流派、文學社團的組織方式。」〔註2〕

值得注意的是，除了這些文學刊物以外，當時報紙的文藝副刊也是一個很重要的文學陣地。這一時期社會各方面資源的「國有化」和「體制化」是建國初期的重要政策，新聞界也受到了影響，新中國以後的新聞界經過了一段時期的調整和合併，建立了一種「以『黨報』爲主體的公營報刊體系」〔註3〕。因此，純粹的文學報紙不多，「黨報」文藝副刊和文學「機關刊物」一起，受到很高的重視，在新中國成立以後很長一段時期內成了非常重要的文學陣地，具有了極高的地位。當然「黨報」文藝副刊與文學刊物還有點不同，它固然是一個文學載體，承擔著文學生產和傳播的作用，但它更著重於文藝路線和文藝政策的宣傳，因此，和其他文學刊物不同，它具有一種濃厚的「政治性」和「宣傳性」。《人民日報》文藝副刊就是一個典型的例子。《人民日報》雖然不是文藝性的報紙，但它創刊以來一直非常重視文藝副刊。《人民日報》創刊初期曾有「戰地文藝」、「星期文藝」等文藝副刊，新中國成立後設有文藝副刊「人民文藝」和文藝專欄「人民園地」。可惜這些副刊未能持久，從1952年以後一段時間裏，《人民日報》在版面上不出副刊，但它仍然刊登了許多文學創作。1956年，《人民日報》進行開展全面性的改版，在八版上恢復了副刊。

《人民日報》作爲最有權威的報紙，在它的文藝副刊上發表文章的作家隊伍也比較廣泛，如有權威的文藝界人士和文藝界領導、著名作家、評論家、文化界作者、還包括廣大人民群眾作者等等，很多階層的作家作品，在它上面都可以看到。其中有很多著名作家和評論家如郭沫若、冰心、巴金、茅盾、周作人、沈從文、夏衍、朱光潛、舒蕪、楊朔、馮至、艾青、何其芳、卞之琳、臧克家、袁水拍、徐遲、胡風、田間、魏巍、劉白羽、公劉、穆旦等，他們都在《人民日報》文藝副刊上發表了自己的作品，爲副刊的文學作出了

〔註2〕 洪子誠，問題與方法〔M〕，北京：北京大學出版社，2010，198。
〔註3〕 丁淦林，中國新聞事業史〔M〕，北京：高等教育出版社，2007，274。

貢獻。

　　《人民日報》的文藝副刊，不僅是一個重要文學載體，刊登了許多文學創作，而且是「黨報」的副刊，具有鮮明的「政治性」和「宣傳性」。這種文藝副刊的特點，當然與《人民日報》本身的性質有著密切的關係。《人民日報》也作爲中共中央的「黨報」，是中國最有權威的報紙，在新中國初期具有非常特殊的地位。毛澤東在解放區已非常重視這種「黨報」的作用和任務，他斷定「黨報必須無條件地宣傳中央的路線和政策」〔註4〕。作爲最高權威的「黨報」，《人民日報》必然成爲黨的「喉舌」，要承擔宣傳和推行黨的重要政策和方針的責任。在當時的特殊文學觀念下，文學的社會政治的功能受到了高度的重視，文學被認爲是一種意識形態的表現，也要成爲有效的政治鬥爭的工具。這種文學觀念必然加強了「文學與政治」的緊密聯繫。這可以說是新中國成立以後中國文學的最基本的特徵。在這種情況下，作爲「黨報」的《人民日報》與當時文學發展之間也形成了緊密關係，它對於這時期中國文學藝術的發展也起到了巨大的作用。特別是在新中國初期的一段時間裏，它一直在宣傳文藝政策、推行文學運動、指導文學創作等方面扮演著非常重要的角色。《人民日報》一些重要社論直接介入當時的各種文學批評運動。實際上，新中國成立初期十年間發生的文學批判運動，如1954年《紅樓夢》研究批判、1955年「胡風事件」等批判運動幾乎都是從《人民日報》的社論開始展開的。

　　在文學生產和傳播方面，所謂「黨報黨刊」的優勢確實是新中國以後中國文學的重要特徵。當時特殊的文學生態環境裏，它們基本上都具有獨特的「權威性」，這種「權威性」對當代文學生產、文學批評、文學運動等方面都產生了巨大的影響。因而，在當代文學研究中，文學報刊仍然是一個非常重要的研究對象，也受到了不少學者的關注。但是，文學研究者對當代文學報刊的關注，基本上都是90年代以後開始的，其實際研究成果也不多。而且，現有的研究成果比較偏重於幾個重要文學刊物，如關於《文藝報》和《人民文學》的研究成果比較多〔註5〕，對於其他文學刊物和文藝副刊的研究成果還

〔註4〕　毛澤東，中共中央關於請示報告制度的決定（1948年8月8日）〔A〕，毛澤東新聞工作文選〔C〕，北京：新華出版社，1983，155。

〔註5〕　關於《文藝報》和《人民文學》的研究成果主要有程光煒的《〈文藝報〉「編者按」簡論》、洪子誠的《百花時代下的〈文藝報〉風雨》、謝波的《〈文藝報〉研究（1949～1966）》、李迎春的《建國初期〈文藝報〉研究（1949～1957）》等論文，鄭納新的《新時期（1976～1989）的〈人民文學〉與「人民文學」》、歐娟的《〈人民文學〉雜誌與中國當代文學》等等。

是很小，特別對於《人民日報》文藝副刊的相關研究還是一直處於空白的狀態。長期以來，許多當代文學史的論著都以《人民日報》上的主要社論和評論作爲史料，幾乎沒有不提到《人民日報》社論的當代文學史論著。然而，目前中國文學研究界對於《人民日報》本身的研究以及資料的搜集整理工作卻不充分。對於《人民日報》相關研究基本上都偏重於新聞學方面〔註6〕，大多數的研究成果也屬於社會科學和思想文化方面。在文學研究方面，專門深入探討研究《人民日報》的，或研究《人民日報》上的文學、專門研究探討《人民日報》對中國當代文學發展的影響的成果確實很小。當然，有些回憶錄類文獻，如人民日報社編輯組編的《人民日報回憶錄（1948～1988）》〔註7〕是較爲完整的《人民日報》回憶錄類書籍。這本書收錄了70多篇曾在《人民日報》工作的60多位老新聞工作者個人的記述，可以說是「親身參加這一段歷史的同志們的第一手材料」〔註8〕。因此，這本書所反映的《人民日報》40多年不平凡的經歷是很珍貴的資料。此外，袁鷹的《風雲側記──我在人民日報副刊的歲月》也是一個比較重要的回憶錄，袁鷹在50年代任《人民日報》文藝副刊的主編，這本書收錄了關於文藝副刊工作的一些重要文件，如冰心寄給副刊編輯部寫的書信和稿件，胡喬木的徵稿文章等，爲《人民日報》文藝副刊研究提供了重要的資料。

　　《人民日報》作爲文學研究的對象，近兩年才得到了兩位年輕學者的關注。馬研的博士學位論文《〈人民日報〉、〈文藝報〉對中國當代文學的影響》〔註9〕以《人民日報》和《文藝報》兩個代表性的黨報和黨刊爲主要研究對象，對於「黨報黨刊」的整體情況及其對當代文學發展產生的影響，進行了研究分析，還涉及到了《人民日報》對「十七年」文學的影響、其文藝副刊對當代散文的影響等問題。龔奎林的兩篇論文《〈人民日報〉對「十七年」文學傳播的推行》〔註10〕和《〈人民日報〉與「十七年」文學生產》〔註11〕各別從「文

〔註6〕 主要有錢江的《〈人民日報〉1956年改版》和《鄧拓與人民日報的創建》、楊立新的《「左」傾錯誤時期的〈人民日報〉》、盧文斌的《人民日報報系的歷史沿革》、王曉朝的《1956年〈人民日報〉改版探源》等等。

〔註7〕 由於人民日報報史編輯組編，出版於1988年6月。

〔註8〕 人民日報報史編輯組，人民日報回憶錄（1948～1988）〔M〕，北京：人民日報出版社，1988，前言。

〔註9〕 馬研，《人民日報》、《文藝報》對中國當代文學的影響〔D〕，長春：吉林大學，2010。

〔註10〕 龔奎林，《人民日報》對「十七年」文學傳播的推行〔J〕，學理論，2010，（5）。

學傳播」和「文學生產」的兩個角度來闡述了《人民日報》影響。這些論文都指出了《人民日報》在當代文學研究中所預期的價值，還對《人民日報》與當代文學發展之間的影響關係進行了系統的梳理和分析。遺憾的是，這些研究成果的主要關注點是《人民日報》對當代文學發展的「影響」，忽視了《人民日報》和它的文藝副刊本身具有的文學載體的價值，缺乏對《人民日報》和它的文藝副刊所刊載的文學創作及其特點進行具體的分析。

　　本書選擇了新中國初期（1949 年 10 月至 1959 年）發表在《人民日報》和它的文藝副刊上的詩歌創作爲研究對象。筆者欲以建國初期十年間的《人民日報》爲研究的基本書本資料，分析《人民日報》的創刊歷程和這份報紙的性質，同時探討這時期詩歌在《人民日報》的位置及其特點，以及《人民日報》對於這時期中國詩歌的發展走向所起的作用和造成的影響。

　　《人民日報》上的詩歌爲什麼具有特殊的關注價值呢？首先，《人民日報》不是文藝性的報紙，它的文藝副刊在版面上的篇幅比較小，一般都是局限於一整版或半版，因而，編輯人在副刊工作中，不得不首先要考慮稿件長短，副刊所刊載的文學創作比較側重於散文和詩歌領域，其中詩歌占大量的篇幅。據筆者統計，《人民日報》文藝副刊從 1949 年 10 月到 12 月，僅僅兩個月的時間裏刊登了 60 多篇的詩歌，從 1949 年 10 月到 1959 年的十年多的時間裏，發表的詩歌總數達到約兩千多首。下面是對 1949 年 10 月至 1959 年《人民日報》和它的副刊所發表的詩歌數量進行統計的一個粗略的結果。

表格 1

年　份	1949 年 （10 月～12 月）	1950 年	1951 年	1952 年	1953 年	1954 年
詩歌數	61	59	31	49	24	45
年　份	1955 年	1956 年	1957 年	1958 年	1959 年	總　數
詩歌數	12	125	480	740	550	2176

　　從 1949 年 10 月到 12 月，即新中國成立以後兩個月《人民日報》文藝副刊發表了大量的「開國頌歌」，因此，這兩個月的詩歌數量比較多。1950 年 6 月，韓國戰爭爆發後，中國共產黨作出了「抗美援朝，保家衛國」的決策，在國內開展了一場全國範圍的群眾運動——「抗美援朝運動」。此後，1950 年

―――――――――――――――――――――――――――――――――

〔註11〕龔奎林，《人民日報》與「十七年」文學生產〔J〕，甘肅社會科學，2011，（2）。

末到 1953 年，《人民日報》實際上完全投入了「抗美援朝」的宣傳，文藝副刊也刊登了很多的「抗美援朝」主題的詩歌。不過，其詩歌的數量並不多。這與當時《人民日報》報社內部的工作綱領的變化有關，1952 年以後，《人民日報》在報社內部實施了「學習蘇聯《眞理報》」運動，蘇聯《眞理報》本來沒有文藝副刊，從 1952 年到 1956 年 7 月之前，《人民日報》在版面上不出文藝副刊。因此，《人民日報》在這四年多的時間裏所發表的詩歌數量有了明顯的減少。1956 年，《人民日報》進行了全面的改版，在八版上恢復了副刊。這一年，在詩歌的數量上自然發生了很大的增加，刊登了 120 多篇的詩歌。1958 年，新民歌運動時期，詩歌的數量達到了高峰，從 1958 年到 1959 年，這兩年的時間裏，《人民日報》文藝副刊一共發表了約 1200 多首的詩歌。

從「詩歌」文學創作來說，這個數字和其它文學刊物相對比，也決不少，這就說明「詩歌」在《人民日報》和它的文藝副刊上具有著絕不可忽視的地位和作用。並且，這並不是一般的報紙副刊，而是「黨報」副刊。筆者認爲，作爲「黨報」的副刊刊登了這麼多的詩歌，這是在新中國成立初期的一種特殊的現象，在《人民日報》文藝副刊上的詩歌具有一定的研究價值。

其次，「詩歌」在新中國成立以後 50 年代，受到高度重視的文學形式之一，特別是在 1958 年工農業大躍進運動中，詩歌受到了國家領導人的極高重視，毛澤東倡導和推動了全國規模的「新民歌運動」。在當時，收集和創作民歌成爲一項重要的政治任務，繼而發展爲全國性的群眾詩歌運動，這一持續一年多的詩歌運動，對當代詩歌和當代文學產生了巨大的影響。這可以說是新中國以後的一個具有代表性的特殊文學現象，也是到目前很多研究者一直關注的研究課題。1958 年 4 月 14 日《人民日報》所發表的社論《大規模地收集全國民歌》成爲了這場運動的導火線，這一年文藝副刊刊出了 700 多首的詩歌。1959 年初，《人民日報》還專門召開了關於「詩歌發展道路」的座談會，關於中國新詩發展和民歌的一些重要問題進行了討論。除此之外，《人民日報》在新中國初期中國詩歌發展的整個過程中，都緊密介入並產生了很大的影響。

《人民日報》不是文學專門報紙，而是一份政治性非常分明的報紙。作爲黨報，它的首要任務就是宣傳黨的思想和政策。因此，當時《人民日報》文藝副刊所發表的詩歌，基本上都在黨的文藝政策可容納和接受的範圍之內，大多數詩歌是符合黨的文藝路線和文藝理想的，也符合黨的政治需要和

目的。大多數的詩歌在主題、內容、甚至形式方面，都更爲直接地反映了黨的政治理念和意識形態傾向，更爲明確地符合著黨對詩歌的基本審美需求。因此，它們必然具有比較明顯的「政治性」。實際上，新中國所制訂的一系列文藝政策對於中國當代文學的發展有著極爲直接的影響，配合黨和政權的主流意識形態可以說是整個 50 年代詩歌的特點。這時期《人民日報》作爲黨報，與《文藝報》、《人民文學》等其他文學刊物相比，更爲積極地宣傳和呼應黨的文藝政策和文藝路線，同時更爲直接地影響到這時期的文學發展，因此，在《人民日報》文藝副刊上的詩歌更爲明顯地體現了當時「政治與文學」的特殊關係。

　　毫無疑問，《人民日報》爲當代詩歌研究提供了非常重要資料，它的文藝副刊作爲建國初期的重要文學陣地，具有一定的研究價值。本書的主要研究目的是通過在《人民日報》文藝副刊這一原生態的文學載體上的詩歌，探析剛剛進入到「當代」這一新環境裏的中國詩歌的「適應」和發展的歷程，以及在各階段上的一些詩歌現象和特點。筆者將首先對新中國初期（1949～1959）《人民日報》和它的文藝副刊所發表的詩歌，和詩歌有關的評論、社論進行分析，再以其中具有代表性的詩歌現象和詩歌創作爲例，力求揭示在《人民日報》文藝副刊上的詩歌具有的特徵，以及《人民日報》對於這時期中國詩歌的發展走向所起的作用和造成的影響。這一研究課題具有再發現《人民日報》的文學史料價值的意義，希望爲當代中國詩歌的研究提供一個新的角度。

1 《人民日報》的創刊與詩歌

1.1 《人民日報》的創刊歷程

　　1948 年 6 月 15 日，《人民日報》在河北省平山縣創刊。1948 年 3 月，在解放戰爭中，中共中央轉移到河北平山縣以後，它成爲了中共華北中央局機關報。不過，嚴格說來，在華北創刊的《人民日報》不是歷史上的第一份《人民日報》，在此之前有一份《人民日報》在解放區出版，那就是晉冀魯豫中央局的機關報《人民日報》（史稱晉冀魯豫《人民日報》）。晉冀魯豫《人民日報》創刊於 1946 年 5 月 15 日〔註 1〕，這可以說是最早以「人民日報」的名義出版的報紙，也就是現在的《人民日報》的前身。1948 年創刊的華北《人民日報》是由晉冀魯豫《人民日報》與晉察冀中央局機關報《晉察冀日報》合併而改組而成的。

　　中國共產黨歷來非常重視報刊在政治鬥爭的作用。特別是在戰爭時期，軍事通訊和宣傳、報導是一項非常重要的工作。20 世紀 40 年代末，正是解放戰爭時期，隨著解放區面積的擴大，毛澤東和幾位黨的領導人提出創辦指導全局性工作的中央機關報的必要性，1948 年 6 月 8 日，劉少奇主持華北中央局會議討論了辦「大黨報」的問題，決定將晉冀魯豫中央局機關報《人民日報》和《晉察冀日報》合併，創辦華北中央局機關報，報紙的名稱還是《人民日報》。這樣，華北《人民日報》從 6 月 15 日開始出版。這時，它雖是華

〔註 1〕 1946 年 7 月 1 日，毛澤東爲這份報紙親筆題寫了「人民日報」四字報頭。終刊於 1948 年 6 月 14 日。

北中央局的機關報，但是實際上已負擔起中央機關報的職責。當初設想創辦這一新的「黨報」時，毛澤東已表明「華北局成立後，大黨報應是同時代表中央和華北局的報紙」〔註2〕。至此，在華北創刊的《人民日報》已經成爲了「代表中央」的報紙，發行到全國各地解放區，創刊時的發行量達到 44000 份。〔註3〕

　　1949 年 1 月 31 日，北平解放後，中共中央領導的新聞機構陸續遷至北平。2 月 1 日，華北《人民日報》北平版內部試刊，2 月 2 日公開出版。這一天，《人民日報》刊登了以《爲建設人民民主的新北平而奮鬥》爲題的社論，代替了北平版出版的發刊詞。這篇社論充分地體現了北平解放後的感激和興奮：「在中國共產黨、中國人民領袖毛主席所領導的新民主主義革命的旗幟下，我們正在推翻著一個舊社會，建設著一個新社會；正在推翻著一個舊中國，建設著一個新中國，我們已經推翻了一個舊北平，開始建設一個新北平。」3 月 15 日，華北《人民日報》遷入北平出版。8 月，中共中央決定《人民日報》爲中共中央機關，誕生了眞正作爲「黨報」的《人民日報》。從此，《人民日報》正式承擔起中共中央「黨報」的使命，這對它來說是一個重大的事件，不過，《人民日報》在河北已經得到了相當於中央機關報的權威，因此，它本身沒有專門報導這一次的「升格」。據參與創辦工作的李莊的回憶，《人民日報》升格爲中共中央的機關報以後，並沒有舉行慶祝會或招待會，也沒有發表正式的聲明，只是 8 月 1、2 兩日登載了一條「本報啓事」介紹報紙的主要內容和版面安排，李莊指出這是「報紙升格的非正式聲明」〔註4〕。當時《人民日報》社長是胡喬木，副社長是張磐石，總編輯是鄧拓。胡喬木「在中央宣傳部工作十分繁重，不能以主要力量參加報社工作」，建國後張磐石任社長，1949 年底張磐石調中共中央華北局工作，1950年 1 月范長江被任命爲社長。鄧拓從 1949 年 8 月任副社長兼總編輯。此外，當時《人民日報》的主要負責人還有袁勃、安崗、王友唐、郭渭、蕭風、江橫、賀笠、李莊、田流、金沙、蕭航、林韋、李亞群等〔註5〕。

〔註2〕 1948 年 3 月 7 日，毛澤東以中共中央名義致電中央工委的電報內容。參見錢江，戰火中誕生的《人民日報》〔J〕，黨史博覽，2003，（2）：37。

〔註3〕 參見錢江，戰火中誕生的《人民日報》〔J〕，黨史博覽，2003，（2）：39。

〔註4〕 李莊，我在人民日報四十年〔M〕，北京：人民日報出版社，1990，99～100。

〔註5〕 這些人員是當時各部門的組長和副組長。參見人民日報報史編輯組·人民日報回憶錄〔M〕·北京：人民日報出版社，1988，51。

　　作爲中共中央機關報，這時期《人民日報》的主要內容是：報導評論國內外重要事實和重要思想、政策問題；介紹給全國各地及首都的情況與中心工作，開展各種思想與工作問題的討論；刊登文藝作品和介紹文藝工作經驗，發表讀者來信等。升格爲中央機關報之後，《人民日報》日出對開6版，即一張半，有時出 8 版。具體上看，一版爲國內外重要新聞，二版爲國內新聞，三版爲國際新聞，四版爲北京市新聞與經濟新聞專欄，五版爲各種專欄，六版爲副刊「人民園地」。五版專欄有「蘇聯研究」、「經濟」、「國際」、「衛生」、「農業生產」、「星期文藝」等。這種版面模式，到 1951 年起改出對開 4 版，1956 年改版後再擴充爲 8 版。報紙發行量不斷增加，據統計在 1949 年爲 9 萬多份，1950 年達 17 萬份，1956 年將近 90 萬份〔註6〕。

　　建國後不久，《人民日報》很快成爲了全國最大的報紙。當時，中國共產黨的威信極高，黨報的公信力也極高，在中國新聞界，「無論是經濟新聞還是政治新聞，人們主要以『黨報』報導爲準」〔註7〕。建國初期，在中國新聞界形成了這種「以『黨報』爲核心的公營報刊體系」。這可以說是當時實施建立「一元黨報體制」的必然結果。實際上，在新中國成立的伊始，建立一個具有社會主義性質的公營新聞事業系統，是當時黨和政府的一項重要的歷史使命。也就是當時新中國新聞事業建設的重點。新中國成立以後，中央人民政府隨即對在革命戰爭中發展起來的黨的新聞事業進行調整，加強了對全國新聞媒體和報紙工作的統一領導和管理。1949 年 10 月 19 日，中央人民政府政務院設立了以胡喬木爲署長的新聞總署，作爲領導與管理全國各種新聞媒體和報紙工作的行政機構。從此，中國新聞界全面開始進行社會主義改造的工作。首先，沒收了國民黨及其他反動派的新聞機構，轉入民族資產階級私營新聞業。此後，在新聞界社會主義改造的過程中，私營報紙也遇到了困難。中共以「公私合營和收買私股的辦法，使私營新聞媒體首先成爲公私合營的，然後很快完全變成爲公營的了」。其次，新聞總署成立後，在媒體管理實行「分工制」，在新聞資源方面，「黨報」自然取得了優勢的地位。再次，當時新聞媒體的「宣傳黨和政府的方針政策」功能得到了很高的重視，對報紙要求「刊登新聞信息以外，還要發揮政治宣傳的功能」而私營報紙在這些方面幾乎沒有經驗，私營報紙就未能適應這些新的要求。因此，新中國成立之後，私營

〔註6〕　丁淦林，中國新聞事業史〔M〕，北京：高等教育出版社，2002，274。
〔註7〕　吳延後，中國新聞史新修〔M〕，上海：復旦大學出版社，2008，395。

報紙紛紛自行停刊。據統計 1950 年 3 月，全國私營報紙還有 58 家，到 1951 年 8 月減爲 25 家了〔註 8〕。1953 年後，只有《文匯報》、《新聞日報》、《大公報》和《光明日報》等 5 家報紙以民間報紙或民主黨派報紙的名義刊行，實際上，在中國大陸上私營報紙完全被消失了。〔註 9〕

至此，在新聞報紙事業方面，公營和私營並存的體制爲單一的公營新聞體制被代替，各種「黨報」自然掌握了優勢的地位和各種資源。特別是作爲中共中央機關報的《人民日報》，更加得到極高的權威，在新中國成立初期扮演著很重要的角色。它成爲中國共產黨的喉舌，承擔了直接傳達黨中央的聲音，宣傳黨和政府的政策方針、綱領路線的任務。因而《人民日報》上的主要文章具有著鮮明的政治性和權威性，尤其是在建國初期如此特殊的政治環境時代裏，《人民日報》的一些社論和文章甚至發揮著如同政府法令一樣的影響力。重要的是，《人民日報》的這種權威性和影響力，對於當時的文學發展包括詩歌發展在內，也產生了很大的影響。

1.2 新中國初期《人民日報》的「權威性」對文學發展的影響

新中國初期，在「一元化」黨報體制下，作爲中共中央「黨報」的《人民日報》自然取得了極高的權威。作爲「黨報」的主要任務是代表著黨和政府，傳播黨的聲音，指導和宣傳黨的政策和思想理念，爲實現黨的主張而奮鬥。因此，「權威性」和「指導性」可以說是《人民日報》自身的最爲基本的性質。它的這種特有的「權威性」和「指導性」直接影響了這一時期整個中國文學的發展。當時，重大文學事件都在它上面加以展現，一些重要社論和評論直接推動了文藝政策和文學批評運動。在關於《人民日報》對文學的影響研究方面，它的「社論」和「評論」決不可忽視的資料之一。

《人民日報》歷來非常重視社論工作，創刊初期任總編輯的鄧拓認爲「社論是表明報紙政治面目的旗幟，報紙必須有社論才具有完全的政治價值」〔註 10〕，一些重要社論「往往是經中共中央領導人審閱後發表的，有

〔註 8〕 孫郁培，新聞學新論〔M〕，北京：當代中國出版社，1994，260。
〔註 9〕 吳延俊，中國新聞史新修〔M〕，上海：復旦大學出版社，2008，396。
〔註 10〕 鄧拓，鄧拓文集：集〔C〕，北京：北京出版社，1986，308。

的還是中共中央領導親自撰寫的」〔註11〕，社論應該說是《人民日報》最為集中地體現出其特有「權威性」的文章。每次有重要文學會議的召開和文藝政策的發佈時，《人民日報》都及時發表了有關的社論，這是《人民日報》參與和推動某種文藝政策和文學運動的最主要的手段。1951 年電影《武訓傳》批判、1954 年《紅樓夢》研究批判、1955 年「胡風事件」、1956 年「雙百方針」、1957～1958 年文藝界「反右鬥爭」、1958 年「新民歌運動」等 50 年代重要文藝政策和批判運動，基本上都是從《人民日報》的社論開始或展開的。

首先看關於電影《武訓傳》批判和《紅樓夢》研究的批判。對電影《武訓傳》的批判是新中國成立後文藝界的第一場批判運動，這是一個典型的以政治批判代替學術討論的文藝批判運動，它被評為「開闢建國以來惡劣文風的先河」〔註12〕，對此後中國文學批評的發展產生了很大的負面影響。1951 年 5 月 20 日，《人民日報》發表了《應該重視電影〈武訓傳〉的討論》的社論，社論中還列出頌揚這部電影的評論文章目錄。那是一份長長的名單，列有 44 篇的文章題目和作者，發表的報刊和日期。社論給「武訓」和電影《武訓傳》定性是：「承認或者容忍這種歌頌，就是承認或者容忍污蔑農民鬥爭，污蔑中國歷史，污蔑中華民族的反動宣傳為正當的宣傳。」，「對於武訓和電影《武訓傳》的歌頌竟至如此之多，說明了我國文化界的思想混亂達到了何等的程度！」同一天，《人民日報》第三版「黨的生活」專欄還發表了一篇專文，號召「共產黨員應當參加關於《武訓傳》的批判」。就這樣「討論」換成了「批判」，《人民日報》所刊出的這兩篇社論和評論拉開了關於電影《武訓傳》的批判序幕。作為「黨報」《人民日報》以社論的形式刊出對一部電影的批判，而且，這篇社論是毛澤東親自撰寫的，這確實是史無前列的事情。自然，這篇社論對當時的文藝界產生了一種壓力，特別是生產這部電影的上海文藝界受到了很大的衝擊，社論發表的第二天，上海各報一律轉載這篇社論，當天晚上，還組織了二百多位文化教育界人士開會，上海文化界領導者作出了檢討性的發言。參與這個會議的夏衍把會議的發言整理成文，以《從〈武訓傳〉的批判檢查我在上海文化藝術界的工作》為題發表在 1951 年 8 月 26 日的《人民日報》。

〔註11〕當代中國叢書編輯委員會，當代中國新聞事業〔M〕，當代中國出版社，1997。
〔註12〕李揚，中國當代文學思潮史〔M〕，上海：上海社會科學院出版社，2005，19。

　　從《人民日報》的一篇社論展開的這場批判運動，很快發展為一種政治批判運動，據統計當時《人民日報》刊載關於《武訓傳》的稿件包括評論、論文、檢討、來信、調查報告……各種體載的文字 180 多篇。此外，《光明日報》發表了 30 多篇，上海《文匯報》發表了 100 多篇〔註 13〕。這些報紙的文章都具有著一種傾向性，在這種權威話語的直接操作之下，大部分的批判者都未能超越權威的闡述的框架，大多數批判文章並不是討論電影本身具有的客觀內容和人物形象，卻輕易地提出「宣傳資產階級反動思想」〔註 14〕，「宣揚封建文化進而麻痹、毒害人民」〔註 15〕等粗暴的政治批判。《人民日報》從 7 月 23 日起連續六天，以整版的篇幅刊登了《武訓歷史調查記》。這是一篇長達 4.5 萬字的總結性的文章，至此，關於武訓傳的批判告一段落，不過隨後又引導了全國文藝界規模廣泛、聲勢浩大的整風學習運動。《人民日報》從這場批判運動中，樹立了參與和推動文藝批判運動的一種模式：「以階級鬥爭囊括一切社會現象，事先定調子，選靶子，通過組織發動，用政治批判代替學術爭論，以預定結論定於一尊。」〔註 16〕這種模式對於以後 50 年代歷次文藝批判運動都發揮了極大的影響力。

　　從這個角度來看，在 1954 年關於《紅樓夢》研究的批判中，《人民日報》的處理方法正好與《武訓傳》批判的模式完全一致。1954 年 9 月，當時山東大學中文系的兩個青年學者李希凡和藍翎寫了有關俞平伯研究《紅樓夢》的文章，批評他的一些觀點，寄給《文藝報》，但沒有被刊登，李和藍就把《關於〈紅樓夢簡論〉及其他》一文在母校山東大學的刊物《文史哲》上發表，此文引起了江青和毛澤東的重視。9 月中旬，江青找《人民日報》的負責人，要求轉載這篇文章，但是，有些負責人認為「作為中央黨報，刊發此類學術性較強的文章不合適」，沒有見報。此後，10 月，毛澤東給中共中央政治局寫了一封信，嚴肅批判了《人民日報》和《文藝報》，指出「事情是兩個『小人物』做起來的，而『大人物』往往不注意，並往往加以阻攔」，還特別稱讚李和藍的文章說「這是三十多年以來向所謂紅樓夢研究權威作家的錯誤觀點的

〔註 13〕參見吳延俊，中國新聞史新修〔M〕，上海：復旦大學出版社，2008，407。
〔註 14〕夏衍，從《武訓傳》的批判檢討我在上海文化藝術界的工作〔N〕，人民日報，1951-8-26。
〔註 15〕鄧友梅，關於武訓的一些材料〔J〕，文藝報，1951，4（4），轉引自李揚，中國當代文學思潮史〔M〕，上海：上海社會科學院出版社，2005，18。
〔註 16〕李莊，我在人民日報四十年〔M〕，北京：人民日報出版社，1990，133。

第一次認真的開火。」〔註17〕毛澤東的指示傳達後，10月23日，《人民日報》發表了署名文章《應當重視〈紅樓夢〉研究中的錯誤觀點的批判》〔註18〕，這可以說是《人民日報》對於這場批判運動的第一篇「表態性」文章。文章指出俞平伯的觀點和胡適的資產階級唯心論一脈相通，李希凡和藍翎的文章是「三十多年來向古典文學研究中胡適派資產階級立場、觀點、方法進行法紀的第一槍，可貴的第一槍！」，「對這個問題展開嚴肅認真的討論，是完全必要的。」親自寫出這篇文章的袁鷹回憶說，當時「闡述和分析並不多，空洞結論和大帽子倒不少」，「有點思想文化水平的讀者，知道以這類口氣語言寫成的文章，決不是個人意見，而是代表報社的權威的、所謂『有來頭』的。」〔註19〕10月28日，《人民日報》又刊登了《質問〈文藝報〉編者》〔註20〕的一文。從這兩篇文章的發表以後，對《紅樓夢》研究的批判擴大到整個文藝界，值得注意的是，這次批判的矛頭並不是俞平伯，而是一些支持他的文藝界領導人和文學刊物，主要就是馮雪峰和他主編的《文藝報》。因而，馮雪峰寫出了自我檢討的文章《檢討我在〈文藝報〉所犯的錯誤》，發表在11月4日《人民日報》上。12月，在改組《文藝報》編委員的過程中，馮雪峰由主編降為編委。實際上，關於《紅樓夢》研究的批判已經被定義為是一場「反對資產階級唯心論的鬥爭」，「從針對俞平伯進而發展為針對胡適，由文藝界迅速擴大到全國思想戰線，聲勢浩大地開展起來。」〔註21〕

通過這兩次批判運動，我們可以清楚地看出，那些《人民日報》的社論和評論對當時的文學發展發揮著極高的「權威性」和「指導性」，那些文章「絕不是一般文人的『清議』，而是來自政治權威的『聲音』，代表著強大的社會輿論導向」〔註22〕。這兩次批判運動的發展過程就呈現出了《人民日報》推

〔註17〕毛澤東，關於紅樓夢研究問題的信〔A〕，毛澤東選集：第5集〔C〕，北京：人民出版社，1977，134～135，該文最初發表於1967年5月27日《人民日報》。
〔註18〕文藝部的袁鷹起草初稿，經過修改後以他在報社用的名字「鍾洛」署名發表。
〔註19〕袁鷹，風雲側記——我在人民日報副刊的歲月〔M〕，北京：中國檔案出版社，2006，88～89。
〔註20〕文藝部的袁水拍（當時文藝組組長）起草初稿，署名還是袁水拍。據袁鷹的回憶，發表這篇文章前，袁水拍「再三請求不要用自己的署名，但是上命難違，他也無可奈何，只好服從。」參見袁鷹，風雲側記——我在人民日報副刊的歲月〔M〕，北京：中國檔案出版社，2006，90。
〔註21〕吳秀明，中國當代文學史寫真〔M〕，北京：北京大學出版社，2010，15。
〔註22〕王麗麗，程光煒，論1949年前後中國新詩的變動〔J〕，淮北煤師院學報，1999，（3）。

動和參與文藝批判運動的一種典型的模式。以後對於「胡風集團」的批判、「雙百方針」、文藝界「反右派」鬥爭、「新民歌運動」等等，《人民日報》的宣傳工作和輿論導向工作都是沿著這個模式。

　　除此之外，新中國初期《人民日報》所刊出的主要社論還有以下幾篇，這些社論和專文對於 50 年代重要文藝批判運動和文藝政策，都發揮了帶頭的作用，並對文學發展方向產生了巨大的影響。

表格 2

1955 年	4 月 3 日	社論《進一步開展群眾文藝活動》
	5 月 13 日	專文《關於胡風反革命集團的材料》
	6 月 10 日	社論《必須從胡風事件吸取教訓》
	11 月 15 日	社論《作家、藝術家、到農村去！》
1956 年	3 月 31 日	社論《前進，文學戰線上的新軍》
	3 月 25 日	社論《作家們，努力滿足人民的期望》
	6 月 13 日	專文《百花齊放，百家爭鳴》
	10 月 19 日	社論《偉大的作家，偉大的戰士》
1957 年	4 月 10 日	社論《繼續放手，貫徹「百花齊放，百家爭鳴」的方針》
	4 月 13 日	社論《怎樣對待人民內部矛盾》
	6 月 8 日	社論《這是為什麼？》
	7 月 1 日	社論《文匯報的資產階級方向應當批判》
	7 月 16 日	社論《反右派鬥爭的一次偉大勝利》
	9 月 1 日	社論《為保衛社會主義文藝路線而鬥爭》
	9 月 4 日	專文《丁玲的夥伴、李又然的老友、江豐的手足、吳祖光的知心——艾青長期奔走於反動集團之間》
	9 月 11 日	社論《嚴厲對待黨內的右派分子》
	11 月 12 日	社論《要有一支強大的工人階級的文藝隊伍》
1958 年	6 月 4 日	社論《對現代修正主義必須鬥爭到底》
	4 月 14 日	社論《大規模地收集全國民歌》
	8 月 2 日	社論《加強民間文藝工作》
	9 月 30 日	社論《爭取文學藝術的更大躍進》

　　這些《人民日報》的社論和專文就是新中國初期中國文學發展的歷史見證，它們呈現出了當代中國文學走過來的幾多坎坷的歷程。《人民日報》主要

用這些社論和評論來參與文學批評運動，更重要的是《人民日報》用這種權威的闡述來參與和推動文學批評運動，從而實現對整個文學發展的影響。在當時的特殊文學觀念下，文學批評被認為「是實現對文藝工作的思想領導的重要方法」〔註23〕，新中國初期，在頻繁的文藝批判運動中，《人民日報》的社論和評論作為實現文藝工作中黨的領導的重要工具，用它特有的權威的闡述，建構一種完全符合現實政治需要的輿論導向，使得文學走向配合黨和政府的方向。從而，加強了對當時文學的管理和監督，實現了一種文學與主流意識形態的統一。

1.3　《人民日報》文藝副刊與詩歌

「副刊」是中國報紙的傳統，《人民日報》也是創刊以來一直非常重視「副刊」。1948 年，在華北已經開始辦文藝副刊《戰地文藝》，1949 年 5 月 8 日，在第四版重新開闢了《星期文藝》，1949 年 11 月 6 日後改為《人民文藝》。可惜這些副刊未能持久，1952 年以後《人民日報》在版面上不出再副刊。當時，《人民日報》非常重視學習蘇共中央機關報《真理報》的辦報經驗，實施了「學習《真理報》」運動。這時期，《人民日報》轉載了很多在《真理報》上的文章，特別開闢了《蘇聯報刊論文摘要》的專欄，每期刊登了一兩篇《真理報》所發表的論文。並且，《人民日報》也非常重視《真理報》的版面模式和編排形式，《真理報》本來沒有副刊，「《人民日報》不辦副刊也受到了這個學習運動的影響」〔註24〕。不過，當時實施「學習《真理報》」的效果，不很明顯，很多工作人員卻對此感到了不滿，有的編輯人員回憶說「不但版面呆板，而且使讀者無法迅速看到主要內容，也背離了我國報紙的傳統。不要說讀者，連編輯部內的同志們也覺得很不滿意。」〔註25〕最後，報社也放棄了這個工作綱領。

以後 1956 年，《人民日報》進行全面性的改版，在八版上恢復了副刊。雖中間一段時間沒有副刊，但它創刊以來一直登載了大量的文學創作作品和

〔註23〕周揚，新的人民的文藝（1949 年 7 月，在第一次文代會上的報告）〔A〕，周揚文集：第一卷〔C〕，北京：人民文學出版社，1984。
〔註24〕2009 年 11 月袁鷹口述。
〔註25〕人民日報報史編輯組，人民日報回憶錄〔M〕，北京：人民日報出版社，1988，101。

評論作品。這時期《人民日報》文藝副刊所刊登的重要詩歌作品有郭沫若的《新華頌》（1949 年 10 月 1 日）、田間的《爲慶祝新中國誕生而寫》（1949 年 9 月 30 日）、胡風的《時間開始了》（1949 年 11 月 20 日）、艾青的《前進，光榮地朝鮮人民軍！》（1950 年 7 月 16 日）、卞之琳的《向朝鮮人民致敬》（1950 年 7 月 23 日）、未央的《祖國，我回來了》（1953 年 2 月 20 日）、王統照的《遊開羅紀感》（1956 年 11 月 27 日）、邵燕祥的《賈桂香》（1956 年 12 月 13 日）、穆旦的《九十九家爭鳴記》（1957 年 5 月 7 日）等等。散文作品有郭沫若的《在毛澤東的旗幟下》（1949 年 4 月 7 日）、魏巍的《誰是最可愛的人》（1951 年 4 月 11 日）、巴金的《我們會見了彭德懷司令員》（1952 年 4 月 9 日）、沈從文的《天安門前》（1956 年 7 月 9 日）等等。主要評論和雜文作品有桑珂（何其芳）的《批評和障礙》（1956 年 7 月 1 日）、《批評和可怕》（1956 年 7 月 11 日）、玄珠（茅盾）的《談獨立思考》（1956 年 7 月 3 日）、啓明（周作人）的《談毒草》（1957 年 4 月 25 日）等等。

　　這些作品都具有著很濃厚的時代特色，它們體現了當時時代的最強音，從而可以感覺到在每一個重要歷史瞬間，作家所發出的眞誠的歌頌、感歎、憤慨與思考。因此，當時在很多情況下，這些《人民日報》所刊出的文學作品成爲了新中國文學的一種「典範」，對於當時文學生產造成了深刻的影響。

　　報紙的文藝副刊是一種非常重要的「文學載體」，《人民日報》的文藝副刊確實具有很濃厚的文藝性，但它同時作爲中共中央的「黨報」，也是一個報紙的副刊，因此，它所發表的文學創作與其他文學刊物的文學創作作品還是具有不同的特點。本書的研究重點還是「詩歌」創作，筆者想集中分析《人民日報》副刊所發表的詩歌創作的總體特徵。

　　首先是「指導性」。「黨報」副刊是整體報紙的一部分，也要承擔宣傳工作。1948 年 8 月，中共中央宣傳部在進行新聞事業的改造過程中，發佈《關於城市黨報方針的指示》，提出了關於黨報工作的三大注意事項，其中第三項就是關於「副刊」的指示，「指示」特別指出「副刊」的必要性，同時提出了副刊工作的「原則」：「副刊在城市是很重要的，必須辦。但副刊的原則，應是深入淺出地對讀者教育工作……必須宣傳馬克思主義的觀點。」〔註 26〕從這個原則來看，黨報副刊也要「與其它各版塊共同圍繞著報紙的宣傳中心進

─────────────────────

〔註 26〕中宣部關於城市黨報方針的指示〔A〕，中國共產黨新聞工作文件彙編：上卷〔C〕，新華出版社，1980，201～202。

行工作，雖然採取的宣傳形式不同，但目標是一致的，副刊是報紙整體的一部分。」〔註 27〕因此，在《人民日報》副刊上的詩歌創作基本上都符合和宣傳黨的文藝路線和文藝方針的，必然具有一定的「指導性」。這可以說是《人民日報》文藝副刊所發表的詩歌創作的基本特點。大多數詩歌是符合黨的文藝路線和文藝理想的，也符合黨的重要政策和需求。實際上，這種文學和政治的特殊關係，可以說是新中國成立以後到文革結束之前整個當代文學的最大特點。新中國所制訂的一系列文藝政策對於中國當代文學的發展產生著極為直接的影響。文藝政策是一種「政黨實行意識形態全面宰制的重要方式」，「國家和政黨意志在文學中的集中體現。」〔註 28〕因此，新中國成立初期文藝政策的重點和其起伏變化「與中國當代社會的歷史進程保持了完全一致，從而也與中國當代文學的發展進程保持了完全的一致」〔註 29〕。作為黨報，這一時期的《人民日報》最為積極地宣傳著新中國的文藝政策，發表在《人民日報》文藝副刊上的詩歌創作與當時的政治形勢和文藝政策密切聯繫，大多數詩歌作品與當時的重要政治問題保持著緊密的關係。因此，它們都明顯地呈現出了當時政治和詩歌的特殊關係。

其次，在《人民日報》文藝副刊發表的詩歌創作，帶有一種「時事性」。《人民日報》本身是一個新聞媒體，及時地報導宣傳國內外各種新聞信息，就是它的基本任務。它在每一個發生重要政治事件的時刻，都及時發表有關的社論和評論，文藝副刊也是在很多情況下，特別是在重大政治事件發生前後，一般都刊登和當天的重要新聞有關的詩歌創作。因此，一些詩歌像報紙上的新聞記事一樣，和當時社會上的重大事件有著緊密的關係，反映著當時社會政治方面的重要時事問題。這和《人民日報》本身的性質有關，作為日刊報紙，和其他文學報刊相比可以更為迅速地傳達、反映當時政治社會的變動。文藝副刊刊出的詩歌創作也是整個報紙信息的一部分，承擔著「傳達」和「宣傳」的功能，自然擁有一種「時事性」。正由於這種「時事性」，《人民日報》的詩歌能夠更為有效地、迅速地「宣傳」和「配合」黨的中心工作。比如，1950 年韓國戰爭的爆發確實是個突然的事件，當時，《人民日報》的編輯委員李莊回顧說「1950 年 6 月，在總編輯室整理稿件，消息該不閉塞了，

〔註 27〕詹愛華，黨報副刊的黨性及指導性〔J〕，新聞窗，2000，（4）：22

〔註 28〕王本朝，中國當代文學制度研究〔M〕，北京：新星出版社，2007，219。

〔註 29〕周曉風，新中國文藝政策與中國當代文學〔J〕，西南民族學院學報，2003，24（2）。

但在 26 日收到朝鮮半島發生戰爭的消息，竟同讀者一樣感到突然。」〔註30〕
但是沒過幾天《人民日報》已組織並派遣記者團到朝鮮，1950 年 7 月初剛剛
開始宣傳「抗美援朝」運動，7 月 9 日《人民日報》上就出現呂劍的「抗美援
朝」的詩歌《朝鮮人民戰歌》。

　　最後一個特點是「群眾性」。《人民日報》本身不是文藝性的報紙，而是
它所稱為「人民的報紙」。因此，文藝副刊也得考慮廣大的讀者群，比較重視
文學創作的「群眾性」。1949 年 5 月，《人民日報》第一次推出《星期文藝》
專欄時發表的徵稿啓事，就明確地指出了這一點：「在語言和表現手法上要通
俗、明快、容易讀、容易懂。」〔註31〕以後，1950 年 5 月 1 日，新聞總署發
表《關於改進報紙工作的決定》之後，《人民日報》再次進行「通俗化改革」，
以報紙更好地反映群眾、引導群眾、從而與讀者貼得更近。當時《人民日報》
文藝副刊《人民園地》也改變了編輯方針，決定「只發表群眾性的、通俗化
的東西」〔註32〕。從而，《人民日報》文藝副刊所發表的詩歌包括文人詩人所
寫的作品，在內容和語言、表現方面都普遍地表現出一種「通俗化」傾向。
此外，《人民日報》文藝副刊一直非常重視工農群眾的文藝創作，用徵稿啓事
來鼓舞群眾創作，在文藝副刊上刊登了大量的群眾詩歌創作。這一點是它與
其他文學刊物不同的特徵，也加強了《人民日報》文藝副刊的「群眾性」。

〔註30〕李莊，我在人民日報四十年〔M〕，北京：人民日報出版社，1990，110。
〔註31〕我們的話〔N〕，人民日報，1949-5-8。
〔註32〕丁淦林，中國新聞事業史〔M〕，北京：高等教育出版社，2007，285。

2 《人民日報》文藝副刊與新中國的「頌歌」

1949，這一年對於中國現代史而言非常重要，它是改變歷史的一年，中國人在創造一個新的開始。以 1949 年爲標誌，中國新詩也創造出一個新的開始。人們把新中國成立以來的詩歌創作概括爲「頌歌的時代」與「時代的頌歌」。這樣的概括基本上符合建國初期的詩歌創作情況。中國人民都滿心歡喜地迎接了「新中國的誕生」，人民的心中充滿著的是一種勝利感、自豪感，一種新的希望。這個新開始的時代展示給全體中國人民的是無限光明的前途，整體的早春時節的氛圍決定了這個時代詩歌的基調。在這特殊的喜悅和感激的時代裏，許多「頌歌」的出現是很自然的現象。實際上新中國成立初期幾年間詩歌當中占絕大多數的是頌歌，再誇張一點，「頌歌」也可以說是「十七年」詩歌的本質。這時期作爲「黨報」的《人民日報》大力宣傳新中國成立這一偉大的歷史事件，並刊出了很多「開國頌歌」。在《人民日報》文藝副刊所刊出的具體詩歌創作中，分析新中國成立初期「頌歌」的幾個特點。

2.1　新中國初期詩歌的生態環境

在新詩發展的過程中，1949 年 10 月新中國的成立是非常重要的歷史大事件，從此，中國新詩進入了一個特殊的生存環境。在這特殊的環境裏，詩歌的成長和政治的發展方向密切地聯繫在一起，詩歌非常直接地配合政治的發展。因此，詩歌的發展，實際在很大程度上受到了外部因素的影響，即是新

中國所建立的一系列「新的文學秩序」的指導。首先，從這一新的文學秩序的建立過程中，探討新中國初期「頌歌」出現的社會文化的背景。

2.1.1　第一次文代會與新的文學秩序

　　新中國始終非常重視文藝的社會功能，從一開始就大規模地調整了文藝政策和文藝機構。其第一步就是 1949 年 7 月召開的中華全國文學藝術工作者代表大會（簡稱第一次文代會）。建國前夕召開的這個大會繪製了一個對日後文學實踐產生重大影響的文學體制，在這個大會的各種報告和文件中明確規定了新中國文學的性質及其發展方向。周揚在第一次文代會報告中強調新中國文藝方向的根源就是毛澤東的「講話」，他在《新的人民的文藝》裏指出：「毛主席的『文藝座談會講話』規定了新中國的文藝的方向，解放區文藝工作者自覺地堅決地實踐了這個方向，並以自己的全部經驗證明了這個方向的完全正確，深信除此之外再沒有第二個方向了，如果有，那就是錯誤的方向。」〔註1〕由此，在建國後十多年來的文學發展歷程上「解放區的文學經驗」和「講話」一直居於絕對的主導地位，特別是《講話》被確定為新中國文學的發展方向，並且是「唯一」正確的方向。毛澤東提出的「文藝為人民服務並首先為工農兵服務的方向」成為新中國文學創作的基本方針。這實際上是對作家提出了新的歷史課題，就是堅決努力貫徹執行這個「文藝為人民服務，為工農兵服務的方向」。參加這次大會的作家們基本上都肯定了這新的方向，從「大會紀要」裏也沒有發現會議期間有人對報告文章發表不同意見，事後似乎也沒有人發表自己的新看法。大會開幕的那天，曹禺通過《人民日報》（1949 年 7 月 2 日）發表了「對於大會的一點意見」，還強調「『為工農兵服務，為新中國文化建設服務』是我們每個人應該解答的課題。」〔註 2〕大會閉幕時，《人民日報》刊出了長篇社論《我們的希望——祝全國文學藝術工作者代表大會勝利閉幕》，表示「大會一致擁護文藝為人民服務並首先為工農兵服務的基本方針，並且具體規定了為了執行這個方針而必須發動與組織全國文學藝術工作者來共同努力的各項任務。」這說明這個大會所建立的文藝方針在它誕生時已經很有權威性，沒有多少可以商榷的可能。

〔註1〕　周揚，新的人民的文藝〔R〕，北平：中華全國第一次文藝工作者代表大會，1949，7。周揚文集：第一卷〔C〕，北京：人民文學出版社，1984，516。
〔註2〕　曹禺，我對於大會的一點意見〔N〕，人民日報，1949-7-2。

　　第一次文代會從根本上看屬於建國前夕國家政權建制工作的一部分，它受到了中共中央的高度重視，毛澤東、朱德、周恩來等黨和國家領導人都親臨大會作了講話。《人民日報》非常關注大會的日程和成效，幾乎每天都刊登大會的主要報告文件以及有關的新聞、評論和社論〔註3〕。由此可知，這個大會表現出了更多政治意味的形態。大會所建立的「文聯」和「作協」等文學機構也是帶有濃厚的「權威性」。關於這一點，洪子城闡釋「中國作協章程表明它是『中國作家資源結合的群眾團體』，可是它的重要作用是「對作家的文學活動進行政治、藝術領導、控制，保證文學規範」，因此它可以看作「壟斷性行業公會與政治權力的機關的『混合體』」〔註4〕。整個文學從此日益走向高度的體制化、組織化的方向，甚至作家的創作活動乃至個人生活也跟著體制化、組織化了。其結果是「作家的身份」也出現了很大的變化。

2.1.2　新的文學秩序與文學生態

　　「體制化、組織化」是1949年以後整個當代社會的特點，這種社會的體制化、組織化所帶來的「身份的變化」不只是屬於作家的特殊問題，而是屬於全中國人民的問題。有關作家的身份問題，洪子誠在他的《問題與方法》裏做過這種闡釋：「過去比如說40年代，社會中有很多分散的人員，他們並不屬於一定的組織，如自由職業者、手工業者、商人、作家等等。解放之後，所有的社會成員都被整合在一起，整合四種成分。一種成分是『幹部』，一種是『工人』，一種是『群眾』，一種是『農民』。所有的人都分別隸屬於這四種成分。」〔註5〕這種社會人員成分的「整合」是高度體制化社會的特點，新中國政府利用這種社會人員成分的整合有效地實現了對整個社會的控制和管理。1949年之後，作家被成爲「幹部」身份，並且被納入到一種稱爲「單位」的體制之中。「單位制度」是當代中國社會的主要特點，在「單位制度」裏實行了嚴格的等級制，被納入到這「單位」裏的所有作家也都處於某一個等級

〔註3〕　1949年7月2日，大會開幕的那天《人民日報》刊出郭沫若的《向軍事戰線看齊！》、馮至的《寫於文代會開會前》、鄭振鐸的《「文代大會」的前瞻》、曹禺的評論《我對於大會的一點意見》、工人讀者的評論《工人對文代大會的希望》等文章，此後，《人民日報》一直到開幕的19日基本上每日都刊登了這類似的文章，報導了第一次文代會的全過程和全成就。

〔註4〕　洪子城，中國當代文學史〔M〕，北京：北京大學出版社，2008，22。

〔註5〕　洪子城，問題與方法——中國當代文學史研究講稿〔M〕，北京：北京大學出版社，2010，205。

中。

第一次文代會上所成立的「文聯」和「作協」是最主要作家的「單位」。「作協」是一種極為行政化的組織，它以駐會的方式供養專業作家，作家的工資收入、福利待遇由協會代表國家政府提供。作協下面設置了文學基金管委會，專門負責為作家提供物質幫助〔註6〕，駐會作家還分為不同的等級，享受行政級別一樣的待遇。如此，組織提供給作家們一定的社會身份以及與其相符合的物質待遇，因而他們的生存壓力明顯的減小，但卻有了「創作和思想壓力」。「文聯」和「作協」等文學機構還負責監督、處理作家創作過程中出現的各種問題，並且都要接受中國共產黨的直接領導，作家也要完成作協等組織規定的創作任務，並定期參加組織的政治學習、業務培訓等各種活動。如此，作家們成為組織中的一員，文學機構成為他們生存的穩定的家庭，為他們提供充分的物質資源，但是他們要遵守文學機構對文學生產和創作活動實行的統一的計劃和安排，從而產生了創作和思想方面的壓力，個人的自由創作空間大幅縮減了。如果違反了組織內部所計劃和安排的任務，就有可能被從原來的組織中排除出去，這意味著作家就有可能失去作品的發表權，同時還有可能失去經濟收入。不難看出，這種文學機構的產生不但影響到作家的身份，而影響到作家的整個生存環境。

在 50 年代初期的幾年，許多作家普遍處於思考、調整、追求適應的階段。在作家的創作活動上，隨著外部的限制日益增加，作家私人的自由表現的空間也日益減縮了。他們不斷被要求思想改造，脫離過去的一切創作習慣。但是，「脫胎換骨」似的思想改造並不容易，在這新的環境下，不少作家以及詩人都感到了一種未能適應的困惑。1950 年任大星在《文藝報》上發表的《我寫不出詩了》就生動地呈現了作家的創作上的困惑感：「這一個時期來，我的詩寫不出了。在以前，我詩寫得很多，寫得很快，寫得很得意。」，「在以前，我以為寫詩純粹是『抒發感情』的手段。因此我是依靠『感覺』來寫詩的。不管是怎樣的偶然的感覺，只要我認為它是具有『詩意』的，我就會把它組織成為一首詩。」「一直等到參加了革命工作，生活到解放區裏

〔註6〕 駐會作家在進行創作期間包括旅遊、體驗生活、搜集資料等都可以申請津貼資助，非主業作家在理事的舉薦下也可以享受同等條件。在 50 年代的文藝一級作家，政治福利待遇相當於行政別的八極，當時張天翼和冰心就是屬於「文藝一級作家」。參見王本朝，中國當代文學制度研究（1949～1976）〔M〕，北京：新星出版社，2007，53。

來，受了共產黨的教育以後，我的觀念才開始轉變，我有了覺醒的機會。」，「無產階級的文藝理論，使我明白了一些文藝的基本知識：第一，文藝爲工農兵。……第二，文藝並不是單純的『抒發感情』，它是有著一定的階級性和政治目的。……第三，文藝絕對不是現實生活的『綴述』和『攝影』，而是現實生活的概括，是社會現象的集中表現。」「這些文藝的基本知識提高了我，糾正了我的錯誤。」「可是，隨著自己錯誤的發覺，同時也發生了困難：我的詩寫不出了！這正像一隻久住在陰溝裏的小青蛙，突然爬出洞來，瞧見了太陽、藍天和大自然，習慣於黑暗的眼睛被一切光明的事物刺昏了，竟而感到慌亂起來。」〔註 7〕許多作家都受到思想、主題、語言和形式的限制，在這新的環境裏，一些作家感到了這種困惑是很正常的現象，「無論對新生活，還是對詩歌的本身，他們都不缺乏熱情」，「而是沒有寫出能滿足新時代要求或能體現自己藝術水平的作品。」〔註8〕

在當時的社會氣氛下，這常常被認爲是思想上有問題，是未能完成思想改造的表現。那個年代文學創作的準則不在於藝術內涵，而在於思想內涵。建國之後，主導意識形態不斷強調文學作爲社會鬥爭工具的功能，作家被要求成爲「拿筆的軍隊」，爲完成社會革命而鬥爭，文學要爲人民服務，特別是爲工農兵服務，爲了完成這「光榮的任務」，首先要完成「思想改造」，徹底改變自己的習慣，徹底放棄知識分子的優越感，把立場轉變到工農兵的方面來。在這特殊的歷史背景下，統一的國家意識形態不斷被強調，作家也不能漠視這時代的要求，就像在第一次文代會開幕前馮至所說的那樣，這時期作家們都「感到一種深切的責任感：此後寫出來的每一個字都要對整個的新社會負責，有如每一塊磚瓦都要對整個的建築負責」。整個 50 年代，經過了多次的文藝整風運動，許多作家基本上都肯定了思想改造的必要，選擇了「在廣大的人民的面前要洗刷掉一切知識分子狹窄的習性」。〔註 9〕這種時代的號召的結果，就是許多作家都不同程度地對自己過去的創作風格作了調整，徹底否定自己過去的創作經驗，甚至有些詩人放棄個人的創作活動。

新中國成立之後，在這新的環境和新的文學觀念下，中國詩歌經歷了根本的改變。詩歌「不僅成爲政治漩渦中的最活躍的浪花，而且的確已經成爲

〔註 7〕 任大星，我寫不出詩了〔J〕，文藝報，1950，2（9）。

〔註 8〕 王光明，論中國當代詩歌觀念的轉變〔J〕，廣東社會科學，2004，（1）：141。

〔註 9〕 馮至，寫於文代會開會前〔N〕，人民日報，1949-7-2。

整個革命機器的不可分割的部分」〔註 10〕。政治與詩歌的關係從沒有如此的
密切過，詩歌也沒有如此得心應手地搭配著政治的發展。1949 年以後，在詩
歌創作上，政治意識形態極端地擴張，每一場政治運動或者重要的慶典，詩
歌都要及時反映，要緊密地配合發出時代的聲音。詩人被要求創作出爲人民
大眾所喜愛的作品，詩歌要與工農大眾「實際結合」，要表現新時代裏的「工
農兵的新生活」，要寫得工農兵能夠「讀懂」。因而，詩歌的抒情主體、語言
和形式都發生了變化，詩歌就逐漸大眾化了。爲了眞正完成與工農大眾的結
合，詩人就需要徹底改造自己過去的創作習慣，還要「到工農兵那裡去」，「跟
工農兵學習」，「體驗工農兵的生活」。

總之，進入當代社會以後的詩歌是經過詩人艱苦的「思想改造」的產物，
在這過程中，詩歌都經歷了思想感情和藝術觀念上的轉變。長期強調「階級
鬥爭」，使得詩人有意識地隱藏自我，流露出符合政治意識形態的統一的情
感。到 50 年代以後，純粹的個人抒情詩歌基本上已經不存在了，詩歌發展
上的問題都與政治情況密切聯繫在一起。這就是整個 50 年代詩歌的最大特
點。

新中國成立之後，中國詩歌所面臨的第一任務是「歌頌」。「歌頌新國家」，
「歌頌新時代」是在 1949 年以後歷史發展過程中時代對詩歌的要求，這是一
項非常重要的歷史任務。新中國的誕生激勵和鼓勵著文學工作者，時代頌歌
成爲他們一致的選擇，而且不能有另外的選擇。社會輿論鼓勵著詩歌去歌頌
時代的光明，而排斥暴露現實的黑暗部分，人們還眞心地願意聽「頌歌」。不
過，建國初期出現的歌頌形態，不能認爲只是由於時代的要求，在大多數情
況下，也出於詩人們的「自願」。當時許多詩人在新的時代面前，深深地感到
「歌頌這偉大的時代」是他們的使命，甚至自己認爲「詩人對於現在，應該
是個歌頌者」〔註 11〕。謝冕說，這是「把詩歌的責任和使命感與詩的基本性
質相混淆」的狀態。這些主張在 50 年代屬於「正常的立論」。〔註 12〕「頌歌」
在建國初期新詩創作中佔有了特殊的地位，還極大程度地影響了中國新詩在
當代的發展。

〔註 10〕謝冕，浪漫星云：中國當代詩歌札記〔M〕，廣州：廣東人民出版社，1999，
4。
〔註 11〕馮至，漫談新詩的努力方向〔J〕，文藝報，1958，（9）。
〔註 12〕謝冕，爲了一個夢想（中國新詩 1949～1959）〔J〕，文藝爭鳴，2008，（8）。

2.2 新中國成立與《人民日報》文藝副刊：「頌歌的時代」

　　新中國成立的激情推動了頌歌創作熱，中國詩歌迎接了「頌歌的時代」。這時期歌頌的基本主題內涵經歷了一個從「開國頌歌」到「建設之歌」和「生活的讚歌」的擴展過程。以「新華頌」爲代表的「開國頌歌」在 1949 年 10 月前後大量地出現，這裡面包括爲新中國的建設者、爲中國共產黨以及爲領袖毛澤東所寫的頌歌。到 50 年代初，在社會主義建設的時代，多種產業的發展爲頌歌提供了更豐富的創作題材，因而，這時期大量地出現「建設之歌」。在「建設之歌」裏面，發電廠、紡織廠、礦山、修公路等全國建設現場都成爲詩的題材。另外，歌頌「工農兵」新生活的「生活的讚歌」也是建國初期頌歌的主要組成部分。但是，嚴格而言，從「新華頌」到「建設之歌」和「生活的讚歌」的頌歌主題不能看成是一種簡單的發展歷程，雖然這三個主題的頌歌在一定時期內出現的頻率有所不同，但這些詩歌都又是在建國初期幾年間同時出現且共同發展的，比如「建設之歌」和「生活的讚歌」都可以概括爲「歌頌工農兵新生活的讚歌」。

　　通過仔細地分析建國初期一兩年之間《人民日報》文藝副刊的詩歌，筆者發現，從 1949 年 10 月到 1950 年 6 月（就是到韓國戰爭爆發之前）在《人民日報》文藝副刊上的詩歌基本上都屬於頌歌的範圍之內，其內容主體方面也不超過「開國頌歌－建設之歌－生活的讚歌」的基本潮流。不過，這時期《人民日報》文藝副刊所刊出的「頌歌」還是具有其獨特的特點。這些特點主要在於頌歌的「公式化」和「兩面性」以及「時事性」。

2.2.1 爲新中國成立而歌唱：《人民日報》文藝副刊的「開國頌歌」

　　從 1949 年 10 月到以後幾個月《人民日報》文藝副刊上的詩歌基本上都是「開國頌歌」。有人說看新聞可以看出「時代的表情」，那麼通過當時的《人民日報》文藝副刊看到的時代表情是滿面歡樂，充溢著歡呼和期待，當時整個社會就是在這麼激昂的感情裏迎接著新中國的誕生。這時期的《人民日報》文藝副刊上的「開國頌歌」也在反映著時代的激情，人民迎接到國家誕生的歡樂和作爲「主人翁」的自豪感。在 1949 年 10 月 1 日前後《人民日報》文藝副刊連續發表了很多「開國頌歌」，主要有下面幾部。

《爲慶祝新中國誕生而寫》（田間，1949 年 9 月 30 日）

《新華頌》（郭沫若，1949 年 10 月 1 日）

《新中國頌歌》（徐放，1949 年 10 月 1 日）

《新中國》（田間，1949 年 10 月 2 日）

《迎接——中華人民共和國》（王亞平，1949 年 10 月 2 日）

《英雄碑》（呂劍，1949 年 10 月 4 日）

《高舉著我們的五星紅旗》（柯仲平，1949 年 10 月 5 日）

《我看到了毛主席》（魏巍，1949 年 10 月 9 日）

《看見中華人民共和國》（郭興，1949 年 10 月 11 日）

《自從第一面紅旗升起》（嚴辰，1949 年 11 月 6 日）

《時間開始了》（胡風，1949 年 11 月 20 日）

1949 年 10 月 1 日，開國盛典的那天，《人民日報》文藝副刊刊出了郭沫若的《新華頌》。這是一首 24 行的比較短小的頌詩，創作於新政權誕生的前夕，即 1949 年 9 月 20 日，人民政協會議召開的前一天，這也是「當代歷史上第一個頌歌」。〔註 13〕

> 一
>
> 人民中國　屹立亞東
> 光芒萬道　輻射寰空
> 艱難締造慶成功
> 五星紅旗遍地紅
> 生者眾　物產豐
> 工農長作主人翁
> 使我光榮祖國
> 穩步走向大同
>
> 二
>
> 人民品質　勤勞英勇
> 鞏固國防　革新傳統
> 堅強領導由中共

〔註 13〕謝冕，浪漫星云：中國當代詩歌札記〔M〕，廣州：廣東人民出版社，1999，83。

無產階級急先鋒
工業化　氣如虹
耕者有田天下公
使我光榮祖國
穩步走向大同

三

人民專政　民主集中
光明磊落　領袖雍容
江河洋海流新頌
崑崙長聳最高峰
多種族　如弟兄
四方八面自由風
使我光榮祖國
穩步走向大同

詩人在這首詩的開頭宣稱「人民中國屹立亞東」,「工農長作主人翁」,還歌頌新中國現實的輝煌。第二部分表現出共產黨強大的指導能力和在工業化、土地改革等方面的成就。最後強調「人民專政」和「民族和諧」。詩人多采用具有當代色彩的政治術語,訴諸於近似舊體詩詞的語言方式,從而與我們熟悉的新詩拉開了距離。今天的研究者認爲郭沫若已失去了《女神》的抒情個性,完全不像那個浪漫主義詩人筆下的詩歌。的確《新華頌》失去了《女神》裏的自由氣氛、充滿個性的語言和豐富多彩的抒情性。但是,我們應該要考慮,《新華頌》是在和《女神》完全不同的時代背景中誕生的詩歌,它表達的是「新時代的要求」和「新時代的抒情」。詩人用新時代的嶄新的抒情來塑造了充滿希望的國家形象。

作爲第一首新中國頌歌,《新華頌》很有典範性,它的簡潔的語言和雄壯的描述爲建國初期的頌歌提供了規範,《新華頌》和胡風的《時間開始了》、何其芳的《我們最大的節日》都是當代詩歌史上最重要的頌歌。這幾首詩成爲頌歌的典範,深深地影響到建國初期頌歌創作。特別是《新華頌》,雖然它是比較短的頌歌,但是其短歌裏包容了新中國意識形態的核心理念:新中國成立──「人民中國屹立亞東」,工農兵主體──「工農長作主人翁」,共產

黨的領導──「堅強領導由中共」，建設社會主義──「工業化氣如虹」，土地改革──「耕者有田下公」，多民族的大和諧──「多種族如兄弟」等等。實際上，「開國頌歌」所涵蓋的思想內容本身就是國家政治理念，這首頌歌表達的是新中國的政治理念本身，它塑造出配合政治意識形態的國家形象。新中國第一個十年的頌歌基本潮流，都沒有超過《新華頌》所表達的這幾個思想內涵。在「第一首新中國頌歌」的《新華頌》裏已經產生了整個 50 年代頌歌創作的共同傾向，它在 50 年代頌歌發展上發揮了極大的影響。

在《人民日報》文藝副刊上發表的開國頌歌之中，引起最大反響的作品就是胡風的《時間開始了》。1949 年 11 月 20 日，《人民日報》副刊「人民文藝」用半個版面刊登的胡風組詩《時間開始了》第一樂章《歡樂頌》，發表後，立刻獲得了廣大讀者的熱烈歡迎，被到處朗誦、廣播、不久又被譯成俄文登載於蘇聯《十月》雜誌。本來《時間開始了》共分《歡樂頌》（1949 年 11 月 11 日）、《光榮贊》（1949 年 11 月 26 日）、《青春曲》（1949 年 12 月～1951 年 4 月）、《安魂曲》（1949 年 12 月 31 日，後改名為《英雄譜》）、《又一個歡樂頌》（1950 年 1 月 13 日，後改名為《勝利頌》）的五個樂章，是大交響樂式的長詩。從胡風日記可以知道，這首長達 4600 行的長詩他在 11 月 6 日落筆時並不叫《時間開始了》，而是叫《時間到了》。11 月 10 日，他續寫時依然叫《時間到了》。第二天，他在寫完第一樂章《歡樂頌》時，才改名為《時間開始了》。12 日，他抄改完《時間開始了》第一樂章。17 日，他在他的日記裏訴說創作這首頌歌的根源，「兩個月來，心裏面的一股音樂，發出了最強音，達到了甜美的高峰。蕭邦啊，蕭邦啊，我向你頂禮！格拉齊亞啊，你永生在我心裏！」〔註14〕

> 祖國，我的祖國
>
> 今天
>
> 在你新生的這神聖的時間
>
> 全地球都在向你敬禮
>
> 全宇宙都在向你祝賀
>
> 雷聲響起了

〔註14〕胡風，胡風全集：第 10 卷〔C〕，武漢：湖北人民出版社，1999，124。

轟轟轟地在你頭上滾動

雨點打來了

花花花地在你頭上飄舞

祖國呵

為了你

全宇宙都在歡唱

這大自然底交響樂

那麼雄偉又那麼慈和

飄流在這一片生命的海上

我感到了你巨大的心房

在激烈地鼓動

當他的內心達到「最強音」的高峰之時就產生了這首長篇頌歌。《歡樂頌》用非常激昂和真誠的聲音來歌頌「新生的這神聖的時間」。不過,《歡樂頌》歌唱的不是 1949 年 10 月 1 日的開國之日,而是 7 月 1 日晚上,毛澤東出現在慶祝中國共產黨生日的三萬人大會上時的情景。當時全場歡聲雷動,如同一片歡樂的海洋的場面,作為一屆文代會的代表,胡風也在現場,親身體會到了平生最為強烈的「歡樂」。他在那一天的日記中寫道,「《論人民民主專政》發表。」,「四時吃飯後,到中南海齊集,到體育場,參加三萬人的慶祝中共二十八週年的大會。暴風雨來了,全場不動,暴風雨過後慶祝會開始。中途毛澤東主席來到,全場歡動。近十二時散會。」〔註15〕他這麼描寫了在暴風雨中的那天會議場出現毛澤東的瞬間。

圓形的大會場

像一個浮在大宇宙中間的地球

整列在那邊緣上的

濕透了的無數紅旗

飄舞得更響更歡

好像在歌唱

飄舞得更紅更鮮

好像是跳躍著的火焰

〔註15〕傅國湧,1949 年:中國知識分子的私人紀錄〔M〕,武漢:長江文藝出版社,2005,214~216。

被它們照臨著的

三萬顆戰鬥的心

被暴雨洗過

被狂風吹著

也更響更歡

也更紅更鮮

突然

那個克服了艱險的歷程

走到了勝利的戰列前行的鋼人

中斷了他的發言

用著只有那麼鎮定

才能表現他所感到的光榮的聲音宣

布了：

——我們的毛主席來到！

三萬個激動的聲音

歡呼了起來

好像是從地面飛起的暴雨

三萬個激動的面孔

轉向了一邊

好像是被大旋風吹向著一點

三萬個激動的心

擁抱著融合著

匯成了掀播著的不能分割的海面

從那天的胡風日記可以知道，雖有暴風雨，但在會場聚合的三萬人一點也沒有動搖，相反，這場暴風雨卻把「三萬顆戰鬥的心」變得「更響更歡」，「更紅更鮮」。宣佈「我們的毛主席到來！」，毛澤東登場的一剎那全會場響起暴風雨般的「三萬個激動的聲音」，同時「三萬個激動的面孔」都向著一個的方向。讀他的詩歌，今天的我們也可以感受到當時會議場的興奮和激動。如此生動的描寫和豐富的感情表達是《時間開始了》所擁有的藝術特點。在這時

期，出現了許多開國讚歌，都異口同聲地表達著開國之光榮，但《時間開始了》有別於這些頌歌，具有的特有的藝術特點。首先，它的規模非常大，很有一種雄壯的美感，還擁有豐富的抒情性、細膩的表現技巧、生動的描寫、充沛的想像力等等，在各方面都突破了建國初期頌歌的模式。

　　《人民日報》文藝副刊刊出《時間開始了》的第一樂章《歡樂頌》以後，引起最大爭論的是有關毛澤東的描寫。《歡樂頌》也可以說是「毛澤東頌」，這首詩的三分之二是對於毛澤東的讚美。詩人筆下的毛澤東是「大海」，是「頂峰」，也就是「神話中的巨人」：

> 海
> 沸騰著
> 它湧著一個最高峰
> 毛澤東
> 他屹然地站在那最高峰上
> 好像他微微俯著身軀
> 好像他右手握緊拳頭放在前面
> 好像他雙腳踩著一個
> 巨大的無形的舵盤
> 好像他在凝視著流到了這裡的
> 各種各樣的河流
>
> 毛澤東
> 他屹然地站在那最高峰上
> 好像他在向著自己
> 也就是向著全世界宣佈：
> 讓帶著泥沙的流到這裡來
> 讓浮著血污的流到這裡來
> 讓沾著屍臭的流到這裡來
> 讓千千萬萬的清流流到這裡來
> 也讓千千萬萬的濁流流到這裡來
>
> （中略）

　　　　毛澤東

　　　　列寧、斯大林底這個偉大的學生

　　　　他微微俯著身軀

　　　　好像正要邁開大步的

　　　　神話裏的巨人

　　　　在緊張地估計著前面的方向

　　　　握得緊緊的右手的拳頭

　　　　抓住了無數的中國河流

　　　　他勸告它們跟著他前進

　　　　他命令它們跟著他前進

詩人筆下的毛澤東是容納千萬河流的「大海」。他所描寫的「大海」容納了世界上「一切的清流」，甚至容納了「一切濁流」，這象徵了可以包容全人民的博大胸懷的領導者形象。詩人還採用「神話裏的巨人」形象來表現出毛澤東的「偉大的領導精神」。他塑造了「抓住無數的中國河流」的偉大的舵手，那是向著前方「正要邁開大步的社會裏的巨人」，而這巨人在命令一切中國的河流「跟著他前進」。這種描寫確實有將毛澤東英雄化、誇張化的傾向，不過，胡風的頌歌顯然是「懷著崇敬之心、神往之情去感受抒情對象」〔註16〕，他借用「神話裏的巨人」形象來表現出他心裏所崇拜的領袖之偉大。這個豐滿的神話般的意象可以說是《歡樂頌》的一種審美特點。

　　《歡樂頌》裏面的這些有關毛澤東的描寫受到了各種批評和指責。《人民日報》文藝副刊刊出《歡樂頌》以後，《時間開始了》後面幾個樂章的發表都遇到了困難，未能發表在《人民日報》文藝副刊之上。1949年12月4日，胡風接到馬凡陀的電話，通知他，「《讚美歌》他們嫌長，不想用了。但亞群在電話中說，還想爭取。」，第二天，徐放來告訴他，「把《讚美歌》改名為《光榮歌》，並改正幾小點。他們還想爭取能發表」。12月15日，胡風和胡喬木通電話，得到了最後的通知，胡喬木「不贊成《光榮歌》裏面的『理論』見解，當然不能在《人民日報》上發表了」。〔註17〕因而，《光榮歌》和《英雄譜》等幾個樂章只能在別的報紙上發表了。〔註18〕1950年1月，《歡樂頌——時間

〔註16〕駱寒超，二十世紀新詩綜論〔M〕，北京：人民大學出版社，2009，92。

〔註17〕胡風，胡風全集：第10卷〔C〕，武漢：湖北人民出版社，1999，130。

〔註18〕第二樂章《光榮歌》發表於1950年1月6日《天津日報》，第三樂章沒有寫

開始了！第一樂篇》、《光榮贊——時間開始了！第二樂篇》由海燕書店陸續
出版後，這些長詩也繼續遭到了各種誤解、歪曲和批評。1950 年 3 月，王亞
平在《文藝報》刊出的筆談《新詩歌的一些問題》上發表了一篇名爲《詩人
的立場問題》的評論，針對第五樂章《勝利頌》中將毛澤東比擬爲「一個初
戀的少女」，批評胡風「把屁股坐在小資產階級那一邊，即使來歌頌戰鬥，歌
頌人民勝利，歌頌人民領袖，也難以歌頌得恰當。結果是歌頌得沒有力量，
歪曲了人民勝利的事實」〔註 19〕。此外，曾肯定過《時間開始了》的蕭三說
胡風的詩裏有「牢騷」，沙鷗說有「色情」，何其芳甚至批評他將毛澤東比作
「海」是對毛主席的歪曲，因爲毛自比「小學生」〔註 20〕。再過三個月，1950
年 6 月 1 日，黃藥眠在《大眾詩歌》上發表了一篇評論，批評胡風對毛澤東
的歌頌「不夠眞實」：「我認爲這首詩是寫失敗了的，這原因是作者沒有群眾
觀點，不瞭解革命，缺乏實際鬥爭的經驗。正因爲作者自己缺乏他所要歌頌
的英雄們的素質，因此在歌頌革命，歌頌領袖，歌頌人民的時候，他並不能
夠把握到眞實。他往往逞他自己一時衝動性的熱情，一片空喊，而中間更間
雜著許多作者個人自己的述哀，私人的牢騷，和從過去殘下來的失敗主義的
哀傷，這就使得他的詩篇失色了」。〔註 21〕到 1955 年發生「胡風事件」以後，
對於《時間開始了》的批判更爲嚴重，曾經親手發表《歡樂頌》的馬凡陀（袁
水拍）也反戈一擊，指責胡風「把毛澤東同志的形象歪曲地描畫成爲脫離人
民群眾的站到了雲端裏的神」，「這種誇大口氣同毛澤東同志經常說的『老老
實實，勤勤懇懇』、『甘爲孺子牛』、『甘當小學生』的思想是多麼不同毛澤東
「甘當小學生」的思想不同。〔註 22〕

　　胡風的《時間開始了》引起這麼大的爭論和批判，有各種複雜的政治原
因，還與胡風並不能眞正適應這個翻天覆地的變革的時代有關。在「時間開
始了」的時期，中國許多詩人還未能充分地理解這個新時代的生活方式以及
創作方式，在創作過程中也會遇到內心的困惑。他們都沉浸在國家新生的喜

成，第四樂章《安魂曲》（後改名《英雄譜》）於 1950 年 3 月由北京天下圖書
　公司出版，第五樂章《又一個歡樂頌》（後改名《勝利頌》）發表於 1950 年 1
　月 27 日《天津日報》。
〔註 19〕王亞平，詩人的立場文藝〔J〕，文藝報，1950，1，（12）。
〔註 20〕筆談「新詩歌的一些問題」〔J〕，文藝報，1950，1，（12）。
〔註 21〕黃藥眠，評《時間開始了！》〔J〕，大眾詩歌，1950，1，（6）。
〔註 22〕袁水拍，從胡風的創作看他的理論的破產〔N〕，人民日報，1955-2-20。

慶氣氛中，他們的心裏充滿著激情和感動，但是，在整個文學觀念急變的時代裏，找到「合適的表達方式」也並不容易，因而，很多詩人就直接噴出自己心中的這些激情，產生了「缺乏控制」的「概念化」、「公式化」的頌歌。當然，更重要的是這時期對詩歌的評價，也不是用文學藝術的尺度來評論，而是常常採取政治思想的尺度來進行批評，因而導致了很多的誤解和歪曲。當時，胡風的《時間開始了》所包含的思想感情確實被誤解了，評論者歪曲它文學的價值，沒能給這首詩一個客觀的評價。雖然胡風的《時間開始了》也不無「理念化」和「缺乏控制的情感傾泄傾向」〔註 23〕，然而《時間開始了》裏面「沸騰的大海」般的激情是開國前夕的特殊時代之產物，因此，我們應該考慮那個年代的歷史氛圍和精神，才可以感到這首「巨型歷史交響曲」的意義。就像牛漢說得那樣，「今天的青年讀者沒有足夠的歷史感，恐怕不容易走進作者的精神世界，雖然就詩論詩，《時間開始了》在文學史上的地位是毫無疑問的。」〔註 24〕

2.2.2　工農兵的「生活的讚歌」：頌歌的「公式化」

在新中國的頭幾年中《人民日報》文藝副刊刊出了大量的頌歌，這時期《人民日報》文藝副刊上出現的頌歌浪潮中，上述的「開國頌歌」之外，「歌頌工農兵新生活的讚歌」也是個不可忽略的部分。文藝的工農兵方向的確定，使傳統的詩歌觀念發生了變化，「詩不能再僅僅是詩人內心世界的回音，而應當是社會生活的客觀的反映，特別是工農兵的生活的反映」。〔註 25〕興論一再強調詩歌對於現實生活的關係，詩與現實生活聯繫的加強，促使詩人變革自己的詩觀念，不少詩人認為「一個偉大的詩人應該在他的作品裏豐富地深入地反映一個時代的社會生活，一個時代的精神」〔註 26〕。在這樣的觀念下，1950 年代初，頌歌的藝術追求已遷移到「深入地反映工農兵的新生活」方向去，頌歌創作更加深入地反映著工農兵的新生活。筆者認為這些歌頌工農兵新生活的頌歌可以稱為「生活的讚歌」，在新中國成立後頭三年中它已成為另

〔註 23〕洪子誠，劉登翰，中國當代新詩史〔M〕，北京：北京大學出版社，2005，46。
〔註 24〕胡風，牛漢，綠原，胡風詩全編〔M〕，杭州：浙江文藝出版社，1992，編餘對談錄。
〔註 25〕謝冕，浪漫星云：中國當代詩歌札記〔M〕，廣州：廣東人民出版社，1999，73。
〔註 26〕何其芳，話說新詩〔J〕，文藝報，1950，2，（4）。

一種頌歌模式。

　　剛剛成立的共和國為了鞏固新政權，逐漸展開了土地改革、社會主義工業化、以及對農業、工業、商業的社會主義改造。新中國成立後頭三年中的這些變革造成了社會結構的根本變化，那是已超過以前兩千年間的變化。從新中國成立的同時，中國人民取得了新民主主義革命的勝利，「地主、官僚」被徹底打倒，長期以來處於社會底層的工人農民成為「國家的主人」，從此，他們進入了社會主義建設的新的歷史時期。當時這些被概括為「解放」一詞的社會變革改造了廣大「工農兵」的生活，並改造了對於「工農兵」的認識、觀念。他們做為「國家的主人」得到了空前地平等待遇，受到了高度的重視。這就可以說是新中國成立所帶來的最根本性的變化。自然，「工農兵」的生活、感情、人物形象就成為文學創作的主要泉源，並產生了許多歌頌工農兵的「生活的讚歌」。

　　這時期《人民日報》文藝副刊也刊出了許多「工農兵」主題頌歌。那些頌歌可以分為兩種形態，第一是寫「工農兵」的，第二是「工農兵」寫的。屬於第一種——寫「工農兵」的頌歌有王亞平的《迎接——中華人民共和國》（1949 年 10 月 2 日）、鍾鈴的《拾棉花》（1949 年 10 月 11 日）、徐放的《十三年祭》（1949 年 10 月 20 日）、張志民的《接喜報》（1949 年 11 月 27 日）、楊鍾濂的《新年唱詞》（1950 年 1 月 1 日）、馮至的《一九五零年頌》（1950 年 1 月 8 日）、邵燕祥的《歌唱中國的長春鐵路》（1950 年 3 月 3 日）、張慶田的《農村春色》（1950 年 4 月 23 日）等等。

　　屬於第二種——「工農兵」自己寫的頌歌有郭興（六二七團二營副營長）的《看見中華人民共和國》（1949 年 10 月 11 日）、劉芳（農婦）的《媽媽的叮嚀》（1949 年 10 月 27 日）、北方（兵士）的《新棉衣》（1949 年 10 月 29 日）、文兵（兵士）的《勇士》（1949 年 11 月 8 日）、丘丁（兵士）的《娘的來信》（1949 年 11 月 10 日）、王琳（工人）的《在天津製鋼廠》（1949 年 11 月 20 日）、沈彭年（工人）的《新年小唱》（1950 年 1 月 1 日）、辛大明，沈彭年（工人）的《小份和小桂》（1950 年 5 月 4 日）等等。

　　這兩種形態頌歌用不同的角度來描寫、歌頌「工農兵」的新生活，它們所內涵的思想、感情、心理也有不同。先看詩人寫「工農兵」的頌歌，比如，王亞平在《迎接——中華人民共和國》[註27] 裏呼喚著「苦難的日子結束了」，

歌頌了「工農兵」的新生活：

一、苦難的日子結束了

在群眾的歡呼聲裏，
在解放了的土地上，
在扭轉歷史車輪的今天，
我們結束了苦難的日子。
工人，解放了自己的工廠，解放了
多少年被束縛著的生產力。
他們歡悅地生產、工作
擦亮了油漬的機器。
他們把廢銅、爛鐵、鋼軌、零星的機件……
從泥土裏掘出來，
把敵人破壞的橋梁、機器、鐵路重新修起，
把破舊的火車頭重新裝備，——
創造了毛澤東號、北京號、南京號……
帶著新塗著油漆的列車
「開向美麗的世界」！

詩人筆下的工人已成為重新建設國家產業的主力軍：「工人解放了多少年被縛著的生產力」，「歡悅地生產、工作，擦亮了油漬的機器」，「把敵人破壞的橋梁、機器、鐵路重新修起。」在這首頌歌裏，工人在這種熱狂的生產、建設中，不僅有著當了主人翁的感動，更有著創造新社會的信心。詩人筆下的農民「家家戶戶吃著香噴噴的米粥」，「面上笑，心裏塡滿了歡樂」：

農民，從地主的牛馬棚裏，
從高利貸、印子錢的盤剝底下
解放了自己、生產工具、
和血汗餵養過的土地。
五月麥熟，八月裏秋收，
場園裏堆滿了一垛一垛的穀豆，
磨成面，碾成米，
家家戶戶吃著香噴噴的米粥、饃饃，

面上笑，心裏填滿了歡樂。

在這首頌歌裏，新中國的農民「從地主的牛馬棚裏」，「解放了自己」，新中國的農村不再貧窮，解放了的農村已成爲「場園裏堆滿了一垛一垛的穀豆」，「家家戶戶吃著香噴噴的米粥」的理想的田園。這首頌歌體現了新中國對「工農兵」（以及工農兵生活）的想像，實際上，新中國成立給「工農兵」的生活帶來了新的局面，他們在「經濟收入、財產分配、社會地位、政治待遇等等各方面得到了空前地相對的平等」〔註28〕，在新政府的支持下，他們成爲推動歷史前進的主要力量而崛起，明天的繁榮與富足將被他們的辛勤與努力得到保證。從而對於「工農兵」的認識與想像也發生了變化，在文學創作裏的「工農兵」形象不再是受害，被壓迫，痛苦，貧窮，而是開朗，積極，勤勞，堅強，勇敢。這些頌歌就反映著這種新的工農兵形象，在頌歌裏新中國的工農兵作爲主人翁，「驕傲地望著新生的中國／從長期禁錮的歲月裏／倔強地站起來／走向自由、和平、富強的道路」。

特別是 1950 年至 1952 年的土地改革對農民的認識變化引起了決定性的影響，並且土地改革改變了農民自身的認識。農民直接參與土改等各種社會政治運動的經驗發揮了啓發思想認識的作用，「即使土地改革的目標是由上級決定的，土改進程本身卻是自下而上展開的。這個進程使農民感到他們自己正在改變自己的生活環境，感到他們能夠掌握自己的命運」，「使他們對自己的力量具有新的認識，使他們對未來抱有新的希望。」〔註29〕。而且，新中國初期的土地改革實際帶來了一定的經濟收入的提高。雖然土地改革未能完全消失農村的普遍貧困的狀態，但是在傳統的農業技術和有限的生產模式下，確實取得了一定的生產率的提高〔註30〕，農民獲得了自己的土地，並在社會上和政治上受到了重視。當然，這是一個值得歌頌的社會成果，不少詩人以頌歌的形式來歌頌了這些工農兵生活的新局面。這時期馮至通過《人民日報》文藝副刊發表了《一九五零年頌》〔註31〕，歌頌了新生國家在「變革」

〔註28〕 李澤厚，中國現代思想史論〔M〕，北京：三聯書店，2008，192。

〔註29〕 莫里斯梅斯納，毛澤東的中國及其發展——中華人民共和國史〔M〕，社會科學文獻出版社，1992，127。

〔註30〕 1950 年至 1952 年，農業總產量以每年 15% 的比率增長，最大增長產出在 1952 年，在 10 年外國侵略和內戰之後，1952 年的農業仍然比 1936 年的農業產量高得多。參見莫里斯梅斯納，毛澤東的中國及其發展——中華人民共和國史〔M〕，社會科學文獻出版社，1992，124。

〔註31〕 馮至，一九五零年頌〔N〕，人民日報，1950-1-8。

中的新氣象：

> 一九五零年，
> 我們歌頌你：
> 過去的任何一年，
> 都不能和你相比。
>
> 你有翻了身的人民，
> 你有解放了的土地，
> 你的三百六十五天
> 天天有四萬萬人的努力。
>
> 你有了人民的國家
> 在我們中華的土地上，
> 你豎起勝利的五星旗
> 在二十世紀的中央。
>
> 看那些田野，山河，
> 都顯露出新的氣象，
> 看那些城市，村莊，
> 都發揮出新的力量！

這些頌歌作為新時代新社會的標誌，反映著新中國在變革中的成長歷程。「詩人寫工農兵」的「生活的讚歌」還是符合當時的主導意識形態，不過，這些創作更多地決定於對新生活的認識和發自內心的熱愛。新的國家的誕生、戰爭的結束、土地改革、建設的開始、工農兵的認識變化等等，這些嶄新的社會面貌使得詩人心裏產生了真誠的讚美，他們就滿腔熱情地歌頌了這一切。筆者認為馮至的《一九五零年頌》表達的也就是生活在不斷地產生者、變化著、成長著的值得歌頌的時代裏，詩人所感受到的真誠的感動與希望、真誠的喜悅之情。

此外，《人民日報》文藝副刊從創刊就開始特別重視「工農兵」自己寫的文藝創作，發表過號召「工農兵」創作的社論和評論〔註32〕，因此，50年代

〔註32〕新中國成立前《人民日報》已發表了《群眾文藝創作上的幾個問題》（阮章競，

《人民日報》文藝副刊上也很容易地看到「工農兵」身份的寫作者的文藝作品，其中詩歌佔有最大的部分〔註33〕。「工農兵」文藝方向的確定推動了群眾中間的文藝活動，他們就慢慢成長爲「文學藝術的後備軍」，與其同時「工農兵」的文藝創作也得到了空前的重視和評價，當時「工農兵」的創作被認爲「新中國的文學創作中十分重要的收穫」〔註34〕。新中國成立後得到這種新的認識的「工農兵」，開始用詩歌的方式來表達出他們在新生活中的感受和經驗。

如果說「詩人寫工農兵」的頌歌表達的是面對著在新時代裏獲得了新的地位、新的生活、新的認識的工農兵所感受到的「欣悅之情」，那麼，「工農兵寫自己」的頌歌表達的可以說是一種「感恩之情」。比如，在軍人北方的頌歌《新棉衣》〔註35〕裏他從上級受到的「新棉衣」就是新中國給他的「自由和幸福」的象徵：

> 上級
>
> 給我發下了一套
>
> 嶄新的棉衣
>
> 又輕軟，有合適
>
> 我把它穿到身上
>
> 有著說不出的歡喜
>
> 從鄉村到城市
>
> 十多年了
>
> 第一次

1949 年 1 月 10 日）、《談工人詩歌》（沙鷗，1949 年 5 月 18 日）、《再跨進一步——關於詩、快板、詩詞的寫作》（王亞平，1949 年 5 月 8 日）、《工人給我的啓示》（草明，1949 年 7 月 13 日）等文章，鼓勵了工農兵的詩歌創作。《人民日報》在新中國成立後還發表了《我不再做空頭的「詩人」》（董臨，1949年 10 月 13 日）、《「節約救媽媽」說起——並覆陶、凌、帆……諸同志》（亞群，1949 年 10 月 14 日）、《談工人文藝創作》（李伯釗，1950 年 1 月 1 日），敘述了「工農兵」創作的優秀性，並鼓舞他們的寫作。

〔註33〕 1949 年當時作爲《人民日報》文藝副刊編輯的王亞平說「我們在來稿中，每天所收到的十分之六、七都是快板、詩、歌曲。寫稿的多半是工人、學生、農村知識分子、和城市的文藝工作者。」參見王亞平，再跨進一步——關於詩、快板、歌詞的寫作〔N〕，人民日報，1949-5-18。

〔註34〕 艾青，談工人詩歌——工人寫的詩和工人的詩〔J〕，人民文學，1950，2（1）。

〔註35〕 北方，新棉衣〔N〕，人民日報，1949-10-29。

我穿起了這樣闊氣的棉衣。

戰士的血汗

換來了中國人民的勝利

中國人民的勝利

帶來了自由和幸福

——這嶄新的棉衣

只是其中一份小小的獻禮。

這是一位解放軍所寫的頌歌，他表達出經過十多年來的戰士生活，迎接新中國的勝利剛從上級受到賞賜——「新棉衣」的感激，它就是新中國的勝利所帶了的「自由和幸福」生活的象徵。通過這首詩可以感覺到他對這「獻禮」的深沉的「感恩之情」。工農兵寫自己的頌歌更偏重地表現出對國家的「感恩」，並且在頌歌的末端常常出現對國家或領袖的「報恩的誓言」。受到「新棉衣」的戰士最後說「我們要保衛我們的勝利／保衛我們的國家／保衛我們的毛主席／永遠做一個新中國的捍衛者」。這種「感恩和報恩」的情緒是在 50 年代初《人民日報》文藝副刊上出現的工農兵詩歌的主旋律。比如，1949 年 11 月 8 日《人民日報》文藝副刊刊出了一位軍人寫的頌歌《勇士》也在表現出這種「感恩和報恩」相混合的感情：

我小時候家貧難熬

給地主放牛割草，

因為損壞了一張鐮刀，

地主把我開除掉！

抗日戰爭一開始，

村裏鬧減租減息，

我家才有了地種，

再也不餓肚皮。

那年我才十七，

身個不高可有力氣，

下決心當了八路，

在敵後打著游擊！

自從入伍當了兵，
我才開始變聰明，
上課懂了好多道理，
打仗立了好幾次功。

…………

黨教我「好好為人民服務！」
「我們永遠是戰鬥隊！」
這些話，我都記在日記本上，
我每周看幾回，念幾回！

不論「詩人寫」還是「工農兵寫」，通過這時期《人民日報》文藝副刊上的「生活的讚歌」可以發現它們都帶有一定的主導意識形態的特點。工農兵寫的頌歌所表達的「感恩和報恩」的情緒也是，詩人所塑造的新工農兵生活以及人物形象也是，都具有著明確的意識形態的指向性。其共同的基本內涵是 1949年的勝利解放了全中國的人民，並帶來了豐衣足食的生活，新生活怎樣改造和提高了工農兵。在新中國成立前夕當時作為《人民日報》文藝副刊編輯的王亞平發表了《再跨進一步——關於詩、快板、歌詞的寫作》一文，已分明地指出過了《人民日報》的文藝副刊對於詩歌創作者和投稿者的在意識形態上的要求：「如果要寫，首先記得認識革命勝利、全國解放對全國人民的利益在那裡，廣大人民為什麼這樣歡欣鼓舞？他們歡欣鼓舞的希望、熱情，作者怎樣體驗的，怎樣認識的，怎樣把握的？自己的希望、熱情是否和廣大人民的希望、熱情融合一致了？能透澈而深刻地認識了這些，感受了這些，你寫出的歌詞才能有感人的力量，鼓舞人的情感。」實際在《人民日報》文藝副刊上的不少頌歌裏可以看到這種意識形態的指向性的痕迹。那些頌歌就有意識地強調中國共產黨及其領導所取得的革命成就，特別關注在新時代裏的人民的「幸福生活」，並強調對國家和領袖的感恩。這些詩歌顯得承受了解放區頌歌的創作模式。

　　《人民日報》文藝副刊上的頌歌過度地強調這種意識形態的指向性，就

在頌歌的主題、詞彙、感情、表現方式等方面產生了各種「公式化」，「概念化」的表現模式。比如，「解放和幸福」是個「公式化」的頌歌主題。新中國成立後歌頌工農兵新生活的頌歌主題可以簡單地概括爲「在共產黨的領導下工農兵得到幸福、和平、安寧的新生活」。在不少頌歌裏可以看到這種公式化的主題表現：「共產黨、人民領袖毛澤東／帶領著全國的人民／用馬克思、列寧主義的巨斧／劈開了舊社會的閘門。」，「革命，溫暖了飢餓的村莊與寒冷的城市」〔註36〕、「毛澤東領導我們得到光明／他是我們的靠山，我們獲得新生」，「解放軍的勝利，人民的勝利」〔註37〕。

有些詩歌爲了更爲突出「現實生活」的「光明」，採用以「過去——現在（或解放前——解放後）」爲代表的新舊對比的表現方式，將頌歌的「公式化」更加嚴重了。比如，王亞平在《迎接——中華人民共和國》中將「過去」描寫爲「飢餓的村莊與寒冷的城市」、「衰老、腐敗」的狀態，反而他用「光、熱、溫暖」、「春天的鮮美的花朵」來描寫了「現在」。在《人民日報》上的不少頌歌裏可以看到像「過去——我們的祖國是痛苦的，憂愁的」，「今天——我們的祖國／是山青，水秀，人壯，馬肥……」〔註38〕、「新疆在以前是冰封雪鎖的沙漠／今天要變成花園」，「過去我們痛哭流涕／現在草原上響起歡樂的歌唱」〔註39〕的對比模式。在這種對比的表現模式下，「過去」屬於「舊社會」、「封建社會」，並描寫爲苦難、悲慘、哀怨的狀態；而「現在」屬於解放後的新時代，新生活總是描寫爲「在共產黨的領導下」得到「幸福、和平、安寧」的狀態。這種表現方法有利於突出「現在」的幸福，使對「歌頌光明」更具有說服力，但過多使用這些公式化的表現模式以及固定的詞彙產生了許多千篇一律的頌歌。

當時不少詩人也認識到並特別關注這個的問題，《人民日報》文藝副刊也刊登過與其有關文章，比如阮章競在《談文藝創作中的幾種傾向》中批評「讚美新時代的詩歌中，過多的是『紅花』、『太陽』、『紅旗』、『勝利』、『前進』、『萬歲』、『鑼兒鼓兒』、『加油，努力』、『唉噢咳呵』等等。人民的大時代在突飛猛進，人民的鬥爭生活廣闊無邊，人民的語言豐富美麗，但我們在

〔註36〕王亞平，迎接——中華人民共和國〔N〕，人民日報，1949-10-2。
〔註37〕新疆各族人民歌唱毛主席〔N〕，人民日報，1952-7-11。
〔註38〕徐放，十三年祭——爲魯迅老人逝世十三週年而作〔N〕，人民日報，1949-10-20。
〔註39〕新疆各族人民歌唱毛主席（維吾爾民歌）〔N〕，人民日報，1952-7-11。

作品上表現的情緒和詞彙，太單調狹小了」，「用現成的形式去套，模仿，是方便的，但是低級的。文藝作品是要創作，不是要模仿，開頭創作得不好，幼稚點，不要怕，每個人的成長都有個幼稚時期。可怕的千篇一律，沒有進步。〔註40〕通過這篇文章，可以看到他對於頌歌創作的公式化、概念化現象的擔憂，還可以看出他對於頌歌創作的藝術性的重視。他認爲造成頌歌的「千篇一律」現象的主要原因就是「不加批判地套用陳舊的詞句」和「舊形式」，並且他主張了爲了克服頌歌創作的公式化、概念化，就要「提高思想水平與藝術水平」。他在說的不僅僅是頌歌的公式化問題，他還涉及到頌歌的「藝術水平」問題。不過，在當時的特殊環境下，文藝的「藝術水平」總是和「思想水平」聯繫在一起，文學的藝術性的問題也總不能完全脫離思想性的問題，因此，當時的不少詩人就試圖在「思想水平」裏尋求克服詩歌創作的藝術困境的方法，這是新中國成立則後的一個特殊的文藝觀念。

臧克家也認識到了當時頌歌創作的公式化問題，他在《詩的詞彙》〔註41〕裏提到過他對這個問題的看法：「半年來，因爲終天看稿子，也就有機緣讀了大量的詩。……但是一讀多了，就自然會發生一個感覺：有許多詩，不但意思差不多，就是詞彙也有不少是雷同的。偉大的新時代激發了、產生了大批詩人，在詩人們大量生產之下，詩篇就容易給人一個「泛濫」的感覺。在內容上講，由於感受、思索得不夠深刻、具體，所以難免顯得熱烘烘的、空洞洞的」。他在這篇文章中敘述了要克服這個問題「必須以知識分子的思想改造爲前提」。他認爲詩歌的詞彙問題就是「詩歌如何去聯繫廣大群眾的問題，這也是詩人本身思想感情的改造問題」，「想擺脫掉這些舊語句，舊詞彙的牽連，就得首先擺脫掉那些舊感覺、舊思想的殘餘」。

如此，在當時的文學觀念下，文藝創作的內在的藝術問題以及外在的表現方式、形式、詞彙等等，都與思想問題連接著，當時的不少作家就相信通過思想水平的提高可以得到藝術水平的提高。爲了創作出更高水平的詩歌，詩人只能選擇兩種方法，則「一方面學習改造自己，一方面在體驗生活」。〔註42〕對這兩個原則的要求在 1951 年 11 月的文藝界整風學習運動以後更加強化，在 1951 年 11 月前後《人民日報》陸續發表了許多社論，對整個文藝

〔註40〕阮章競，談文藝創作中的幾種傾向〔N〕，人民日報，1951-2-4。
〔註41〕臧克家，詩的詞彙〔N〕，人民日報，1950-1-29。
〔註42〕紀初陽，詩歌寫作的問題基本上是什麼呢？〔N〕，人民日報，1949-12-23。

界號召改造思想改進工作，1952 年 5 月 23 日茅盾在《人民日報》上發表了一篇社論《認真改造思想，堅決面向工農兵！》，明確地指出「思想改造」和「深入群眾生活」的重要性：「毋庸諱言，我們文藝界還存在著性質嚴重的思想混亂狀態，我們的工作還有嚴重的錯誤或缺點，去年文藝整風學習時已經暴露了若干，接著在三反運動中又暴露了若干。造成這些錯誤的原因是很多的，但主要原因是我們對於毛主席的文藝方針理解得不夠，似懂非懂，自以為懂，因而在執行政策時，常有偏差或錯誤」。「讓我們當此「在延安文藝座談會上的講話」發表十週年紀念的時候，下決心做好兩件事罷：一、深入群眾的鬥爭生活，認真改造思想；二、虛心刻苦地學習社會，堅決執行工農兵方向！」在這場整風運動中，文聯「組織了一批作家別到朝鮮前線、工廠和農村深入實際生活」，其目的是「為了求得文藝工作者在實際鬥爭中鍛鍊自己，改造自己的思想感情，並體現生活，進行創作。」當時這種動員被認為「文藝界的一種可喜的新氣象，是文藝界進行整風以後的第一個顯著的成果。」〔註43〕

隨著 1951 年文藝整風運動的展開，詩人們為提高詩歌的藝術水平付出的思索、努力也都回歸於為提高思想水平的努力中去了。當時不少詩人還實際參與了各種思想改造活動，他們就相信著在這種貼身的經驗中可以創作出更高思想水平的頌歌，「自覺的去深入生活，用戰鬥去鍛鍊自己，改造自己」，並且「放棄用慣的形式、詞彙、句法」〔註44〕。1950 年代初，頌歌的藝術追求已經遷移到「深入地反映工農兵的新生活」方向去，當時頌歌創作的藝術標誌是能夠「深入地反映群眾的現實生活」，能夠「與群眾思想感情一致」，能夠「感動群眾」。為了滿足於這種藝術追求，詩人不斷被要求改造自己的過去創作習慣，並被要求「學習工人的語言，應該學習他說話時拿什麼角度，什麼立場去看問題，他們喜愛什麼，憎恨什麼，他們盼什麼，愁什麼。」〔註45〕在這種情況下，他們未能找到可以突破頌歌的「公式化」，「概念化」問題的合適方法，當代頌歌就逐漸走上了更為狹窄的道路。

〔註43〕組織作家到工農兵中去〔N〕，人民日報，1952-3-6。

〔註44〕臧克家，詩的詞彙〔N〕，人民日報，1950-1-29。

〔註45〕草明，工人給我的啟示〔N〕，人民日報，1949-7-13。

2.2.3 頌歌的兩面性：「歌頌與抨擊」

在《人民日報》文藝副刊上最早出現的「開國頌歌」不是郭沫若的《新華頌》，那是田間的《爲慶祝新中國誕生而寫》。1949 年 9 月 30 日，就是開國盛典前一天《人民日報》文藝副刊已刊登這首頌歌來「慶祝新中國的誕生」。

> 大好的河山，
> 人民作主了！
>
> 是的，千眞萬確，
> 這一回
> 眞正改了代，
> 大大換了朝。
>
> 你不見工廠的人，
> 當了我們的代表？
>
> 你不見鄉下老，
> 當了我們的代表？
>
> 革命的、歡迎，
> 反革命的、打倒。
>
> 朋友和敵人，
> 分的很明白。

這首詩的特點就是「簡單明瞭」，看詩歌的題目，其創作意圖已經很明顯，語言很簡單，內容很明瞭。它在語言和內容方面都完全實現了「要寫得工農兵能夠『讀懂』」的水平。田間是當代詩人當中創作活動比較活潑的詩人之一，新中國成立之後他寫了大量的詩，除「文革」期間一度中斷外，從未停止過寫作。他在詩歌創作過程中，一直很重視勞動群眾的看法，他把支持自己的讀者定位爲「勞動群眾」。〔註46〕因而，他的詩歌都有很濃的大眾化、平民化的特色，在詩歌創作方面的成就相當有限，得到了不少批評和質疑。在《爲

〔註46〕 洪子誠，劉登翰，中國當代新詩史〔M〕，北京：北京大學出版社，2005，51。

慶祝新中國誕生而寫》裏的一些句子，比如「革命的、歡迎，／反革命的、打倒。」，「朋友和敵人，／分的很明白。」等就是直接借用當時流行的政治革命口號。詩歌寫作使用「鬥爭口號式」、「政治標語式」語言是一種當代詩歌的特殊現象，代表當時特殊的時代氣氛。還有一個值得關注的一點，這首頌歌裏面，「歌頌的對象」和「打倒的對象」建立了明顯地對立構圖。這代表建國初期的特殊時代氛圍，那是敵我的關係「分的很明白」的時代，應該歌頌的要明確地讚美，應該打倒的要徹底地攻擊。因此，在建國初期頌歌裏面，常常出現「歌頌與抨擊」交織的狀態。1949 年 10 月 1 日，《人民日報》文藝副刊除了《新華頌》以外，還刊出了徐放的《新中國頌歌》，在其裏面也可以看出這種特點。

> 今天中國人民，
> 在自己的祖國的紅旗下，
> 在毛澤東的面前，
> 像百鳥朝鳳，
> 像大海沸騰，
> 我們呵
> 看到了勝利；
> 我們呵
> 真正的有了自己的中華人民共和國！
>
> 今天中國人民，
> 要向世界人民發出友好的電告：
> 我們的國家成立了，
> 我們從苦難中站起來了，
> 我們要和兄弟們永遠在一起；
> 保衛我們的世界，
> 保衛我們自己！
>
> 今天中國人民，
> 要向蔣介石發去通牒：
> 「不投降，

　　就消滅！」

　　今天中國人民，
　　要向帝國主義者們警告：
　　「誰的血爪敢伸進中國，
　　誰的血爪
　　就要被砍掉！」

詩歌在歌頌建國的勝利，高興地呼喚「我們呵，看到了勝利！」，突然間對敵
方狠狠地警告「不投降，就消滅！」。這首頌歌裏所出現的「蔣介石」、「帝國
主義者」、「地主」、「特務」、「反動分子」等是建國初期頌歌裏常出現的敵視
對象，也就是當時整個社會的「打倒對象」。在這詩歌頌歌裏面，對於這些「打
倒對象」警告或者攻擊總是採取非常直接的，過激的，甚至有點暴力的表現
方式。對歌頌的對象完全肯定，對打倒對象徹底否定，對歌頌的對象誇張地
讚美，對打倒的對象兇狠地抨擊，這種「歌頌與抨擊」二元對立的表現方式
在建國之前 40 年代的文學裏已經很普遍地出現，這可以說是一種革命文學的
傳統，直到建國初期頌歌裏還普遍地被運用了。再看徐放的《新中國頌歌》
下一部分。

　　　　照蔣介石的憲法，
　　　　照帝國主義制定的法律，
　　　　中國人民只配做奴隸，
　　　　中國只配做殖民地！

　　　　但我們是主人了，
　　　　我們掙脫了一切銬鐐！
　　　　今天
　　　　我們最歡樂，
　　　　世界也最歡樂：
　　　　我們自己在鼓掌，
　　　　我們自己在歡呼歌唱；
　　　　世界的人民也都在為我們鼓掌，
　　　　世界的人民也都在為我們歡呼歌唱，

因爲

我們決定了自己的運命：

因爲

我們壯大了世界的民主陣營！

這首詩一方面對「蔣介石」和「帝國主義者」表示了強烈的反感，另一方面宣揚了「民主陣營」的壯大。通過這種「歌頌與抨擊」的二元對立的表現方式，頌歌不僅得到更爲突出的歌頌效果，而且實現「朋友和敵人，分的很明白」的政治理念。再說，這首頌歌所內涵的對這些「打倒對象」的敵視和警告，反映著當時緊張的政治情況和意識形態。當新中國在 1949 年 10 月正式宣佈成立時，還沒完成「領土統一」的任務，此次新中國在建國初期頭幾年間還在處於不穩定狀態。尤其是「國民黨殘餘部隊，或者在內戰中同國民黨聯合的各種軍閥部隊，當時還佔據中國西部和西北部的許多省份、遠邊地區、易其南部和西南部的許多地方」〔註 47〕這些「殘留勢力」的存在的確是威脅新政府的不安因素。因此，當時新中國的首要任務是把自己的軍事控制擴展到全國範圍上去，並且增強對於這些「殘留勢力」的警惕也是個非常重要的政治課題。這種緊張的政治情況自然影響到社會輿論以及人們的意識形態，大多數人民心中還存在著一種不安心理，人民大眾對「殘留勢力」的反感也是挺大的。這種時代氛圍自然產生了「敵我分清」的思想觀念，因而，建國初期頌歌裏常常出現完全相反的兩種態度——「歌頌與抨擊」，一方面更爲明顯地表現出新政府的偉大成就，另一方面提醒對反政府的勢力的警惕，加強對於「打倒對象」的反感。

建國初期頌歌裏面，「歌頌與抨擊」的表現方式在實現政治理念方面得到了一定的成就，然而，對此後的詩歌發展導致了很不好的影響。在詩歌創作上，把「歌頌與抨擊」對立起來的習慣直接影響到整個 50 年代詩歌創作，尤其是在 50 年代末發展到更嚴重的狀態，在「大躍進」時期新民歌裏，「歌頌」發展到更爲誇張的程度，在「反右鬥爭」時期的詩歌裏，「抨擊」發展到惡意的「暴露」狀態。

〔註47〕莫里斯梅斯納，毛澤東的中國及其發展——中華人民共和國史〔M〕，社會科學文獻出版社，1992，84。

2.2.4 頌歌的「時事性」

　　詩歌的「時事性」是《人民日報》頌歌的重要特點之一。《人民日報》文藝副刊刊出的頌歌和當天報紙的主要新聞很有著緊密的關係，通過《人民日報》的頌歌，也可以看出當天的主要社會政治時事問題。比如，1949 年 7 月 16 日，在第一次文代會開會期間中《人民日報》文藝副刊刊出了《文代大會頌》。

> 這兒，正在紅七月的時候
> 歡開著空前的全國文代的會場。
>
> 六百多位——男、女、老、少
> 會寫，會唱，
> 會舞蹈，會表演，
> 會編導，會作曲，
> 會談說，會曲技，
> 會繪畫，雕塑，
> 會各國文字的傳譯！
> …………………
> 各種各樣的文藝工作者，
> 他們像激流似的，
> 從四面八方
> 來聚一堂。
> 在同一的號召下：
> 在同一的希望中：
> 在同一的信念上，
> 他們熱烈生動的
> 正在努力向文藝的廣大的田園裏
> 開墾，種植，澆灌，培養，
> 為這個空前的新時代預備下精神
> 的食糧。
> 自然，
> 是富於滋養毫無毒素的粒粒糧米，——

是爲大眾飽餐後，

好增加體力，提高新思想！

這是王統照爲慶祝第一次文代會的召開而寫的頌歌，他用激昂的聲音歌頌著這「空前的文代大會」的歷史意義。不過，這首頌歌的創作意圖不僅僅是「慶祝」和「歌頌」，更大的創作意圖在於「宣傳」。它歌頌第一次文代會召開的歷史意義，同時宣傳在大會上所進行討論的各種內容。再看下面的一部分。

他們：

熱切的討論：

細密的分析：

分地分區的報告出文藝的工作經驗，

互相期勉的告訴出各人的希望主張。

過去時代的東西怎樣檢選：

怎樣整理：

怎樣的把舊瓶裝新釀：

怎樣把無用的拋棄：

怎樣把精華發揚。

當前的東西怎樣創造：

怎樣認識：

怎樣從真實生活中攝取：

怎樣用文字，聲音，色彩，動態

以及各式各種藝術把戲，

把大眾的情感納入正途，

把大眾的意識提煉得更爲健康更清晰。

（中略）

方法，形式儘管多多樣，

但，爲民眾服務：

爲時代推動：

爲熱情傳佈：

爲知識播揚：

爲普及的教育盡一分補助的力量！

同時，每個工作者
從勤勞工作裏也獲得學習人家
教育自個的當。
然而，最根本的卻先要堅定住那
同一目標的思想！
簡捷點說：
就是憑著各式各種的文藝把戲，
充實出，刻畫出一個新社會的榜樣。
配合著政治，經濟上劃時代的大變動，
借用筆與舌，
刀與手，
銀光的幕影；
絲竹的彈奏等等，
實實在在的增添默化暗移的力能，
實實在在的指明應該前進的方向！

詩人通過具體得政治事件——第一次文代會作為抒寫的內容，沒有路出自己對這個大會的個人感受，直接敘述了具體的議程以及大會所決定的方針內容。在很多詩句裏，詩人多採用了報紙新聞的語言和「政治口號」，像「憑著各式各種的文藝把戲，充實出，刻畫出一個新社會的榜樣。」，「配合著政治，經濟上劃時代的大變動」，「借用筆與舌」，「實實在在的指明應該前進的方向！」等等都是當時流行的政治用語的排列。他用這些非詩的語言來更為有效地「宣傳」第一次文代會所決定的文藝方針以及文學觀念。因此，王統照的《文代大會頌》可以說是一種用詩的形式來寫出的「大會報告」。

如此，《人民日報》文藝副刊的不少頌歌與現實的政治事件聯繫在一起，有的就直接傳達當時的政治動向與信息。從而，頌歌獲得了一種「時事性」的特點。這種詩一般專門表現重大的政治題材，並且直接傳達當時「政治的風向」。這種現象過去少見，在 50 年代的詩歌裏卻逐漸成為一種普遍的現象。這一現象的出現，當然有其現實的依據：新中國成立之後長期以來，詩歌履行為政治和社會的功利服務，密切了詩歌與現實需要的關係，使詩歌的功利性加強，以至於使詩歌成為傳達政治社會的重大主題的手段，成為記錄各種政治、歷史、社會的重大事件的工具。因此，建國初期的不少詩人就採取當

時的各種重大政治事件的素材，寫出了「時事性」很強的詩歌。尤其是在這個時期《人民日報》文藝副刊上的不少頌歌是其中典型的詩歌形態。在不同政治情況下，隨著各種政治事件的發生，不論事件的大小，《人民日報》文藝副刊上的詩歌都用相應的主題來配合其政治潮流，反映了當時重大政治事件以及黨對其事件的立場。

1949 年 10 月 3 日，中國和蘇聯正式建交，這是新中國成立則後的一個重大政治事件。從此，新中國取得了蘇聯的政治、經濟、外交各方面工作的支持，加強了社會主義陣營的力量，還影響到整個世界的政治情況。10 月 5 日，新中國和蘇聯成立了「中蘇友好協會」，決定兩國互派大使，1949 年 10 月 11 日，第一位蘇聯駐中大使抵達北京，這是一個國家的大喜事。在「中蘇友好協會」前後，《人民日報》迎接著這個國家大喜事大量地刊登了有關新聞和社論，先看當時《人民日報》的一份新聞紀事。

【新華社北京十日電】蘇聯駐我國大使羅申今日下午專車抵京。前往車站歡迎的有外交部部長周恩來，北京市市長聶榮臻，我國駐蘇大使王稼祥，外交部辦公廳主任王炳南，副主任兼交際處長閻寶航，羅申大使的中國友人董必武、沈鈞儒、郭沫若、章伯鈞、滕代遠、張治中、邵力子、李德全、史良、王崑崙、廖承志、錢俊瑞等，蘇聯大使館代辦齊赫文斯基和使領館人員、蘇聯文化藝術科學工作者代表團團員和蘇聯僑民等共五十餘人。齊集車站外歡迎的群眾有工人、青年、婦女、學生等三千餘人。車站待客室門首懸掛中蘇兩國國旗，並貼有「中蘇友好萬歲」等中俄文標語。專車於四時十八分在歡迎的軍樂聲中抵站。羅申大使下車後，樂隊即奏中蘇兩國國歌。奏畢，齊赫文斯基代辦介紹大使與歡迎人員一一握手。羅申大使隨即在月臺上發表演說，在演說中羅申大使代表蘇聯人民和蘇聯政府對中國人民建立中華人民共和國的勝利，表示慶賀；並表示將以最大的努力來鞏固蘇聯與中華人民共和國之間的親切的友誼，以保衛世界和平與國際安全。周恩來部長繼致答詞，略稱：中蘇兩國的邦交，中蘇兩國人民的深厚友誼，今後經過羅申大使的努力，將更加發展和鞏固起來。致詞畢，羅申大使即由周部長等陪同步出車站，受到歡迎群眾的熱烈鼓掌和歡呼。羅申大使也愉快地高呼：「偉大的中國人民萬歲！」「中華人民共和國萬歲！」「中國人民

的偉大領袖毛澤東主席萬歲！」並步行穿過歡呼著的群眾行列，向
大家領首鼓掌和招呼。羅申大使繼即邀請歡迎者乘車赴使館參加雞
尾酒會。四時五十五分羅申大使等抵達使館，大使館即升起蘇聯國
旗。〔註48〕

通過這份紀事可以感覺到當時興奮的氣氛。新中國和蘇聯正式建立外交關
係，在外交工作上，迎接一個新的局面，有如此的國家大喜事，「頌歌」是不
可缺少的一部分。第一位蘇聯大使到達北京的那天，《人民日報》文藝副刊還
刊出了田間的「歡迎歌」——《握手》〔註49〕。

> 來自和平國家的朋友，
> 請聽我唱一曲歡迎歌！
>
> 我們不是今天才相見，
> 昨天我們就相識。
>
> 我們不能稱你是客，
> 你是我們老朋友。
>
> 我們不僅稱你老朋友，
> 你是偉大的和平使者。
> 我們不能說你來自外國，
> 你是從我們心上走來。
> 昨天今天和將來，
> 我們走的是一條路。
>
> 這一條路上：人類相通，
> 和平相通，友誼相通，
> 不分國界，不分種族：
> 斯大林毛澤東的紅旗

〔註48〕蘇聯駐我國第一任大使羅申昨日抵京，我外長周恩來等親赴車站歡迎〔N〕，
　　　　人民日報，1949-10-11。
〔註49〕田間，握手〔N〕，人民日報，1949-10-11。

　　高照著我們，

　　在人民共和國的門口，

　　握手！握手！再握手！

這首詩是爲了歡迎來自蘇聯的第一位大使和蘇聯文化藝術科學工作者代表團等「國家友人」而寫的「歡迎歌」。田間通過這首詩紀錄了這一天的歷史事件以及當時的時代激情，它用詩歌的形式來宣傳這個紀念性的歷史事件的意義。這首頌歌像上面的新聞紀事一樣，也在發揮著一種「宣傳」的功能，而且它像當時的新聞紀實一樣，對這個政治事件非常敏感地、迅速地作出了呼應。在詩歌創作中重大政治主題得到高度的重視，政治對詩歌創作中起著決定性的影響，使詩歌成爲傳達政治社會的重大主題的手段，成爲記錄各種政治、歷史、社會的重大事件的工具。爲了完成這個任務，詩人們總得緊張地關注當前的政治風向，面對各種各樣的政治事件要「緊密配合」和「聞風而動」地反應。田間在第一位蘇聯大使到達北京的當天已發表這首頌歌《握手》來作出了對這個政治事件的反應，這就是體現著處於「緊密配合」和「聞風而動」的狀態之中的詩歌形象。

　　田間在這個時期《人民日報》文藝副刊上發表的不少頌歌都屬於這種「時事性」的詩歌形象。那些頌歌都具有著「傳達」、「宣傳」的功能。比如，他發表於 1950 年 2 月 21 日《人民日報》文藝副刊上的頌歌《十二月十六》也在直接宣傳著當前的政治事件，抒寫了「十二月十六，／是一個大喜日，／毛主席斯大林，／相會在莫斯科。」田間在新中國成立後相當長的時間內，始終用真誠的態度來關注當前的政治動向和時代的需要，因此，在他的頌歌裏，時代的氣氛和現實感取得了充分的反映，這也是個不能忽略的成就。再看田間的另一首頌歌《正義的春天》〔註50〕。

　　中蘇新條約，

　　是正義的春天，

　　真心又真意，

　　如同是誓言：

　　水也有枯時，

　　真心永不會枯，

〔註50〕田間，正義的春天〔N〕，人民日報，1950-2-21，這首詩歌創作於 1950 年 2 月 17 日。

　　　　　花也有謝時，
　　　　　真意永不會謝。

　　　　　兩位好舵手，
　　　　　同御一隻船，
　　　　　乘風破海浪，
　　　　　紅旗亮閃閃；
　　　　　正義的春天，
　　　　　照在咱身邊，
　　　　　力量大如山，
　　　　　鬥志響如雷。

田間通過這首詩歌頌 1950 年 2 月 14 日簽訂的「中蘇友好同盟互助條約」。這個「新條約」成為此後十年的兩國協力關係的基礎，1949 年 12 月份毛澤東親自訪問莫斯科的主要目的也是為了建立這個「新條約」，在當時的國際政治情況下，這個條約有一個非常重要的政治意義，它是建立最大兩個社會主義陣營國家的同盟的象徵。田間通過這首頌歌表達出這個「新條約」的政治、歷史的意義。他仍然靈敏地反應這一政治事件，他在簽訂這個「新條約」的第二天就創作出了這首頌歌。這首頌歌充分地反映出這個「新條約」所帶來的一種「正義的春天」的氣氛，並體現了當時的時代氣氛和現實感。

　　如此，《握手》和《正義的春天》都是記載當時的重大政治事件的頌歌，這些頌歌都具有時事性和現實感，它們可以說是一種「歷史見證」。這些頌歌是詩人對於整個時代的深切關心和真誠熱情之結果。田間在 50 年代付出他的全面的力量歌頌了各種國家大事以及其歷史的意義，用詩歌的形式記錄了當前的重大政治事件，留下了這些「見證歷史」的頌歌。無論田間的這些頌歌在文學藝術上的成就是多少，在特殊的時代情況下為了完成詩人的使命，為了配合時代的需求，為了充分反映當前的時代氣氛，詩人所付出的這些努力是值得重視的一部分。

　　除了田間的這些詩歌以外，《人民日報》文藝副刊還刊出了不少「時事性」的頌歌，如同當時的報紙新聞那樣相當靈敏地對當前發生的重大政治事件作出反映。比如，1949 年 12 月新中國成立之後毛澤東第一次訪問莫斯科時，

《人民日報》文藝副刊刊登了牛漢的頌歌《祖國，向克里姆宮傾聽》〔註51〕。1949 年 12 月 21 號慶祝斯大林七十歲生日，《人民日報》文藝副刊前後陸續刊出了一共 11 首的頌歌。從郭沫若的《新華頌》和胡風的《時間開始了》到田間《握手》和《正義的春天》以及牛漢的《祖國，向克里姆宮傾聽》等等，許多《人民日報》文藝副刊上的頌歌都反映著建國初期各種政治事件，它們和建國初期政治同步發展。

　　總之，「時事性」是新中國成立在《人民日報》文藝副刊上的頌歌具有的最重要特點，筆者認為那些頌歌的主要價值也就在於這一特點上，它們已成為整個建國初期政治形勢的發展變遷的紀錄。這些頌歌的研究價值是並不少，尤其是在建國初期文學和政治之間的關係方面，它們是一個非常重要的文學史料。

〔註51〕1949 年 12 月 16 日，毛澤東到莫斯科開始了他對蘇聯的第一次訪問時所創作的。牛漢的《祖國，向克里姆宮傾聽》是為了紀念這第一次兩國領袖的會見而創作的頌歌，它創作於 1949 年 12 月 20 日，發表於 1949 年 12 月 25 日的《人民日報》。

3 《人民日報》文藝副刊與 抗美援朝詩歌

　　1950 年 6 月 25 日，韓國戰爭的爆發是一個不僅影響到朝鮮半島和東亞的國際政治形勢，而且還影響到全世界的冷戰格局的形成的大事件。這場戰爭的爆發對剛建立不久的新中國來說是一個重大的突發事件，當時，新中國成立還不到一年，初生的中華人民共和國面臨的形勢依然相當嚴峻，還存在著很多困難。經過了多年戰爭之後，人民剛剛得到和平和穩定，國家剛開始進入經濟的全面恢復時期。如此的情況下，對美國作戰，除了物質上的消耗以外，還得考慮美國向中國大陸宣戰的可能性；韓國戰爭剛爆發不久美國軍事就已經介入臺灣海峽，新中國不可避免地使自己徹底站到了美國的對立面。中國共產黨作出「抗美援朝，保家衛國」的決策，爲了使全國人民明白「抗美援朝」這一重大決策的必要性，堅定勝利的信心，中共開展了一場全國範圍的群眾運動，這就是抗美援朝運動。

　　韓國戰爭和抗美援朝運動對 50 年代初期中國文學產生了廣泛的影響，嚴峻的戰爭威脅推動了愛國情緒的高漲，許多作家自然會關注國家面臨的危機局面。「抗美援朝」運動要求文學界積極參與，在 1950 年下半年至 1953 年之間，這一運動成爲了文學創作的最重要主題。在這一「偉大的主題下」產生了大量的「抗美援朝詩歌」。韓國戰爭爆發之後，全國的詩歌工作者紛紛召開關於抗美援朝運動的座談會，全國許多報紙副刊和文藝期刊都開闢了「抗美援朝特輯」〔註1〕，發表了許多關於抗美援朝運動的詩歌，還有不少詩人出版

〔註1〕　比如，《大眾詩歌》第 2 卷第 5 期（1950 年 11 月 1 日）和第 2 卷第 6 期（1950 年 12 月 1 日）都爲「抗美援朝特輯」刊出的，刊有石千《把放火的強盜們

了抗美援朝詩集，包括爲黎風、祝火子等編的《抗美援朝詩歌選》〔註2〕、胡風的《爲了朝鮮，爲了人類》〔註3〕、秋豐、綠原等主編的《假如祖國需要我》〔註4〕、沙鷗的《不准侵略朝鮮》〔註5〕和《杜魯門的慘象》〔註6〕、於在洋編的《朝鮮戰地志願軍詩輯》〔註7〕、黃藥眠的《英雄頌——關於抗美援朝的詩》〔註8〕、嚴辰的《戰鬥的旗》〔註9〕、李瑛的《戰場上的節日》〔註10〕等等。

毫無疑問，「抗美援朝詩歌」是當代詩歌的組成部分，它在50年代頭幾年間整個當代詩歌創作中佔有相當大的分量，筆者對1950年至1953年發表在《人民日報》文藝副刊上的詩歌進行了搜集整理的結果發現其中抗美援朝詩歌達80%以上。關於在50年代中國黨報和文學期刊上發表的抗美援朝文學作品的總數，可以參見常彬的論文《抗美援朝文學敘事中的政治與人性》，根據她對50年代中國大陸8種最具有影響力和代表性的黨報、綜合性報刊、文學期刊進行搜集整理的結果，其中《人民日報》文藝副刊從1950年到1960年，發表的抗美援朝文學一共有700餘篇。《人民文學》於1950～1959年發表抗美援朝的作品185篇，其中小說40篇，詩歌76首，《解放軍文藝》從1951年創刊到1959年，刊載這一題材的作品384篇。《文藝報》於1950～1958年發表這類散文、通訊、特寫、文藝動態70餘篇。1950年10月至1954年可以說是抗美援朝作品湧現的高峰期，在此期間《光明日報》刊發量爲583篇，《文匯報》刊發量爲559篇〔註11〕。這些統計數據說明新中國初期「抗

燒死在火裏！》、高蘭《紅旗飄揚在鴨綠江上》（1950年11月1日），還有《北京詩歌工作者抗美援朝宣言》和王亞平《憤怒的火箭》、沙鷗《十一月的北京》、金克木《誰敢放火，消滅它》、屈楚《祖國》等詩（1950年12月1日）。參見劉福春，中國新詩檔案，1950〔J〕，現代中國文化與文學，2005，2：228。

〔註2〕 1950年12月，由北京師範大學出版部出版。
〔註3〕 1951年1月，由天下圖書公司出版。
〔註4〕 1951年2月，由武漢通俗圖書出版社出版。
〔註5〕 1951年3月，由文化工作者出版。
〔註6〕 1951年5月，由青年出版社出版。
〔註7〕 1952年1月，由武漢工人出版社出版。
〔註8〕 1952年1月，由北京師範大學出版部出版。
〔註9〕 1952年4月，由人民文學出版社出版。
〔註10〕 1952年7月，由上雜出版社出版。
〔註11〕 常彬，抗美援朝文學敘事中的政治與人性〔J〕，文學評論，2007，（2），59。

美援朝」這個主題在當時整個文學中的地位，當時「抗美援朝」已成爲最普遍的文學題材和最重要的主題。

抗美援朝文學，特別是「抗美援朝詩歌」對新中國文學產生的影響並不少，它對此後中國文學發展產生了廣泛的影響。不過，時至今日，「抗美援朝文學並沒有引起學界的足夠重視，幾乎無人進行較爲系統的研究和反思」〔註12〕，尤其是關於「抗美援朝詩歌」的研究成果既少又淺，在很多當代詩歌史的闡述中常常被忽略。筆者認爲，抗美援朝詩歌在當代詩歌史上的價值不應忽略，需要學術界的關心和研究，由此，筆者將探討抗美援朝詩歌的特點以及其對當代詩歌發展上的影響，同時以《人民日報》文藝副刊的抗美援朝詩歌爲中心，考察抗美援朝運動的發展和抗美援朝詩歌的產生之間的關係。

3.1 韓國戰爭的爆發與「抗美援朝」詩歌的誕生

對於韓國戰爭的爆發，最初新中國政府採取了相當謹愼的態度，根據對韓國戰爭爆發前後《人民日報》的分析，在戰爭爆發的最初幾天，除了進行基本新聞報導以外並沒有發表任何關於政府立場的正式聲明。《人民日報》在戰爭爆發的第二天只發表了一條比較短的新聞報導〔註13〕，並沒有發表有關韓國戰爭的社論或評論。到戰爭爆發兩天後的 6 月 27 日，美國直接介入韓國戰爭，當天美國總統杜魯門召開會議，正式批准派遣第七艦隊進入臺灣海峽〔註14〕。由此，新中國政府立即改變當初謹愼的態度，做出了強烈的反應，6 月 29 日通過《人民日報》發表了中央人民政府外交部部長周恩來的聲明，譴責「杜魯門二十七日的聲明和美國海軍的行動，乃是對於中國領土的武裝侵略，對於聯合國憲章的徹底破壞。」，並宣佈「不管美國帝國主義者

〔註12〕常彬，抗美援朝文學敘事中的政治與人性〔J〕，文學評論，2007（2），59。

〔註13〕1950 年 6 月 26 日，《人民日報》以《李承晚偽軍向北朝鮮發動全線進攻》的題目來報導韓國戰爭爆發的消息。過去，關於韓國戰爭的起源有過各種各樣的解釋，不過，隨著 1990 年代初蘇聯公開有關的軍事檔案資料，很多學者都認同了北韓的金日成政權在莫斯科的答應和支持下進攻南韓的事實。關於韓國戰爭的起源可以見沈志華，中蘇同盟與韓國戰爭研究〔M〕，桂林：廣西師範大學出版社，1999，毛澤東、斯大林與韓國戰爭〔M〕，廣州：廣東人民出版社，2005。

〔註14〕軍事科學院軍事歷史研究部，抗美援朝戰爭史（第 1 卷）〔M〕，北京：軍事科學出版社，2000，35。

採取任何阻撓行動，臺灣屬於中國的事實，永遠不能改變；……我國全體人民，必將萬眾一心，爲從美國侵略者手中解放臺灣而奮鬥到底。」從此，新中國密切地注視著戰局的變化。尤其是 9 月以後美國增派兵力迅速向北推進，9 月 15 日美國從韓國西海岸仁川登陸，戰局急轉。在如此的戰局變化之下，中國必須及時作出自己的決策，到 10 月底中共中央決定出兵援助朝鮮，「抗美援朝，保家衛國」運動由此展開。

　　從 1950 年 11 月至 1953 年，《人民日報》實際上完全投入了抗美援朝的宣傳，在這期間抗美援朝運動的宣傳成了《人民日報》的重心。《人民日報》還特闢了《抗美援朝專刊》，運用評論、雜文、漫畫、詩歌等多種載體開展了大規模的宣傳工作。當時，其他文學期刊的情況也是與此相似，隨著韓國戰爭的爆發以及抗美援朝運動的展開，詩人們就很快關注韓國戰爭的局面，紛紛發表了相關文章和詩歌。韓國戰爭爆發不到兩個月的 1950 年 8 月 1 日，作爲專門詩歌文學期刊的《大眾詩歌》（第 2 卷第 2 期）以「反對美帝侵略臺灣朝鮮特輯」的名義刊出了臧克家、嚴辰、田間、力揚、晏名、卞之琳等詩人的詩。同一天《人民文學》第 2 卷第 4 期以「反對美國侵略臺灣朝鮮」爲總題刊出了艾青、田間、馮至、卞之琳等詩文〔註15〕。這些詩歌可以說是在文學期刊上出現的第一批抗美援朝詩歌。不過，大概比此早一個月，就在 7 月 9 日，《人民日報》文藝副刊就率先發表了兩首抗美援朝主題詩歌，一是呂劍的《朝鮮人民戰歌》，另一個是馬凡陀的《可恥的失敗》。《人民日報》文藝副刊與文學期刊不同，每天都會刊出報紙，由於《人民日報》文藝副刊上的詩歌強調時間的即時性，它對於某些事件，特別是對政治事件的反應自然比其他文學期刊早一步，抗美援朝詩歌也是最早在《人民日報》文藝副刊上出現。1950 年 7 月《人民日報》文藝副刊刊出呂劍的《朝鮮人民戰歌》和馬凡陀的《可恥的失敗》之後，《人民日報》文藝副刊所發表的詩歌在主題、風格方面都發生了很大的變化。這些詩的出現就成爲「抗美援朝」詩歌這一新的詩歌主題誕生的標誌——它在預告《人民日報》文藝副刊的詩歌告別了充滿樂觀精神的「頌歌的時代」，逐漸進入悲壯的「戰歌之時代」。從此，在《人民日報》文藝副刊上，新中國成立之後那種充滿希望的「開國頌歌」逐漸減少，而充滿英雄主義色彩和愛國精神的抗美援朝詩歌陸續登場，並且佔據了主導位置。

〔註15〕參見劉福春，中國新詩檔案，1950〔J〕，現代中國文化與文學，2005，（2），219。

3.1.1 抗美援朝運動中的《人民日報》文藝副刊:「戰歌的時代」

自從美國直接介入戰爭並干涉臺灣問題之後,美國已成爲中朝兩國的共同敵人。中國國內輿論已經確定「戰爭的主使者是美帝國主義」〔註16〕,對於韓國戰爭的認識側重於「美國干涉朝鮮內政」以及「美國侵略朝鮮」。當時,不少作家對於這場戰爭的認識和理解也是與此相似,剛接觸到韓國戰爭消息的作家紛紛地發出憤怒的聲音:「美帝出動大批的海空軍以及地面部隊來直接干涉朝鮮內政。屠殺朝鮮的人民,這不是美帝對朝鮮的侵略,是什麼呢?」〔註17〕,「請看全世界人民對於美帝侵略朝鮮的抗議的怒潮,這就是全世界人民力量的初步表現。」〔註18〕,並指出中國支持朝鮮的必要性:「朝鮮是我們的親鄰。從遠古以來,兩國的人民就有密切的文化關係。……我們要竭力支持他們」〔註19〕,「中國人民以無比的關切支持援助爲自己祖國解放而戰鬥的朝鮮兄弟和亞洲民族。」〔註20〕

韓國戰爭的爆發確實成爲一個關係到新中國的安危的重大問題,如此的情況下,「抗美援朝」的問題已經與「保家衛國」的觀念放在一個層面上。在這種認識下,剛接到戰爭消息的詩人們就用詩歌的形式來表現出了「反對美國侵略臺灣朝鮮」的立場,並鼓勵「戰友」的勝利,紛紛地呼喚「朝鮮人民前進!」。在戰爭爆發之後的 7 月一個月之內,《人民日報》文藝副刊刊出了不少類似「鼓勵朝鮮人民軍」的詩歌,屬於此類詩歌的還有呂劍的《朝鮮人民戰歌》(1950 年 7 月 9 日)、艾青的《前進,光榮的朝鮮人民軍!》(1950 年 7 月 16 日)、申述的《向朝鮮兄弟們歡呼》(1950 年 7 月 20 日)、卞之琳的《向朝鮮人民致敬》、適夷的《給朝鮮的兄弟們》、呂劍的《亞洲人民戰歌》(1950 年 7 月 23 日)、邵燕祥的《唱吧,高唱你們的戰歌!——獻給英勇的朝鮮人民軍》(1950 年 7 月 28 日)等等。

> 前進,光榮的朝鮮人民軍——
>
> 衝破美軍的陣地!
>
> 摧毀敵人的堡壘!
>
> 把侵略者包圍起來!

〔註16〕朝鮮人民爲擊退進犯者而奮鬥〔N〕,人民日報,1950-6-27。
〔註17〕黃藥眠,侵略者的邏輯〔N〕,人民日報,1950-7-23。
〔註18〕茅盾,侵略者將自食其果〔N〕,人民日報,1950-7-23。
〔註19〕鍾敬文,支持戰鬥的朝鮮〔N〕,人民日報,1950-7-23。
〔註20〕阮章競,敵人不滾出去,就消滅它!〔N〕,人民日報,1950-7-23。

把賣國賊消滅乾淨！

前進，光榮的朝鮮人民軍——

解放祖國的土地！

解放苦難的人民！

爲獨立自由而戰鬥！

把光榮的旗幟插遍全境！

艾青的這首《前進，光榮的朝鮮人民軍！》具有比較典型的戰爭初期抗美援
朝詩歌的特點：詩人用充滿英雄主義色彩的詩句，鼓舞著朝鮮人民軍的前進。
這首詩帶有濃厚的「戰鬥性」，「戰鬥性」也是這時期戰歌的最突出的特點。
應該說，這是一種戰爭文學，它的創作目的和藝術趨向都比較分明，爲戰爭
而寫，作者總是要宣揚自己一方必將勝利的信心，並要鼓勵戰士的士氣，因
此，這時期抗美援朝詩歌一般都帶有一定的「戰鬥性」。

　　這類詩歌非常普遍地將朝鮮人民軍描寫爲「戰友」或「兄弟」，詩人就以
戰友的心情對待朝鮮人民軍，並用更爲親密的態度鼓勵著朝鮮人民軍：

我向你們歡呼，

朝鮮弟兄們！戰友們！

你們和我們一樣，

從血和淚的歷史中，

學會了自己做主人。

（中略）

我們——中國和全世界的人民，

都眼望著朝鮮，

爲你們的勇敢歡呼，

爲你們的勝利歡呼！

你們是憤怒的海濤，

你們是正義的風暴；

申述的《向朝鮮兄弟們歡呼》特別強調「你們和我們一樣，從血和淚的歷史
中，學會了自己做主人」的共同歷史經驗，抒寫了中朝兩國的「戰友之情」。
過去日本殖民統治期間，共同的命運遭遇把中朝兩國緊緊地聯結在一起，兩

國人民相互支持，並肩作戰，這些經驗自然產生了兩國之間的「戰友之情」。
韓國戰爭爆發之後，「美帝國主義」成爲中朝兩國的共同敵人，中朝兩國的
「戰友之情」在詩歌裏再次受到重視。尤其是 1950 年 10 月底新中國決定出
兵支持朝鮮之後，這種現象更加被強化。11 月 19 日，《人民日報》文藝副刊
刊出了曹禺的《前進，英雄的中國人民》〔註21〕，在這首詩裏詩人指出「朝
鮮弟兄是我們的親骨肉」：

> 朝鮮弟兄是我們的親骨肉。
> 他們和我們一道流過鮮血，
> 爲著支持我們中國人民。
> 那些艱難的日子，
> 我們一同活過；
> 我們忘不了，
> 朝鮮人民崇高的友情。
> 如今，
> 被我們趕跑了的野獸，
> 又在親弟兄的土地上蹂躪。
> 朝鮮弟兄，
> 正爲著自由、獨立，
> 向美帝國主義作英勇的鬥爭。
> 我們知道，
> 這也正是爲了我們的幸福和安寧。

詩人不僅強調中朝兩國的戰友之情的來歷，還把「朝鮮弟兄，／正爲著自由、
獨立，／向美帝國主義英勇的鬥爭」描寫爲「也正是爲了我們的幸福和安寧。」
韓國戰爭爆發之後，美國軍事力量直接介入臺灣，戰爭的火焰直接危及了中
國的安全，「抗美援朝」和「保家衛國」就這樣聯繫了起來。新中國決定出兵
後，10 月 24 日，周恩來在政協一屆全國委員會第十八次會議上作《抗美援朝，
保衛和平》的報告，向與會者闡明「中朝兩國是脣齒之邦，脣亡則齒寒，中
國必須『抗美援朝』」〔註 22〕的主張。此後，「脣亡則齒寒」的觀念逐漸成爲
普遍的認識，曹禺的《前進，英雄的中國人民》也就是在這種認識下創作出

〔註21〕 曹禺，前進，英雄的中國人民〔N〕，人民日報，1950-11-19。
〔註22〕 周恩來年譜（1949～1976）（上），北京：中央文獻出版社，1997，第 88 頁。

來的。

11 月初，隨著中國人民志願軍的出兵，中國國內的抗美援朝宣傳工作進入到高潮期。當時，《人民日報》刊出「反對美國侵略臺灣朝鮮運動專刊」，以增強宣傳力度。這時期《人民日報》的宣傳工作集中於「抗美援朝運動的必要性」。1950 年 11 月 6 日、20 日，它先後發表了《為什麼我們對美國侵略朝鮮不能置之不理》和《中國人民志願部隊抗美援朝保家衛國的偉大意義》等社論，號召「戰火已經燒到我們的門前了，放火者已經暴露了他們的野心了，我們處在侵略者刀鋒之前的中國人民，怎樣能夠熟視無睹？怎樣能夠置之不理？我們的熱血同胞，怎樣能夠不紛紛起來以志願行動抗美援朝，保家衛國？」，並特別強調「中國人民志願部隊和朝鮮人民軍的英勇奮鬥，不但對於中國和朝鮮的民族存亡有決定的意義，對於亞洲各民族和世界人類的安危也有極大的意義」。

1950 年 11 月以後，《人民日報》文藝副刊刊出的抗美援朝詩歌的主題也從「鼓勵朝鮮人民軍」轉移到「抗美援朝的必要性」問題。當初，呼籲「前進！光榮的朝鮮人民軍」〔註 23〕的詩人們，換了口號呼叫「援助朝鮮呵，／援助朝鮮就是／保衛我們的祖國」。〔註 24〕

> 一分鐘不能忘記呵，
>
> （已經站起來了的中國人民！）
>
> 朝鮮的大火在西北燃燒……
>
> 中國的土地灼熱了。
>
> 從朝鮮向全世界括過去的
>
> 這場瘋狂的侵略的大火
>
> 需要我們負責去滅掉！
>
>
> 援助朝鮮呵，
>
> 援助朝鮮呵，
>
> （一分鐘不能忘記：
>
> 中國的人民！）
>
> 援助朝鮮就是——
>
> 保衛我們的祖國。

〔註23〕艾青，前進，光榮的朝鮮人民軍！〔N〕，人民日報，1950-7-16。
〔註24〕綠原，一分鐘不能忘記〔N〕，人民日報，1950-12-4。

綠原的《一分鐘不能忘記》很明顯地突出「出兵的必要性」，詩中闡述說「從朝鮮向全世界括過去的／這場瘋狂的侵略的大火／需要我們負責去滅掉！」，「援助朝鮮就是保衛我們的祖國」。即完全符合當時報紙言論所普遍使用的宣傳邏輯，顯然，詩歌的宣傳性大大增強了。整個詩歌的情緒極為激昂，「一分鐘不能忘記」的詩句，表現出了嚴重的戰爭危機局面，直接傳達當時中國國內的緊張氣氛。

中國人民志願軍出兵之後，宣傳工作達到高潮，詩歌的宣傳功能更加強化，比如，1950 年 10 月底新中國政府決定出兵不久之後，《人民日報》以《為什麼我們對美國侵略朝鮮不能置之不理》（11 月 6 日）、《中國人民志願部隊抗美援朝保家衛國的偉大意義》（11 月 20 日）等社論說明「抗美援朝」的原因和參戰的必要性，隔天便刊登了申轍的《為了祖國》（11 月 5 日）、卞之琳的《我們挺上去》（11 月 19 日）等詩，《人民日報》文藝副刊在中國人民志願軍到達朝鮮的 19 日，刊登了卞之琳的《我們挺上去》鼓舞志願軍的士氣，顯得這些詩歌成為配合戰爭的第二戰爭形式，鼓舞志願軍的勝利。牛漢的《窗口》（12 月 31 日）用詩的形式來傳達「中國的志願軍，今天早晨來到了」的消息。

除此之外，詩歌所描寫的「英雄」也發生了變化——從「朝鮮人民軍」轉變為「中國人民志願軍」——《人民日報》文藝副刊上鼓勵朝鮮人民軍的詩歌逐漸減少，出現了更多歌頌中國人民志願軍的詩歌。它所刊出的有關志願軍的詩歌作品，普遍帶有一定的英雄主義色彩，加上了愛國主義情緒。尤其是申轍的《為了祖國》直接表現出了志願軍的偉大的愛國主義精神：

> 看炸彈落在祖國的土地上，
> 我的心在燃燒！
> 我把刺刀擦亮，
> 等待著祖國的號召。
> 一旦野獸們敢來侵犯，
> 我端起槍來絕不輕饒。
> 為了工廠裏機器轉動，
> 為了土地上綠遍麥苗，
> 為了老母們不再流淚，
> 為了孩子們不再哭叫，

> 為了人類的永久和平，
>
> 我們要制裁那萬惡的法西斯強盜。
>
> 縱然我戰死在沙場，
>
> 為了祖國也是無上的榮耀！

這首詩顯得呈現出了志願軍悲壯的愛國精神，描寫為了國家的安寧而奔赴戰場的勇士們的自我犧牲的英雄氣概。志願軍出兵之後，新聞報導加大輿論宣傳，集中宣揚志願軍出兵的意義，宣揚志願軍就是保衛祖國的英雄：「中國人民志願部隊和朝鮮人民軍的英勇奮鬥，不但對於中國和朝鮮的民族存亡有決定的意義，對於亞洲各民族和世界人類的安危也有極大的意義。」，「光榮的中國人民志願部隊和光榮的朝鮮人民軍，現在正是站在捍衛世界和平抵抗帝國主義侵略的最前線，受著全世界愛好和平正義的人類的支持、崇敬和矚望。」〔註25〕志願軍的出兵確實推動了愛國主義情緒的高漲，《人民日報》文藝副刊刊出了很多和志願軍出兵有關的抗美援朝詩歌，反映著當時中國國內高漲的愛國主義情緒。其中也有不少志願軍自己創作的「槍桿詩」，包括孫志深、劉玉榮、曹樹理等的《幾首槍桿詩》（1951 年 7 月 11 日）、周蓮江的《寫給志願軍》（1951 年 7 月 11 日）、徐嘉瑞的《志願軍代表來到雲南》（1952 年 1 月 24 日）、未央的《祖國，我回來了》（1953 年 2 月 20 日）、李瑛的《獻花》（1954 年 1 月 11 日）等等。不過，有些詩歌反覆地使用千篇一律的句子來宣揚志願軍的偉大：「你們是保衛世界和平的戰士，／你們是毛主席最優秀的學生，／你們在朝鮮打垮了美帝國主義，／創造了無數的光輝的歷史」〔註 26〕，這些詩句多少顯得有點空虛。

　　不過，也有一些比較出色的志願軍詩人。志願軍詩人未央的詩作取得了值得關注的成就。未央可以說是個《人民日報》文藝副刊所發掘的新人，他作為志願軍文工團的文藝兵參加了韓國戰爭，從朝鮮回來之後，1953 年 2 月 20 日通過《人民日報》文藝副刊發表的《祖國，我回來了》一首詩得到了很高的評價。當時，作為《人民日報》文藝部主任的袁水拍收到未央的詩稿，「馬上加以修改，很快見報，見報後反響強烈，深受讀者歡迎。」〔註 27〕這首詩刊登的時候，還有一條編者按補充說明，「這是本報編輯部收到的寄自

〔註25〕中國人民志願部隊抗美援朝保家衛國的偉大意義〔N〕，人民日報，1950-11-20。

〔註26〕徐嘉瑞，志願軍代表來到雲南〔N〕，人民日報，1952-1-24。

〔註27〕葉遙，袁水拍和《人民文藝》〔J〕，百年潮，2000，（5），75。

開原的一首詩，作者沒有寫眞姓名，但在稿末附言中說：『我是一個志願軍
戰士，回到祖國，眞是有很多話要說。』我們認爲這是一篇具有愛國主義和
國際主義熱情的作品。」

　　　車過鴨綠江，

　　　好像飛一樣，

　　　祖國，我回來了，

　　　祖國，我的親娘！

　　　我看見你正在向你遠離膝下的兒子招手。

　　　車過鴨綠江，

　　　好像飛一樣，

　　　但還是不夠快呀！

　　　我的車呀！你爲什麼這麼慢？

　　　一點也不懂得兒女的心腸！

　　　（中略）

　　　車過鴨綠江，

　　　同車的人對我講：

　　　「好好兒看看祖國吧，

　　　同志！看一看這些新修的工廠。」

　　　一九五三年是我們五年計劃的

　　　頭一個春天──春天是竹筍拔尖的季節，

　　　我們工廠的煙囱要像春天的竹筍一樣！

　　　老人們都說：

　　　孩兒不離娘。

　　　祖國呀，在前線，

　　　我眞想念你！

　　　但我記住一支蘇維埃的歌：

　　　「假如母親問我去哪裏，

　　　去做什麼事情，

> 我說，我要爲祖國而戰鬥，
>
> 保衛你呀，親愛的母親……」

未央的《祖國，我回來了》充分地反映出了詩人對祖國的懷念和剛回到祖國滿懷的感激。他的身份與其他很多詩人不同，作爲眞正的「戰士」，他基於親身的戰爭體驗寫出了「戰士詩」，因此，詩歌具有非常強烈的現場感，相當生動。並且，他特別「善於用簡單有力的句子把激動人的場面或感情表現出來」〔註28〕，他的《祖國，我回來了》之所以十分感人，就是因爲他採取了「車過鴨綠江」的一個具體的場景，生動地描寫了「辭別與歸來、江東與江西、戰爭與和平、惦記與思念、擔憂與喜悅」等種種情形和心理活動〔註29〕，成功地表現出了詩人眞誠的感情世界，並充分地反映出了時代的情緒。

3.1.2 戰爭與和平：「和平的詩歌」

緊張的戰時狀況，使得文學與政治更加緊密地聯結起來，「對敵人作戰和教育人民」就是這時期文學創作的中心目的。嚴峻的戰爭時代要求詩歌成爲一種有力的思想武器，戰爭爆發不久就出現了許多帶有強烈的「戰鬥性」的詩歌。不過，值得注意的是，這時期也有過別於這些充滿戰鬥性的詩作，很多詩人都高喊「戰鬥」、「前進」時，有些詩人就呼喚「和平」，並更爲關注戰爭對人類的破壞和毀滅。實際上，韓國戰爭發生前後，不少中國詩人還寫了號召「保衛和平」的詩作，也有「保衛和平」主題的詩集出版，包括艾青、呂劍等著的《保衛世界和平》〔註30〕。這本詩集收有呂劍《保衛世界和平》、高蘭《用和平的力量推動地球前進！》、戈陽《我們不要戰爭》、艾青《我在和平呼籲書上簽名》等詩。此外，石方禹的《和平的最強音》〔註31〕可以說是這時期最有代表性的保衛世界和平詩作。在嚴峻的戰爭期間中，這些詩歌的存在本身就有著很大的意義。

當時，《人民日報》文藝副刊也刊登過一些「呼喚和平」的詩歌。黃藥眠的《我要擁護和平》〔註32〕是這時期在《人民日報》文藝副刊上出現的以「和

〔註28〕 何其芳，詩歌欣賞〔M〕，北京：人民文學出版社，1962，98。轉引自洪子誠，劉登翰，中國當代新詩史〔M〕，北京：北京大學出版社，2005，63。

〔註29〕 張文剛，簡論未央的詩歌〔J〕，湖南文理學院學報，2003，28（6）。

〔註30〕 1950 年 8 月，由新華書店華東總分出版。

〔註31〕 發表於《人民文學》1950 年第 3 卷第 1 期。1956 年 8 月，由中國青年出版社出版。

〔註32〕 黃藥眠，我要擁護和平〔N〕，人民日報，1950-10-19。

平」爲主題的代表性詩作。

> 我要擁護和平
> 因爲我永遠愛著
> 這碧藍的晴天，
> 覆蓋著勞動而又快樂的人們，
> 工廠裏的飛輪在轉動，
> 餐桌旁邊添益著笑聲；
> 因爲我愛和平的城市，
> 永遠吐著白蓮似的燈光，
> 黃昏時分廣場裏母親牽著孩子，
> 傾聽從廣播臺播送過來的音樂；
>
> ……
>
> 但我不願意這些和平的城市
> 在轟炸下變成了煙灰；
> 我不願意善良的人們，
> 刹那間慘死在自己的家中；
> 我不願意看見，
> 母親懷抱裏的孩子
> 突然停止了呼吸；

戰爭是人類最大的災難，也就是最大的悲劇。戰爭本身就是以許多人們的生命犧牲爲前提，詩人在抒寫這種戰爭對人類的生命和人們的生活所帶來的嚴重破壞，沉重的悲劇。詩人在訴說「碧藍的晴天」、「餐桌旁邊的笑聲」、「廣播臺播送過來的音樂」等等，這些生活中的細小部分都多麼值得珍惜。通過這些詩句可以感覺到詩人的溫暖的目光和熱愛生命的精神。

此外，李廣田在 50 年代初詩作很少，卻在《人民日報》文藝副刊發表了一首題爲《和平鴿子在飛翔》〔註 33〕的詩歌，表現出了詩人自己反對戰爭、擁護和平的精神：

> 和平鴿子在飛翔，

〔註33〕李廣田，和平鴿子在飛翔〔N〕，人民日報，1950-12-10。

它飛向車間，飛向農莊，

飛入小學生們的課堂，

飛向一切為和平而建設的地方，

所有被法西斯所迫害、所奴役、所損傷的，

所有被戰爭所威脅、所破壞的，它都去拜訪，

和平鴿子在飛翔。

和平鴿子在飛翔，

它飛到那裡，那裡就是希望，

全世界人民凝結成一股力量，

十萬萬人心，它是一個形象，

杜魯門，艾德禮，徒然的瘋狂，

法西斯魔掌絕不能抵擋：

和平鴿子要繼續飛翔。

在這首詩歌下面有一條編者按說明，《人民日報》文藝副刊在 11 月 17 日刊載了法國畫家畢加索所作獻給第二屆世界保衛和平大會的和平鴿子，題為《和平鴿子在飛翔》，而李廣田的《和平鴿子在飛翔》是自從畢加索的這幅畫的得到的靈感。在這首詩歌中，「和平鴿子」好像為了安慰戰爭中的人們去拜訪「所有被戰爭所威脅、所破壞的」地方。這兩首詩都具有與其他抗美援朝詩歌不同的風格，充滿了人道主義精神，充滿了溫暖博大的愛，此詩沒有同時期在《人民日報》文藝副刊上刊出的那些抗美援朝詩歌裏普遍出現的煽動性的口號。殘酷的戰爭局面使得詩人思考戰爭的非人道性以及和平的重要性，而產生了這些呼喚和平的詩歌。在許多詩人都寫出戰鬥性和暴力性非常強的詩歌的當時，這些具有人道主義精神的「和平讚歌」的存在本身就具有很大的價值。這些詩歌可以說是對當時戰爭擴散局面的反思，也就是對於盲目的戰鬥詩歌的反思。

當時，在以蘇美兩國為中心的冷戰格局下，世界各個不同地區擴散著戰爭的火焰。對於和平的渴望也自然地增高。新中國成立之前，中國就已經經歷了很長時間的戰爭期，因此全力地治理戰爭的創傷，恢復國內脆弱的經濟情況，是剛剛建立起來的新生共和國的首要課題。由此，新中國迫切需要一個和平的國際環境。實際上，韓國戰爭爆發前後，中國國內的「保衛世界和

平簽名運動」〔註34〕已經達到高峰，不少作家還參與過世界保衛和平運動。1950 年 11 月 16 日，第二屆世界保衛和平大會在波蘭首都華沙召開〔註35〕，巴金參加了這次會議，還寫了一篇發言稿子，不過，因「當時各國代表團發言的人很多」的緣故此稿未用，巴金從華沙回來之後在《人民日報》上以《我願意獻出我的一切》的題目來發表。在這一文章中，巴金表示自己堅決擁護世界和平的立場，並特別強調在目前的戰爭威脅的局面中「作為一個作家的任務」是「宣傳和平」和「把人類連接在一起的」：

> 作為一個作家，我認為我的任務是宣傳和平的，我的任務是把人類連結在一起的。我願意每個口都有麵包，每個家都有住宅，每個小孩都受教育，每個人的智慧都有機會發揚。作為一個中國人，我可以說，我們比誰都更愛和平，更寶貴和平，更需要和平。我們的豐富的文學遺產中就有不少光輝的反對非正義的戰爭的詩篇。我們需要和平，因為只有在和平中我們才可以得到充分的建設的機會，而且我們是經過了長時期的戰爭之後才達到和平的。（中略）
>
> 作為有良心的作家，我們有責任結合人類，幫助全世界的人民團結起來。撇開不同的信仰，撇開不同的宗教，撇開不同的語言，只要是善良的人，只要是愛人類的人，讓我們團結在一起，為保衛和平而奮鬥，為創造新的文明而奮鬥。〔註36〕

在嚴峻的戰時情況下，文學應當承擔什麼樣的任務——這就是當時很多作家所面臨的難題。提高鼓勵戰士的戰鬥意志也是文學所要承擔的任務，不過，更為重要的是文學應當更為關注戰爭對人類的生命和思想、感情的破壞、毀滅，要更為關心人類所受到的戰爭創傷、不幸，更需要思考怎樣能夠克服這一危機局面，又怎樣能夠安慰戰爭中的人們。通過這篇文章，巴金就提醒人們注意到這一點，「作為一個作家」應當不能忘卻熱愛和平熱愛生命的人道主義精神。在這篇文章的最後一段中，充分地感覺到他對於和平的真誠感情。

〔註34〕據《人民日報》的報導，1950 年 10 月「全國在保衛和平宣言上簽名的人數已達一億九千五百一十六萬六千零十人，占全國人口總數的百分之四十一」。參見全國人民憤恨美帝擴大侵略戰爭，和平簽名者已達一億九千餘萬〔N〕，人民日報，1950-10-22。

〔註35〕這次大會延續到 11 月 22 日，出席大會的有八十個國家的一千七百五十六位代表。關於大會內容和代表團可以參見第 2 屆世界保衛和平大會日誌〔N〕，人民日報，1950-12-29。

〔註36〕巴金，我願意獻出我的一切，人民日報，1951-1-7。

> 我離開我的家動身到這裡來的時候，我的五歲的女兒依戀不
> 捨地抱住我的頸項說，要爸爸早回家來，要爸爸帶禮物給她。我
> 愛我的女兒。每個父親都愛他的孩子。年青的一代的確是可愛的。
> 我們這一代已經受夠戰爭的苦難了。可是我不願意看見年青的小
> 眼睛上有一滴淚水，我不願意看見誰傷害一根柔嫩的頭髮。我相
> 信所有的父親都是這樣的。我們應該給孩子們創造一個更好的環
> 境，一個更美麗的將來。為著年青的一代，我願意獻出我的一切。
> 〔註37〕

不過，戰爭的火焰更直接地影響到了中國國內的政治思想，1950年11月
以後已經開始展開全國範圍的「抗美援朝」運動，時代要求文學全面宣傳這
場運動，從此，這種「作為一個作家」的真誠的思考就被淹沒在這場運動的
熱潮之中。在戰時動員局面下，作家也得配合這場政治運動參加很多宣傳活
動。為了滿足這時代的要求，詩歌逐漸成為一種運動的產物。因此，這一時
期抗美援朝詩歌當中，像黃藥眠的《我要擁護和平》、李廣田的《和平鴿子在
飛翔》等表現出溫暖的博愛精神的詩作並不多。《人民日報》文藝副刊也是只
在韓國戰爭爆發前後的比較短暫的時期裏發表了幾首，以後隨著抗美援朝運
動發展而逐漸消失。此後，抗美援朝詩歌就發展為完全配合這場政治運動的
宣傳工具。

3.2　在抗美援朝主題下文學的政治動員

「抗美援朝」運動是新中國初期的一場空前規模的運動，作為新中國初
期的最重要的政治運動之一，被稱為建國初期的一場比較成功的政治運動。
這場運動持續到1953年，在運動過程中還出現了「和平簽名運動」、「增產節
約運動」、「愛國公約運動」、「捐獻武器運動」等等，大運動與小運動互相促
進。在50年代頭幾年之間，在抗美援朝運動的推動下，形成了全國範圍的動
員局面，影響到整個社會各方面的發展。韓國戰爭對新中國的經濟恢復和建
設工作毫無疑問造成了很大的損失，不過，抗美援朝運動對中國國內也產生
了明顯的積極作用：在國家的危機情況下，大大提高了新中國人民的愛國主
義精神，成功地吸引了廣大群眾的愛國熱情，引導了戰爭初期中國的軍事勝

〔註37〕巴金，我願意獻出我的一切，人民日報，1951-1-7。

利〔註38〕。其中，「增產節約運動」和「捐獻武器運動」還促進了國內經濟狀況的好轉。此外，由於「抗美援朝」運動期間「中共加強政治思想教育並加緊努力去消除實際的或潛在的政治反對力量」，在建國初期比較短暫的期間內「迅速有效地確立了國家秩序的鞏固化」〔註39〕。

在抗美援朝運動的宣傳工作方面，《人民日報》居於核心的位置，它作為進行群眾性的宣傳鼓勵的重要工具，對運動的擴散和發展起到了極為深刻的作用。從 1950 年 11 月至 1953 年，《人民日報》實際上完全投入了抗美援朝的宣傳，在這期間抗美援朝運動的宣傳成了《人民日報》的中心主題。許多相關的重要文件基本上都通過《人民日報》發佈，《人民日報》還特闢了《抗美援朝專刊》，這是由作為抗美援朝運動的宣傳領導機構「中國人民保衛世界和平反對美國侵略委員會」（簡稱中國人民抗美援朝總會）直接編輯，在運動的宣傳過程中發揮了領導性的作用。它主要介紹全國各地各條戰線開展抗美援朝的經驗，先後開設過《時評》、《抗美援朝動態》、《在保衛世界和平線上》、《抗美援朝信箱》、《志願軍來信》、《寫給志願軍》等專欄，還刊登了不少關於文藝界的抗美援朝運動宣傳活動的文章以及抗美援朝詩歌。〔註40〕通過對於這時期《人民日報》的抗美援朝宣傳工作與抗美援朝詩歌進行分析，我們可以發現，這時期抗美援朝運動的發展歷程和抗美援朝詩歌之間有著緊密關係。伴隨著抗美援朝運動的展開，抗美援朝詩歌配合著每一個階段宣傳工作的重點問題，顯示出一種在政治動員局面下詩歌生產運動的形態。

3.2.1 詩人的「抗美援朝宣言」

1950 年 10 月底，隨著中國人民志願軍的出兵，抗美援朝運動也轉入到全面開展的階段，10 月 26 日，中國保衛世界和平大會委員會與中國人民反對美國侵略臺灣朝鮮運動委員會在北京舉行聯席會議，決定將兩會合併為以郭沫若為主席，彭眞、陳叔通，後增加廖承志為副主席的中國人民保衛世界

〔註38〕 莫里斯麥斯納，毛澤東的中國及其發展〔M〕，北京：社會科學文獻出版社，1992，91。

〔註39〕 莫里斯麥斯納，毛澤東的中國及其發展〔M〕，北京：社會科學文獻出版社，1992，95。

〔註40〕 《抗美援朝專刊》1950 年 12 月 4 日出版第 1 期，到 1953 年 7 月 27 日即停戰協定的簽訂，出了 131 期，停戰後繼續出版，到 1954 年 9 月 5 日為止共出了 190 期。

和平反對美國侵略委員會，簡稱「中國人民抗美援朝總會」，這樣，成立了抗美援朝運動的領導機構，統一領導全國的運動。同日，中共中央發出《關於時事宣傳的指示》，宣佈中國對韓國戰爭「不能置之不理」，提出對「美帝國主義」的「三視」思想教育的必要性，表明了「堅決消滅親美的反動思想和恐美的錯誤心理，普遍養成對美帝國主義的仇視、鄙視、蔑視的態度」。這兩個事件標誌著抗美援朝運動的宣傳工作以及思想教育將全面開始。在實際宣傳工作中，黨報是進行群眾性的宣傳鼓勵的重要工具。這時期《人民日報》實際上完全投入了抗美援朝的宣傳，它運用資料、漫畫、專刊等多種新聞體載，進行大規模宣傳教育。從 1951 年到 1954 年，《人民日報》關於抗美援朝的宣傳文字平均每月就達兩萬字左右〔註41〕。在進行宣傳的過程中，《人民日報》本身的發行量也在不斷增加，1949 年底發行數量為 90,550 份，1950 年 3 月是 92,832 份，到 1950 年底，發行數量為 19 萬多份，增加了 10 萬多份，1951 年上昇到 22 萬多份，1952 年上昇到 48 萬多份，1953 年上昇到 55 萬多份〔註42〕。

在中共中央發出《關於時事宣傳的指示》之後，中華全國文學藝術界聯合會的第六次常委會擴大會議發出了《關於文藝界展開抗美援朝宣傳工作的號召》，11 月 4 日《人民日報》刊登了「號召」的全文，文章提出「現在在全國人民中已開始熱烈地開展了抗美援朝、保家衛國的自發的運動，文學藝術界應該支持這個運動，參加這個運動。」，文聯所屬各協及全國地方文藝組織都應該「一致行動起來，通過下列各種活動，廣泛展開抗美援朝保家衛國的宣傳運動」。「號召」提示了非常具體的活動方式：

　　1、廣泛動員作家寫作，通過詩歌、活報、雜文、戲劇、電影、報告、小說、繪畫、歌曲等形式作深入的普遍的宣傳，特別要注意運用廣大人民所最容易接受的圖畫、說唱、曲藝、活報、短劇等形式。

　　2、建議全國文藝報刊，經常地有系統地刊載有關抗美援朝的文章與作品，增加時事性的雜文。

　　3、建議全國各地文工團隊、劇團進行抗美援朝的宣傳，以活報、短劇、演唱、歌舞、曲藝等藝術形式向農村、工廠、部隊進行抗美

〔註41〕張濤，中華人民共和國新聞史〔M〕，北京：經濟日報出版社，1996，61。

〔註42〕人民日報報史編輯組編，人民日報回憶錄（1948～1988）〔M〕，北京：人民日報出版社，1998，363。

援朝的宣傳活動。

4、組織及教育民間藝人，使他們也能積極而有效地參加這一宣傳活動。通過他們來揭露並粉碎特務間諜分子所散佈的無恥謠言。針對人民群眾中一部分對美帝尚缺乏認識的各種觀點，進行抗美援朝的鼓動宣傳。

5、組織各種講演會、座談會、朗誦會。

6、廣泛地與全世界各國愛好和平民主的文學藝術團體以及作家藝術家建立更進一步的聯繫、交換作品、共同為保衛世界和平反對美帝侵略而鬥爭。〔註43〕

當時，中國文藝界在實際宣傳工作中，直接實踐了文聯提出的這種具體宣傳方式。特別是在「抗美援朝總會」的領導下，文藝界的宣傳活動逐漸發展為有組織、有計劃的形態。11月20日，在北京出現了「北京文藝界抗美援朝宣傳隊」，這「宣傳隊」分成10個分隊，分配著去北京市內各工廠、文化機構、學校、軍隊等地進行宣傳活動。在宣傳活動中，廣泛地利用各種文藝形式，包括小型話劇、歌劇、活報劇、歌曲、舞蹈、漫畫、電影、相聲等等〔註44〕。根據1951年1月《人民日報》的報導，「北京市各個專業文藝工作者一千人組成了十個抗美援朝文藝宣傳隊，在城區及市郊的廠礦、農村等三十二個地方，演出了自己的創作」〔註45〕。這些文藝界的宣傳活動說明了這時期文學藝術的特殊生存環境。戰時的危機情況使得文學越來越傾向於政治宣傳，這時期文藝界完全融入到政治動員的狀態之中，在這種狀態之中所創作出來的抗美援朝文學便屬於這一運動的產物。

作為權威性的文藝方針政策，文聯的這一決定對於此後的抗美援朝文學的發展引起了深刻的影響。《人民日報》發表這一文聯的號召之後，全國的文藝工作者迅速地召開各種大小會議，紛紛地做出了相應的反應。詩歌界的反應相當迅速，文聯的號召發表之後第二天，也就是11月5日，上海的詩歌音樂工作者舉行了座談會，「對一年來的詩歌和音樂創作作了深入的討論，並發

〔註43〕關於文藝界展開抗美援朝宣傳工作的號召〔N〕，人民日報，1950-11-4。
〔註44〕《人民日報》在1950年11月2日刊出了關於文藝界的抗美援朝宣傳隊活動的新聞，報導宣傳隊的各分隊情形以及活動地區，比如，「第一隊是中央戲劇學院，主要工作地區是近郊工廠」。參見文藝界抗美援朝宣傳隊分隊分頭展開宣傳活動〔N〕，人民日報，1950-11-20。
〔註45〕在抗美援朝運動中京市的文藝宣傳工作〔N〕，人民日報，1951-1-23。

動了『抗美援朝』的創作運動」〔註46〕。11月6日，北京詩歌工作者也舉行
了座談會並發表了「抗美援朝宣言」。參加這場座談會一共有二十一名詩歌工
作者，包括馮至、郭沫若、田間、何其芳、胡風、徐放、張志民、樓適夷、
王亞平、嚴辰、卞之琳、沙鷗、俞平伯、徐遲、賀敬之、臧克家、艾青、老
舍、袁水拍、林庚等詩人，還有作曲家馬可和漫畫家丁聰等。在宣言中，這
些作家對文聯的號召表示積極的態度，宣佈了「用我們的詩歌，用我們的行
動，爲抗美援朝、保家衛國而鬥爭，是今天我們每一個詩歌工作者光榮的責
任！」〔註47〕：

> 朝鮮是我們親密的友邦，我們曾經在抗日戰爭中並肩作戰，無
> 論爲了兄弟的情誼或是爲了我們本身的利害，我們不能、決不能讓
> 我們的兄弟獨力擔當這艱苦的戰鬥。……保衛自己的祖國和人民，
> 擁護自由和正義，我們中國的詩歌工作者具有歷史的和世界的光榮
> 傳統，屈原、杜甫、拜倫、雪萊、普希金、瑪耶可夫斯基的精神滲
> 透在我們的血肉裏，西蒙諾夫、阿拉貢的愛國主義和國際主義的高
> 度結合，爲保衛祖國而挺身戰鬥的英勇行爲，是我們的榜樣。在抗
> 日戰爭中、在解放戰爭中，我們所喚起的對敵人的憎恨和對祖國對
> 人民的偉大的愛，是戰爭中的不可缺少的力量。承繼這種戰鬥精神
> 和傳統，千萬倍的加以發揚和光大，用我們的詩歌，用我們的行動，
> 爲抗美援朝、保衛祖國、保衛和平而鬥爭，是今天我們每一個詩歌
> 工作者光榮的責任！〔註48〕

在抗日戰爭和解放戰爭等歷史危機局面中，作家都用自己的創作參與了戰
鬥，這確實是中國文學的傳統，屬於中國作家眞誠憂國憂民的思想傳統。這
時期詩歌工作者的「宣言」也是屬於這種情況，爲了克服危機局面，許多詩
人基於眞誠的責任感參加了這場「宣言」以及宣傳活動。他們認爲「用詩歌
這一藝術的形式來宣傳愛國主義思想」，「鼓舞廣大群眾的戰鬥情緒」，就是在
這危機局面下詩人應當要承擔的任務。詩人們在討論中得出了各種有效的宣
傳方式，比如，「要多寫戰鬥性的『短詩』，並發動工人、學生中的詩作者同
志進行創作」，「與音樂工作者、美術工作者合作」，「編印詩、歌、畫的宣傳

〔註46〕上海詩歌音樂工作者舉行座談會〔J〕，大眾詩歌，1950，2（6）。
〔註47〕北京詩歌工作者抗美援朝宣言〔N〕，人民日報，1950-11-7。
〔註48〕北京詩歌工作者抗美援朝宣言〔N〕，人民日報，1950-11-7。

小冊」〔註49〕。很明顯，他們對於抗美援朝詩歌創作的思考顯得側重於其「宣傳性」。當然，這一「宣言」對於此後的抗美援朝詩歌起了直接的影響，出現了很多具有「戰鬥性」和「宣傳性」的詩歌，極為「口語化」的快板、鼓詞、小唱等形式詩歌寫作以及朗誦、詩畫等方式也受到了重視。

　　1950 年 12 月 3 日，馮至在《人民日報》文藝副刊發了一篇關於抗美援朝詩歌的評論《在偉大的主題下》，指出當時的詩歌工作者在動員下用詩歌的方式廣泛參與戰鬥的局面。他說「僅僅在十一月份，某刊編輯部就收到投稿詩有九百來篇。這些詩幾乎全部都歌詠著一個偉大的主題：「抗美援朝，保家衛國」。這具有歷史意義的運動在現在詩歌的領域裏掀起巨大的浪潮，是必然的，當然的。由此，我們可以推想，國內各地報紙和雜誌的編輯部所收到的以「抗美援朝」為主題的詩歌的總數，將是何等龐大。這個現象說明了詩歌工作者的廣泛動員。」從此可知，這時期抗美援朝詩歌創作已經形成了一種圍繞著某一指定的話題開展的「詩歌生產活動」，那就與抗日戰爭時期的抗戰詩歌或延安時期的集體創作相似，在特定的政治目的下，反覆和集中地「生產」一個統一的主題詩歌〔註50〕。

　　建國初期抗美援朝詩歌寫作在詩歌的主題和題材的處理上，都經過了文學機構內部的反覆討論，思想上的一致是詩歌創作的基礎。創作抗美援朝詩歌的行為本身已經成為一種詩人的政治任務，在「抗美援朝」這一基本主題下，創作題材、藝術風格、表現方法都體現了高度的統一性，帶有比較濃重的宣傳性、指導性。

　　1950 年 11 月，抗美援朝運動發展為對於美帝國主義的「控訴運動」。從1950 年 11 月至 1952 年上半年之中，「控訴美帝」成為抗美援朝宣傳工作中的中心問題。這時期《人民日報》有關「控訴美帝」的報導形成了高潮期，從1950 年 11 月 5 日到 12 月 6 日約有一個月的時間裏，所刊載的有關「控訴美帝國主義暴行」的報導竟多達 39 篇〔註51〕。這時期《人民日報》文藝副刊還刊出了許多「控訴」詩歌，屬於這類的詩歌有馬凡陀的《美國流氓們，你們聽著！》（1950 年 11 月 5 日）、蕭三的《新中國決不向侵略者低頭》（1950 年

〔註49〕 北京詩歌工作者舉行座談會並發表抗美援朝宣言〔N〕，人民日報，1950-11-7。
〔註50〕 參見金素賢，中國現代詩歌中的韓國戰爭〔J〕，中國語文研究叢，2009，41：220，（韓國）
〔註51〕 候松濤，抗美援朝運動中的社會動員〔D〕，北京：中共中央黨校，2006，66。

11月12日）、嚴辰的《麥克阿瑟的「時間表」》（1950年11月26日）、袁水拍的《把殺人犯套上鎖！》（1952年2月27日）等等。

　　從1951年下半年，新中國政權開始進行展開了另一種形式的抗美援朝運動，即「捐獻飛機大炮」和「增產節約」。1951年5月1日，《人民日報》發表了《把抗美援朝運動推進到新的階段》，指出「及時地將群眾性的抗美援朝熱情引導到加強各方面的實際工作中去，發動群眾堅決鎮壓反革命分子；工廠要更熱烈地掀起「馬恒昌小組」競賽運動；農村要適應目前生產季節，努力生產，支持抗美援朝，動員農民為爭取完成今年農業豐產的總任務而鬥爭。」，同一天還刊載了《中國人民抗美援朝總會關於繼續募集慰勞款和救濟款的通知》，「為了慰勞中國人民志願軍和朝鮮人民軍，為了救濟遭受美國侵略軍殘害的朝鮮災民，本會曾於去年十二月四日與今年一月十四日號召全國各界發起抗美援朝的捐款捐物運動。賴各界同胞的共同努力熱情捐獻，已獲良好成績。」，「這些捐款的大部，業已分別用來慰勞了為保衛祖國，為保衛遠東和世界和平，正在朝鮮打擊美國強盜的中國人民志願軍和朝鮮人民軍，或救濟了朝鮮災民，對前方士氣的鼓勵和對朝鮮災民的困難的解決作用甚大。此為繼續擴大抗美援朝運動，繼續給前線將士以慰勞，希各地抗美援朝分會聯合各界，繼續發動大規模的捐款運動。」這兩篇文章在預告抗美援朝運動轉移到實際經濟支持方面。不久，6月1日抗美援朝總會正式發出號召「推行愛國公約、捐獻飛機大炮和優待烈屬軍屬的通告」。從此，這場「捐獻運動」擴大為全國規模的運動，一直延續到1951年12月〔註52〕。

　　1951年8月22日《人民日報》刊出《中國人民抗美援朝總會關於執行增產捐獻計劃、按期繳納捐獻的通知》，通知中說：「目前各地一切訂立了增產捐獻計劃的組織和個人，應即認真執行已定的計劃，如期繳納捐款。凡是原訂計劃中規定一次交款的，應該一次交清；分期交款的，也應該如期分交。本會各地分會及主持捐獻運動的各機關，應負責督促各界人民及各個單位按

〔註52〕1951年12月27日，中國人民抗美援朝總會發表《關於進行結束武器捐獻運動工作的通知》並宣佈「全國人民在高度愛國主義的鼓舞下，熱烈響應本會六月一日的號召，展開武器捐獻的運動，這一運動於本年十二月底即將勝利完成任務。截至十二月二十六日止，中國人民銀行總行實收到全國各地繳款已達四萬七千二百八十億餘元。目前除個別省、市和單位尚未完成繳款任務外，絕大多數的省、市和單位均已超額完成了原來認捐的數字。本會現已實收之繳款總數已超過了十月三十日全國各地認捐總數百分之十九。」，1951年12月28日，《人民日報》刊出了這一通知的全文。

照計劃交款，並按照本會六月七日關於捐獻武器辦法通知的規定，將繳納捐款的數字逐級報告本會，並按月公佈。」可以看出，這場「捐獻運動」顯得具有一定的嚴格性或強制性。到1951年11月，《人民日報》還刊出中國人民抗美援朝總會的通知說「捐獻武器運動完成後，抗美援朝工作應以開展愛國增產節約運動爲中心」。

這些通知發表之後，1951年～1952年全國迅速掀起了「捐獻飛機大炮」、「增產節約」的熱潮，「農民將農業、家庭手工業及其他副業生產中增產所得的一部分捐獻出來，工人和職員以每月多做工一天所得的工資支持前線，工商金融業者改善經營，節約消費，捐獻每一月或數天的盈利，文化藝術節則多寫稿、多畫畫、多演戲、以所得收入支持前線」〔註53〕。隨後，在《人民日報》文藝副刊上也出現了一些反映「捐獻飛機大炮」和「增產節約」運動的詩歌。其中更多的是工農群眾和志願軍的詩歌。有些工農群眾詩歌直接號召「動員全家齊努力，／增產節約支持前線」，並表現出了積極參與這場運動的決心。志願軍的詩歌則呼應著工農群眾的決心，歌頌他們的愛國精神，並表達了一種感恩之情。

> 一滴油，一絲線，
> 全是咱們的血和汗；
> 節省一點是一點，
> 打擊美帝援朝鮮。
> 一塊鋼，一塊鐵，
> 製造出來費力量；
> 節省一寸是一寸，
> 增加財富援前方。

這是《人民日報》文藝副刊在1952年9月8日刊登的志願軍歸國代表團的詩歌，也就是他們報告時在志願軍面前朗誦過的詩歌〔註54〕。這首詩表現了工人和農民增加生產支持前線的愛國精神。這可以說是爲了表示「感謝祖國人

〔註53〕 孫丹，論抗美援朝戰爭的國內宣傳工作〔J〕，當代中國史研究，2009，16（4）：23。

〔註54〕 1952年9日28日《人民日報》刊出了方立棟、曲雲娥、李伯芸的《祖國，我們向您宣誓》，這是這三位「志願軍歸國代表團」歸國訪問之後所寫的報告文章。文章書寫在回到朝鮮的志願軍面前傳開從祖國回到朝鮮的消息的全過程，包括他們所朗誦的這首詩歌。

民對我們（志願軍）的全力支持，堅決保衛我們的祖國」而寫的詩歌，作者在這首詩下面還添加了說明，「我們深深地體會到我們在前線所用的每一顆子彈，所吃的每一個糧食，都滲透著祖國勞動人民的血汗，我們要更加提高守護物資節約物資的觀念」。

　　雖然這場「捐獻運動」是政府所發動的，不過在運動過程中，中國人民所表現出的愛國精神和團結精神確實是令人佩服。當時，老舍發表了一篇評論表示對於這一「捐獻運動」的感激，並強調文學應該表揚這個運動的成果：「連我們小學校的學生也節省零錢，去置辦慰勞袋；我們的工人一致的以增加生產，支持前方；我們的商界朋友，也互立公約，齊心愛國；……這些，難道不值得表揚麼？難道寫出來沒有好效果麼？我們不必到過美國才能寫反美的文字，寫我們自己的愛國精神與事實更親切有力。」〔註55〕實際上，在抗美援朝運動的熱潮下，文學廣泛地被動員起來，文學創作的主題和題材都受到了嚴重的限制，許多作家只能在當前的中心任務和政治事件中尋找創作題材。通過老舍的評論，可以看出他對於文學創作的主題和題材的探索，作家既要滿足時代的要求的同時，也試圖保存文學本身的價值。不過，在當時特殊的文學生存環境裏，要在這兩個價值觀念之間找出合適的平衡點，確實是很難的一個課題。在抗美援朝運動的熱潮中，抗美援朝詩歌總是處於這種矛盾之中。當然，更多的抗美援朝詩歌還是偏向於配合中心任務，發揮宣傳作用的方向。

3.2.2　在抗美援朝運動中的「三視教育」與詩歌

　　在運動初期，抗美援朝的宣傳工作主要集中於提高人民的政治覺悟、強化民眾的愛國主義精神以及樹立他們的自尊自信等「愛國主義教育」方面。韓國戰爭爆發，在相當一部分民眾裏引起了恐懼和不安的心理。雖然新中國政府作出了決定派志願軍赴朝參戰的決策，但是這一決策對國內的政治和經濟確實是一個沉重的負擔。並且當時中美兩國軍事力量懸殊，美國打著「聯合國」的旗號，不少中國民眾中存在著「恐美心理」〔註56〕。當時不少地方，尤其是落後的農村地區流傳了各種謠言，比如「要變天了，國民黨要回來了」，

〔註55〕老舍，宣傳文字要通俗，結實〔N〕，人民日報，1951-1-14。
〔註56〕參見林偉京，《人民日報》與抗美援朝戰爭中的政治動員〔J〕，江西師範大學學報，2007，40（3）。

「朝鮮失敗了，第三次世界大戰來了」〔註 57〕等等，這些謠言表明了當時中國民眾中的不安心態。爲了克服戰爭的危機局面及其帶來的國內民眾的動搖心理，對民眾心理和社會輿論的調控成爲這時期新中國政府的首要課題。1950年 10 月 26 日，中共中央在《關於在全國進行時事宣傳的指示》中，指出要「堅決消滅親美的反動思想和恐美的錯誤心理，普遍養成爲對美帝國主義的仇視、鄙視、蔑視的態度」，並特別要求從「美國是中國的敵人」、「美國是全世界的敵人」、「美國是紙老虎」三個方面揭露「美國百年來對中國的侵略和欺侮」，揭示「中國必勝、美國必敗」〔註 58〕。此後，「消除親美、崇美、恐美思想」和對美帝國主義「仇視、鄙視、蔑視」的所謂「三視教育」在抗美援朝運動的實際實踐中成爲首要任務。當時，中央和地方的報刊、電臺，大量登載和播發有關專文、資料和報導，《人民日報》根據中央指示刊登了一系列的報導，如 11 月 5 日《宣傳提綱——「怎樣認識美國」》，指出「中國的工人階級、農民階級、小資產階級、民族資產階級和一切愛國的人民都必須正確地認識美國。過去有些中國人上了美國帝國主義的當，認爲中國需要依賴美國，應當把美國當好朋友，也有人爲美國是個很文明、很民主的國家，中國應該向美國學習，還有以爲美國的力量眞是強得很，誰也惹它不起。事實上，親美的主張是反動的，崇美、恐美的想法也都是錯誤的。充分瞭解了關於美國的眞相後，每一個愛國的中國人都應當仇視美國、鄙視美國、蔑視美國！」〔註 59〕。

1950 年 12 月 28 日，《人民日報》還刊出了《繼續擴大與抗美援朝保家衛國運動》，特別指出「在一小部分受他們（美帝國主義）影響的人民群眾中也存在著崇拜和畏懼帝國主義的錯誤心理」，並強調「反帝愛國」的思想教育的必要性：

> 因爲中國長期地受著帝國主義的欺騙和壓迫；特別因爲美國帝國主義者侵略我國的過程中，向來採取比較狡猾的手段，並且在中國辦了一些教會、醫院和學校，以小恩小惠籠絡人心，散播了許多

〔註 57〕當代中國叢書編輯部，當代中國的山東（上策）〔M〕，北京：中國社會科學出版社，1989，轉引自侯松濤，韓國戰爭的爆發與新中國抗美援朝的決策〔J〕，北京科技大學學報，2008，24（2）。
〔註 58〕當代中國研究所，中華人民共和國史編年（1950 年卷）〔M〕，當代中國出版社，2006，490。
〔註 59〕怎們認識美國（宣傳提綱）〔N〕，人民日報，1950-11-5。

崇美鄙華的思想毒素；加以近百年來的反動統治者和買辦階級長期
諂媚外國，賤視人民，幫助帝國主義進行思想奴化的工作，甚至不
惜歪曲歷史，把美國的侵略說成恩典，所以，在一小部分受他們影
響的人民群眾中也存在著崇拜和畏懼帝國主義的錯誤心理，而對自
己的力量認識不足。我國歷史上歷次反帝愛國運動雖然都起了推動
民族自覺的作用，但對於美國帝國主義的侵略罪行，特別是它所散
播的思想毒素，還沒有做過徹底的清算。因此，在抗美援朝保家衛
國運動不開展的地方，在某些城市人民群眾中，特別是資產階級中，
受過美國教育影響的高等知識分子中和受美國傳教士影響的宗教界
中，仍然存在著許多糊塗觀念，致使反革命的謠言仍可暫時地佔有
一些市場。迅速改變這個狀況，對於當前偉大的抗美援朝鬥爭，以
及建設獨立強盛的新中國的歷史任務，是必要的。因此，我們目前
的一個最重要的政治任務，就是要提高全國人民的政治覺悟，掃除
帝國主義及其走狗所散佈親美、崇美、恐美的思想毒素，養成對美
國帝國主義（不是美國人民）仇視、鄙視、蔑視的態度，確立愛祖
國、愛人民的自尊自信觀念。

很明顯，這場「愛國主義教育」主要側重於「反對美帝國主義」方面，社論
明確提出思想教育的具體方法，那就是掃除「親美、崇美、恐美」，養成對美
帝國主義的「仇視、鄙視、蔑視」的態度。值得關注的是，從社論中可以看
出這場思想教育運動針對的不僅僅是「美帝國主義」本身，而且還包括著「美
帝國主義」在中國國內所遺留的「思想毒素」，社論還特別指出在「受過美國
教育影響的高等知識分子」中存在的「糊塗觀念」。由此可知，抗美援朝運動
中的「抗美」這一觀念，在思想教育方面，不僅僅是意味著要反抗美帝國主
義的侵略，更集中的重點是在反對國內殘餘的「美帝國主義的因素」。隨之，
運動涉及範圍逐漸擴散到整個思想文化領域，「消除親美、崇美、恐美思想」
和對美帝國主義的「仇視、鄙視、蔑視」成為抗美援朝運動初期一段時期的
中心問題，並成為影響到這一時期中國的整個思想文化領域的關鍵詞。

　　這一社論還提出要採用「生動而有效的活動方式」，其中特別強調「控訴」
的方式：「或由對美國侵略中國的歷史和現狀有研究的人，進行有系統的講
演；或由曾在美國留學的人，講述其親歷、親見、親聞的美國反動、黑暗、
腐敗情形；或由曾受美帝國主義禍害的人，訴說美帝暴行及其所加於自身的

苦難；或由曾受日寇蹂躪的人，將日寇的荼毒和美帝對比；或由過去曾受美帝及其走狗欺騙，抱有親美、崇美、恐美心理的人，傾吐和批評自己的糊塗觀念和錯誤打算，都最能激起對美帝國主義的仇視和蔑視，提高其自己和周圍群眾的思想認識」。實際上，從 1950 年 11 月到 1951 年上半年「控訴美帝」成了很重要的抗美援朝宣傳方式，並形成為一種運動模式。在全國各地「為了以血淚的控訴，聲討美帝國主義侵略的滔天罪行，徹底揭露美帝國主義的殘暴本性」開了許多「控訴會議」〔註 60〕。當時《人民日報》還集中報導這些控訴活動，有力地推動了全國範圍的「控訴美帝」運動〔註 61〕。

「三視教育」對於這時期文學引起了很大的影響。11 月初文聯所發佈的《關於文藝界展開抗美援朝宣傳工作的號召》一文鮮明地體現了 10 月底中共中央的《關於在全國進行時事宣傳的指示》的指示內容，特別集中於「三視教育」方面，每一條號召項目都指出「美帝國主義是全世界侵略陣營的頭子」，「美帝國主義侵略朝鮮是它侵略中國、侵略亞洲、侵略全世界的狂妄計劃中的第一步」，「和美國的腐敗墜落的文化作鬥爭，是我們文學藝術界特別要負擔起來的任務」等等。11 月 6 日，北京詩歌工作者在座談會上也討論過這個問題，他們在討論中「一致認為當侵略的戰火燃燒到祖國邊境的時候，詩歌工作者應當積極行動起來，加強創作，通過這一藝術形式，廣泛、深入地宣傳愛國主義、國際主義和對美帝國主義的仇視、鄙視、蔑視的思想」〔註 62〕。由此可見，抗美援朝運動中的「三視教育」已經進入到文學創作領域裏，文學的政治宣傳的功能更為加強，詩歌不斷被要求作為「有力的武器」對「美帝國主義」作戰。從此，抗美援朝詩歌的主要內容轉移到「用文藝的形式來揭露美帝國主義夢想獨霸世界的狂妄的野心，折穿他們的一切陰謀詭計，控

〔註 60〕「控訴美帝」運動在 1951 年全國規模的抗美援朝遊行示威中進入到高潮時期，當時在無錫市舉行了近一千個大小控訴會議，參加的群眾有 13 萬人。位於中朝邊界的安東市，先後召開的大小控訴會議大 3 千多次。參見全國政協文史資料委員會，支持抗美援朝紀實〔M〕，中國文史出版社，2000，39。

〔註 61〕這時期《人民日報》刊出的有關控訴運動的報告有《上海婦女控訴美帝暴行 堅決要援朝抗美保衛好生活》（1950 年 11 月 16 日）、《南京六十餘大、專、中學校 四千學生代表控訴美帝暴行》（1950 年 12 月 11 日）、《滬反美運動深入裏弄 遊行示威舉行座談痛訴美帝暴行》（1950 年 11 月 22 日）、《北京婦女聯誼會 開會控訴美帝暴行》（1950 年 11 月 24 日）、《武漢人民痛斥奧斯汀讕言 二十六個學校師生代表集會控訴美帝暴行》（1950 年 12 月 26 日）等等。

〔註 62〕北京詩歌工作者舉行座談會並發表抗美援朝宣言〔N〕，人民日報，1950-11-7。

訴他們的一切殘暴、無恥、卑怯的侵略罪行」〔註63〕的方向發展。這時期《人民日報》文藝副刊也刊出了很多配合「三視教育」宣傳的詩歌，不少詩都控訴「在西方有個美國是帝國主義，／它比野獸毒蛇更無情」，「美帝好比一野獸，／受了創傷掙扎行，／外強中乾是個紙老虎」，「政治腐敗透到了頂，廣大人民受苦窮」〔註64〕。

在這一時期《人民日報》文藝副刊刊出的「控訴美帝」的詩歌中，袁水拍的詩是比較值得關注。11月4日，《人民日報》刊出文聯的《關於文藝界展開抗美援朝宣傳工作的號召》之後，首先出現的詩歌便是馬凡陀的《美國流氓們，你們聽著！》〔註65〕。這首詩配著丁聰的漫畫明顯地體現了「對美帝國主義的仇視、鄙視、蔑視的思想」。

> 這那裡算得上什麼軍隊！
> 這完完全全是一批流氓、匪徒、賭棍！
> 把朝鮮人民當做活靶子，把愛國者成排弔死，
> 把婦女當做賭注，拍賣，屠殺，姦淫。
>
> 不錯，這的確也是執行命令。
> 賭棍頭子說：「夥計們，拿下漢城，
> 我容許你們三天行動自由，哈哈哈……」
> 野獸——只有用發洩獸性來鼓舞進軍。
>
> 這那裡是什麼「自由」「民主」「文明」的國家，
> 這十十足足是一座劊子手統治的集中營。
> 什麼總統！——還不是管理特務的大特務！
> 什麼將軍！——還不是希特勒、東條的徒子徒孫！
>
> 第一步朝鮮，第二步滿洲，再是中國，全世界。
> 田中義一的陰謀絲毫沒有翻新。
> 但是朝鮮翻新了，中國翻新了，

〔註63〕關於文藝界展開抗美援朝宣傳工作的號召〔N〕，人民日報，1950-11-4。
〔註64〕王亞平，打野獸——為反對美帝侵略朝鮮而作〔N〕，人民日報，1950-8-6。
〔註65〕人民日報，1950-11-5。

新的東方再不讓流氓橫行。

美國流氓們，這是我們神聖美麗的國土，

每一尺，每一寸，都不準魔鬼的爪子蹂躪！

中國人民在這塊土地上生長，勞動，和奮鬥，

一塊磚，一片瓦，都是我們的血汗所凝成！

美國流氓們，匪徒們，賭棍們，特務們，劊子手們，

你們聽著！這是中國人民的警告，

這是四億七千五百萬人並成一個的吼聲。

「保衛世界和平！保衛祖國安全！」

「和平不准破壞！中國不准侵犯！

不准！不准！不准！不准！

誰要是敢來碰一碰，

誰一定要碰得頭破血流，粉骨碎身！」

「馬凡陀」是袁水拍的另外一個筆名，他在 50 年代任過《人民日報》文藝組（後升位文藝部）組長〔註66〕，還在《人民日報》文藝副刊上發表了不少自己的詩歌創作。他的詩歌創作主要特點在於「諷刺性」。他 40 年代在國統區寫作的諷刺性山歌，曾得到很高的評價，50 年代以後他也繼續在詩作中普遍運用了他特有的「反諷」和「諷刺」的表現方式。50 年代他的詩歌創作主要側重於沿著「政治諷刺詩」的路線發展。〔註67〕他對國際大事十分關注，1950年 11 月他作為《人民日報》文藝部組長的身份，隨代表團參加第二屆保衛世界和平大會去過莫斯科、華沙、維也納等地〔註68〕。這時期他寫了不少國際政治鬥爭的政治諷刺詩。在抗美援朝運動中，他的「政治諷刺詩」特別符合當時對文藝工作者「揭露美帝國主義的野心，控訴他們的一切殘暴、無恥、

〔註66〕1950 年，他在《人民日報》任文藝組組長，1956 年 7 月，《人民日報》進行改版，文藝組改為文藝部，袁水拍任副主任、主任。參見葉遙，懷念袁水拍〔J〕，新文學史料，2002，（3）：148。

〔註67〕參見洪子誠，劉登翰，中國當代新詩史〔M〕，北京：北京大學出版社，2005，38～39。

〔註68〕出國訪問之後，袁水拍寫了《第二屆世界和大記事》，分三篇發表於 1950 年12 月 24 日、26 日、31 日的《人民日報》。

卑怯的侵略罪行」的要求，這時期他朝詩歌中普遍運用了諷刺的表現方法。
再看他的另一首詩《可恥的失敗》〔註69〕。

就是你——杜勒斯，

前不久爬進「三八線」的戰壕，

看地圖，打望遠鏡，點頭擺腦，

今天夾起尾巴溜跑！

就是你——麥克阿瑟，

前不久坐飛機，前線去轟炸，

今天發出了假惺惺的尖叫：

「人道，人道，對被俘美軍要人道……」

就是你們——你們這一大批

指揮燒殺婦孺平民的軍事顧問，

你們拋下了車子，泅水而逃，

屁滾尿流，連行李也丟掉。

袁水拍詩歌的「諷刺性」具有一種讓人嘻笑的「幽默感」。這可以說是袁水拍
詩歌的特殊藝術風格。在《可恥的失敗》裏詩人這種特有的「幽默感」的「諷
刺性」更為突出，他用諷刺的方式，將美軍描寫為「你們拋下了車子，泅水
而逃，屁滾尿流，連行李也丟掉。」的可笑「紙老虎」。與此相反，他在《面
臨審判》〔註70〕裏運用了非常激烈的諷刺，表現出了對美軍「細菌戰」的憤
怒：

你，美國政府

和帶有鼠疫菌的田鼠，

和帶有霍亂菌的蛤蜊，

和帶有炭疽菌的昆蟲，

和帶有傷寒菌的家蠅，黑蠅，綠蠅，糞蠅……

一起並排站在

世界正直的科學家，宗教家，法律家之前，

〔註69〕馬凡陀，可恥的失敗〔N〕，人民日報，1950-7-9。
〔註70〕袁水拍，面臨審判〔N〕，人民日報，1952-9-21。

一起並排站在

所有善良的人民，連同你自己的國人之前。

憤怒的眼睛看著你！

正義的手指指著你！

你的空軍戰俘的供詞和對你的斥責響在法庭上！

四十五萬字的報告書——也是控訴狀擺在你面前，

科學的邏輯

無可爭辯，

不容狡賴！你的「無罪之身」完全拆穿，

你難逃全人類的審判！

1952 年初美軍細菌戰在中國國內引起了極為廣泛的反美憤怒的情緒。當時，為了揭露美軍的細菌戰，中國政府從外交上進行鬥爭，呼籲全世界人民制止細菌戰，追究使用細菌武器的國際責任〔註 71〕。袁水拍特別關注細菌戰問題，1952 年 2 月他便已經在《人民日報》文藝副刊發表了一首反對細菌戰的詩——《把殺人犯套上鎖！》。此後，9 月再次發表了這首《面臨審判》，這兩首詩的諷刺性非常強烈。特別是這首《面臨審判》具有非常強烈的號召力，十分動人。像他的老同事葉遙說的那樣，詩人「像一個議論風生的雄辯家，與鬥爭對手面對面唇槍舌戰，妙語連珠，譏諷挖苦，喜笑怒罵，很有殺傷力」〔註 72〕。既有號召力，又有幽默感的「諷刺性」就是袁水拍的特殊藝術風格。戰爭局面使得文學的政治宣傳功能更加強調，在「控訴美帝」的任務下，他運用「諷刺」的表現方式，成功地表現出了自己特有的藝術風格，並且成功地體現了時代所要求的意識形態。

這些「控訴美帝」詩歌確實發揮了一定的宣傳作用，有助於消除了群眾中的「恐美心裏」，並激發廣大人民的仇恨情緒、戰鬥情緒，鼓舞民族團結、勝利信心。戰爭文學是高度政治化的文學，為戰爭而寫作的寫作者總是要宣揚自己一方的合理性，並暴露敵人一方的不合理，這可以說是戰爭文學的創作目的。這時期「控訴」詩歌是在戰時政治動員局面下產生的創作，也都帶有濃厚的政治色彩，偏重於指導性和宣傳性。詩人在政治需求的推動下，忙於宣傳敵人的殘忍暴行，喚起群眾的仇視心理。有的詩人甚至說，「我們的詩

〔註 71〕姜延玉，解讀抗美援朝戰爭〔M〕，北京：解放軍出版社，2010，228。

〔註 72〕葉遙，袁水拍的政治諷刺詩〔J〕，百年潮，2000，（7）。

歌也成為刺刀、長槍和大炮，成為團結自己，打擊敵人的工具，這種新的為革命服務的詩歌的蓬勃發展，掃清了模擬西歐的『為藝術而藝術』的頹廢派詩歌的垃圾。」〔註73〕這時期不少詩歌就甘願做為「打擊敵人的工具」，不顧態度和方式野蠻與否，只管直接打擊敵人，並用充滿暴力的話語寫道：「放下武器投降，人民給你優待，／再不然，打斷你的狗腿讓你爬去，／還有雙手可以擁抱親人」〔註74〕。詩歌在很大程度上失去了詩歌藝術應有的人道主義的精神和撫平戰爭創傷的溫暖力量，這種現象是抗美援朝運動中文學的政治動員局面所造成的後果，這確實是令人遺憾的現象。

3.2.3　對於抗美援朝詩歌的批評和反思

在緊張的戰時動員局面下，詩歌不斷被要求配合這場抗美援朝運動，詩歌的政治宣傳功能受到了高度的重視。由於詩人創作時首先要考慮宣傳的目的，就直接地引用當時流行的政治術語，因而詩歌創作中容易出現概念化、標語口號化的現象。抗美援朝運動中的文學動員局面將這種詩歌的「概念化」和「標語口號化」更加嚴重了。通過上述的《人民日報》文藝副刊所發表的抗美援朝詩歌可以明確地看出這些特點。當時，牛漢歎惜地說過「其實，成天在《人民日報》上發表的詩，都是口號詩。真的詩，太重，太沈，一些詩人感到壓得受不住，就像壓在他們那好露頭角的頭頂上。」〔註75〕不過，詩歌的口號化不僅僅是在《人民日報》文藝副刊的詩歌問題，而是當時的一個普遍的詩歌現象。不少作家已經認識到這一點，還進行了批判和思考。

當時，馮至特別關注抗美援朝詩歌的「標語口號化」問題，而通過《人民日報》文藝副刊發表了一篇關於抗美援朝詩歌的評論，指出「標語口號自有它們偉大的力量，但假使是一首詩，只是襲用現成的標語口號，又缺乏適當的安排，那麼在這首詩裏有力的標語口號反倒會喪失它的力量」。當時許多詩人就「把表現流行的政治術語當成了表現現實生活自身，把大量的套用政治術語當成了詩歌現實性的加強。」，馮至就針對著這些盲目地利用政治術語的現象表示了警惕，並且，在這篇文章中，他還嚴厲的批評抗美援朝詩歌的

〔註73〕袁水拍，中國詩人，學習馬雅科夫斯基！〔N〕，人民日報，1953-7-21。
〔註74〕嚴辰，麥克阿瑟的「時間表」〔N〕，人民日報，1950-11-26。
〔註75〕這是1950年11月牛漢寫給胡風的信中的一句，參見牛漢，命運的檔案〔M〕，武漢出版社，2000，轉引自劉福春，中國新詩檔案，1950〔J〕，現代中國文化與文學，2005，2：227。

「千篇一律」的現象。

　　　但是在抗美援朝運動起始展開時，大部分的詩往往是太簡單，太抽象，太一般了。作者有或深或淺的正確的認識，卻沒有能夠聯繫到實際的生活，所以寫出來的詩，就不免失之空洞，在詩裏只抄寫了學習的文件或美國侵華略史，簡單地反覆使用著「美帝侵略的火焰，已經蔓延到祖國的邊疆」，「我們不能再容忍，我們不能再坐視」，「朝鮮是我們兄弟之邦，唇亡齒寒，戶破堂危」，「美帝，你是外強中乾的紙老虎」………那些現成的或與之相類似的詞句，形成千篇一律的現象。這些詩雖然能使人想到作者政治上的感應與熱情，但由於內容的一般化魚現成詞句的反覆使用，致使它們感人的力量很薄弱，讓人覺得數量誠然不少，內容卻太貧乏了。數，當然越多越好，可是內容，也要充實堅固起來。（中略）

　　　從我看到的大多數的詩稿裏看來，揭露黑暗，往往只限於一些表面的見聞；敘述敵人殘暴的行為，則慣於運用燒、殺、姦淫一類的字眼；人民軍英勇的故事與美國兵沮喪的情緒多半從報紙的報導上平鋪直敘地抄錄下來；闡發保家衛國的意義，則流於抽象的標語口號；朝鮮的山川景色不外乎鴨綠江，白頭山，平壤，漢城幾個地理上的名稱；美帝國主義的末路就是希特勒，墨索里尼的末路──你這樣說，我也這樣說，表現的方式仍不免於雷同。詩寫得人云亦云，在作者是一種躲懶，對於讀者是不負責任。因為這樣的詩很難感動讀者──不能感動讀者，一首詩的存在還有什麼意義呢？〔註76〕

　　當時許多詩人在現實政治的重大事件中尋找詩歌的主題和題材，並直接引用流行的政治術語來寫詩歌。由於這種創作習慣，詩歌總是在特定的重大主題下體現出了統一性，因而，詩歌就很難免「千篇一律」的現象。馮至的這篇評論表達的就是對於抗美援朝詩歌創作所面臨的這種「千篇一律」的現象的反省，進一步地說，也就是對於詩歌的藝術價值和創作個性的思考。他肯定「詩句是我們的武器」，不過，他更為強調的是，詩歌就是「鼓動讀者的情感」的武器。因此，他更多地關注抗美援朝詩歌的內容方面，以及詩歌是否能夠「感動讀者」的問題。當時的特殊詩歌觀念下，人們就用「是否對社會有直接用處的觀點來要求評價詩歌，而相當地忽視了詩在豐富人們和精神

〔註76〕馮至，偉大的主題下〔N〕，人民日報，1950-12-3。

需要方面的價值」〔註77〕。通過馮至的這篇文章，可以看出他對詩歌創作的真誠地思考，他希望在政治的任務下詩歌也能夠堅守自己本身的性質。

此外，不少作家還提出過抗美援朝詩歌的口號化以及缺乏感染力的問題。老舍在《宣傳文字要通俗，結實》中，也指出過抗美援朝主題寫作的「千篇一律」現象和缺乏感染力的問題：「作品雖不少，突出的並不多見。這也是因為大家只『轉播』了報紙上刊物上的資料與用語，而沒細細咀嚼，細細消化，把文的變成俗的，把道理變成具體的說明，把食料變為乳汁，所以難免千篇一律，沒有感人的力量。」〔註78〕1950 年 12 月 31 日，《人民日報》文藝副刊還刊登了一篇與抗美援朝詩歌有關的評論，批評「有不少的詩（這裡所說的詩，包括快板、鼓詞、小唱、彈詞、越劇開篇，等等）僅僅是簡單地把政治口號、論文要點，改頭換面加以押韻和分行。空洞、枯燥的抽象詞句，代替了新鮮活潑的生動描寫。」，「作者的揭發雖然完全是對的，但卻沒有詩所應有的打動人心坎的感染力」〔註79〕。

不過，在當時的現實情況下，寫出一首既具有強烈的戰鬥性和宣傳性，又具有感染力的詩歌，確實是一件不容易的事情。而且，隨著詩歌的宣傳性受到重視，其「思想」的「正確性」也受到了更高的重視。特別是在 1951 年11 月，毛澤東提出文藝界「整風學習運動」以後，文藝界全面開展「整風學習運動」和「思想改造工作」，詩歌的「思想性」得到了極為高度的重視。因此，「思想性」成為了對詩歌評價的最重要的標準。這時期《人民日報》還刊出了一篇社論，特別指出在抗美援朝運動中文學創作的「思想性」問題：

> 我們的文學藝術工作者，在偉大的抗美援朝運動中，曾創作了一些為全國人民歡迎的作品。這些作品，充滿了愛國主義的精神，真實地反映了我國人民在戰爭中和在生產建設中的生活面貌。這些作品，鼓舞了人民群眾的愛國熱情，引導人民熱愛自己的生活，熱愛祖國，並引導人民為了實現美好的理想去奮鬥。可惜，像這些為全國人民所歡迎的作品是不多的，是不能滿足人民需要的。甚至有

〔註77〕謝冕，浪漫星雲：中國當代詩歌札記〔M〕，廣州：廣東人民出版社，1999，79。

〔註78〕老舍，宣傳文字要通俗，結實〔N〕，人民日報，1951-1-14。

〔註79〕1950 年 12 月 31 日，《人民日報》以任之的名義發表了這篇評論，評論的題目是《加強創作的戰鬥性》，還加上了一個編者按說明「關於這偉大運動中所產生的許多作品，我們前些時已經發表過『在偉大的主題下』一篇評論，現在再發表這篇文章供讀者參考」。

相當多的文藝作品，缺少積極的思想內容，對人民的生活和鬥爭作
了不正確的描寫，對人民群眾未能起到教育的作用。

　　許多文藝作品思想貧乏的主要原因，是由於某些文藝工作者存
在著嚴重的脫離政治，脫離群眾的傾向。他們不是把自己的文藝創
作，看成為偉大的愛國主義運動的一部分，並使自己的創作活動，
成為推動愛國主義運動更加向前發展的工具。而是懷著「個人成名」
的動機，熱中於個人表現，強調個人的「發展」，只考慮個人創作，
不管國家大事，甚至對抗美援朝、土地改革、鎮壓反革命等等如此
偉大的群眾鬥爭，抱著冷淡的態度。

　　……大家知道，文藝工作者是思想戰線上的戰鬥員。一個文藝
工作者，如果自己不具有正確的思想，高尚的品質，飽滿的政治熱
情，是不能擔當起教育人民的責任的。因之，文藝工作者應首先認
真改造和不斷地提高自己的思想，並深入到火熱的群眾鬥爭中去，
充分理解群眾的生活、思想、情感。〔註80〕

如此，詩歌不斷被要求作一個思想鬥爭和教育人民的工具。抗美援朝詩歌的
「標語口號化」和「千篇一律」現象的出現，其主要原因就在於這種過渡地
強調詩歌的「思想性」傾向。這種「文藝整風」的要求對於抗美援朝詩歌創
作確實帶來了很大程度上的限制，不少詩人在詩歌創作中，遇到了困難。比
如，1950 年 12 月 1 日，王亞平在《大眾詩歌》發表了抗美援朝詩歌《憤怒的
火箭》〔註81〕，不久《文藝報》發表了一篇評論，批評這首詩的「思想性」
問題：「在詩篇中，作者對於中國人民抗美援朝的志願行動卻作了顯然錯誤的
宣傳和不正確的描寫，從而使主題受到了破壞。」，「作者在這篇詩歌中，對
於中央人民政府領布的土地改革政策，除奸政策，還有我們對待敵軍俘虜的
政策，同樣作了不正確的處理。」〔註82〕這篇評論很明顯地指出，詩歌創作

〔註80〕創作更好更多的愛國主義的作品〔J〕，人民日報，1951-12-16。
〔註81〕發表於《大眾詩歌》第 2 卷第 6 期，1950 年 12 月 1 日。
〔註82〕立雲，啓祥，魏巍，評王亞平的《憤怒的火箭》〔J〕，文藝報，1951，3（6）。
　　　　意料不到是，《文藝報》所發表了的這篇評論直接引發了《大眾詩歌》這一刊
　　　　物的停刊。前後《文藝報》對於《大眾詩歌》連續發表過一共三篇的批評文
　　　　章，第一，1950 年 7 月 10 日發表的陸希治的《起碼的要求》，這篇文章批評
　　　　林庚的詩《人民的兒子》（《大眾詩歌》1950 年 2 月 1 日）「很難懂」，「脫離群
　　　　眾」。第二，1951 年 1 月 10 日發表的段星燦的《評〈驢大夫〉》，這篇評論所
　　　　針對的是當時《大眾詩歌》的主編沙鷗的詩歌《驢大夫》（《大眾詩歌》1950

必須要承擔宣傳政策和教育人民的任務，而且，它所宣傳的內容必須要依據「正確」的「事實」和「思想」。當時，這篇評論引起了相當大的反響，王亞平還立刻寫出一篇自我檢討的文章《對於「憤怒的火箭」自我批評》發表在《文藝報》之上，他在文章中寫「我衷心地感激，認為他們的批評，對我的創作有很大的幫助。我對照了批評文字檢查了我的原詩，發覺到對政治缺乏具體的瞭解，又憑想像歪曲了現實。今後要下決心，在詩的創作上，態度要嚴肅，努力提高作品的思想性、藝術性。」〔註83〕

　　當時的很多評論家指出在抗美援朝運動期間的文藝成就「不能夠滿足國家和人民的要求」，但他們認為其主要原因在於「文藝工作者的落後的思想根源」，因此，需要「整風學習，思想改造」的工作。不過，實際上，當時不少詩人在抗美援朝詩歌創作中感到困惑，更多的原因在於他們對這場戰爭的認識和理解得不夠完整。由於戰爭發生在朝鮮，他們就沒有直接的經歷和感受，當時的不少詩人就只能通過報紙言論的報導而瞭解這場戰爭〔註84〕，他們對於韓國戰爭的認識和瞭解也不能說完全正確。因此，當時不少詩人就只能依靠著間接的認識或者過去的經驗來寫出了詩歌，更多的情況下，他們就懷著一種政治的使命感來進行了詩歌寫作。卞之琳曾在《難忘的塵緣》中，寫過對於當時抗美援朝詩歌創作中所感到的限制：

　　　　在 1950 年韓國戰爭初起，十一月間，出於敵汽激情，一口氣連寫了一系列抗美援朝詩，多半在報刊上發表了，編成一集《翻一個浪頭》（我現在連這個詩集名字都怕提及）。……有的嘲罵國內崇洋媚外的「假洋鬼子」，形成惡謔，有的鞭撻帝國主義份子，詛咒、叫囂，鄙理不堪。倒是個別詩，例如寫夜行軍生活，因為我沒有去過朝鮮戰場，借助了我當年在太行山內外深切的隨軍感受，似還有較持久的藝術感染力。〔註85〕

這肯定不僅僅是卞之琳個人的感受，而是代表著當時不少詩人的真實處境。

年 9 月 1 日）說，「沒有正確地掌握批評與自我批評的精神，而採取了不嚴肅的不正確的態度」。第三，就是同一天（1951 年 1 月 10 日）《文藝報》發表的《評王亞平的〈憤怒的火箭〉》，這些評論給與《大眾詩歌》很大的壓力，就1950 年 12 月第 2 卷第 6 期為止該刊停刊。

〔註83〕王亞平，對於「憤怒的火箭」自我批評〔J〕，文藝報，1951，3（8）。
〔註84〕全國文聯組織派出第一批作家訪問朝鮮是 1952 年 3 月的事，而且參與這場訪問活動的是極為少數的詩人。
〔註85〕卞之琳，難忘的塵緣〔J〕，新文學史料，1991，（4）：139。

在抗美援朝運動中，《人民日報》文藝副刊所刊載的抗美援朝詩歌大都是屬於這種情況下產生出來的詩歌。由於這些現實環境的限制，雖然當時的不少詩人已經認識到了抗美援朝詩歌的一些「概念化」、「口號化」以及「千片一律」的現象，但是，實際上很難滿足於「必須通過自己的內心感受，然後再通過具體的形象來表現」等要求。馮至曾在自己的評論文章中嚴厲地批評過抗美援朝詩歌的這些毛病，不過，他也不能完全克服這些問題。比如，1950 年 11月 21 日馮至在《人民日報》文藝副刊發表的詩歌《美國強盜聽著》也不能說完全突破：

你們從頭頂爛到腳根，
卻把身上的膿血塗染別人；
你們從心臟壞到皮毛，
卻用陰謀和說謊陷害別人。

你們把一切醜惡的形象，
都網羅在你們的隊伍裏；
你們把一切罪惡的殘餘，
都裝在你們的衣袋裏。

……

你們睜開眼睛看一看，
斯大林格勒——那座英雄城，
遭受過多少次的燃燒轟炸，
而今只是更美麗更繁榮！

可是它的破壞者，
連屍首都無處尋找——
若是你們不敢向那裡看，
我要向你們大聲宣告：
「你們如果不甘心等待
必然的死亡，還繼續造孽——

　　　　　縱使在你們死前的一分鐘，

　　　　　也要捉住你們，把你們消滅！」

抗美援朝戰爭時期，這一特殊的環境使得詩歌與政治的關係更加緊密，詩歌
被要求成爲鼓舞戰士的士氣並教育人民的武器來參與這場戰爭之中。1950 年
代初期，中國國內的抗美援朝運動熱潮造成了一場總動員的局面，而且，中
國將抗美援朝戰爭的緊張局面轉移爲一個加強改造思想並控制思想的契機，
詩歌也就直接融入到了這一動員局面之下。馮至的詩歌和他的評論之間的矛
盾，就說明者當時不少詩人所面臨的普遍的困境。胡風曾說過這種困惑，「抗
美援朝大運動一開始，在作者裏面激起了一些東西，迴旋了兩天，就這樣傾
吐了出來。當然，這個鬥爭底內容太寵大了，作者所能夠做到的，只是從某
一點上突破進去的感受而已。」〔註 86〕如此的情況下，產生出來的抗美援朝
詩歌未能避免一定程度上的「宣傳工具化」，「概念化」、「標語口號化」的現
象。不過，有些詩歌確實充分地反映了這一充滿愛國情緒的時代，還取得了
多少成就。我們有必要更爲關注很多詩人在抗美援朝戰爭這一特殊的生存環
境裏，對於詩歌創作作出的眞誠的努力和思考。

〔註86〕胡風，爲了朝鮮，爲了人類（後記）〔M〕，北京：人民文學出版社，1953。

4 《人民日報》文藝副刊在 「百花時代」中的新局面

4.1 雙百方針的提出與《人民日報》的改版

　　1956 年，是新中國歷史上非常重要的一年。年初，經過第一個五年計劃，全國範圍內的農業集體化以及工商業和手工業改造等經濟方面的改革已基本上完成；「抗美援朝」完成；在政治思想方面，通過「三反」、「五反」以及肅反運動完成了對知識分子的思想改造。實際上，新中國在短暫的 7 年時間內，非常迅速地完成了這些社會各方面的改革。根據這些「社會主義改造的成果」，1956 年初新中國的領導人宣佈中國開始進入「全面建設社會主義」的重要歷史時期，中國共產黨的工作重點就轉向了「全面的經濟文化建設」。

　　1956 年春天，毛澤東正式提出「百花齊放，百家爭鳴」的方針，這為當時中國文學藝術以及科學發展提供了相對開放、自由的環境，也為中國新聞出版事業提供了改革的良好時機。對於中央的這一重大方針，《人民日報》積極響應，1956 年 7 月《人民日報》實施全面性的改版。在改版工作中開展自由討論，這時期《人民日報》又重新開闢副刊，從 1956 年 7 月到 1957 年上半年，《人民日報》副刊刊登了一批突出「百花文學」精神的評論和詩歌。這都證明在 1956 年「雙百方針」提出的背景下，《人民日報》副刊上出現了一個新的格局。《人民日報》積極參與「雙百方針」的實施，對於這一時期的文學批評和創作發揮了帶頭的作用，它刊登過的不少文學評論都引起了很大的反響，對當時的重要文學刊物也有很大的影響。

4.1.1　1956 年《人民日報》的改版與副刊

　　1956 年 4 月 8 日，在中共中央政治局擴大會議的總結講話裏，毛澤東正式把「百花齊放、百家爭鳴」作爲發展社會主義科學文化事業的方針提出。5 月 2 日，他在最高國務會議等七次會議的總結講話裏，再一次論述了「雙百」方針，肯定「在藝術方面的『百花齊放』，科學方面的百家爭鳴的方針，是有必要的」。﹝註1﹞5 月 26 日，中宣部部長陸定一作了題爲《百花齊放、百家爭鳴》的報告，代表中共中央對這一方針作了權威性的詳細闡述，指出該方針是「提倡在文學藝術工作和科學研究工作中有獨立思考的自由，辯論的自由，有創作和批判的自由，有發表自己意見、堅持自己意見和保留自己意見的自由。」﹝註2﹞6 月 13 日，經過修改的報告全文刊載在《人民日報》上，這一文章的出現標誌著「百花時代」的到來。當然，這一重大方針的提出，也有國內外的歷史背景。50 年代中期蘇聯和東歐的政治變化是「雙百方針」的重要國際背景。特別是赫魯曉夫 1956 年 2 月在蘇共第二十次代表大會上譴責斯大林的秘密報告，引起了巨大的反響。這一政治事件推動了中國的領導人堅定了衝破蘇聯模式的立場，加快了尋找中國式道路的探索。「雙百」方針本來設定的目標就是反對教條主義思想束縛，以自由討論和獨立思考來繁榮中國國內的科學和文化事業。這確實是對於新中國成立以來的政治文化的一種新的嘗試，「雙百方針」在 1956 年初至 1957 年初之間一年的時間內，對於整個中國社會產生了巨大的影響，給當時文學界也帶來了勃勃生氣，形成了一個短暫的春天。

　　「雙百方針」也爲中國新聞出版界提供了改革的契機，1956 年《人民日報》的改版也屬於中共中央實施「雙百方針」的一項重要措施﹝註3﹞。新中國成立初期，在《人民日報》成爲中共的機關報之後，爲了建設一個黨報模式，在「一邊倒」戰略的指引下一直非常重視學習蘇聯的新聞模式，在 50 年代初幾年裏「學習蘇聯《真理報》」成了《人民日報》的一個重要工作方針。當時，

﹝註1﹞　共和國走過的路──建國以來重要文獻選編（1953～1956）﹝M﹞，北京：中央文獻出版社，1991，250。

﹝註2﹞　陸定一，《百花齊放，百家爭鳴── 一九五六年五月二十六日在懷仁堂的講話》﹝N﹞，《人民日報》，1956-6-13。

﹝註3﹞　最早提出新聞界改革要求的人就是《人民日報》的總編輯鄧拓，1956 年《人民日報》的改版可以說是當時中國新聞工作改革全面開展的標誌。參見吳延俊，中國新聞史新修﹝M﹞，上海：復旦大學出版，2008，414。

《人民日報》在編排、版面安排等方面的工作都按照《眞理報》的模式來做，實行這一方針的結果，就逐漸出現了千篇一律的新聞報導模式、版面呆板、缺乏新聞等問題。實際上，在 1954 年、1955 年期間《人民日報》一版都是各種會議的新聞和報告，而反映國內經濟發展情況的新聞很少。當時，《人民日報》總編輯鄧拓等編輯人員也認識到了這些問題，1956 年「雙百」方針的提出正好給它提供了一個改革的契機。

　　1956 年《人民日報》改版的工作在中宣部副部長胡喬木的具體領導下進行。4 月初新聞工作改革正式開展。經過 4、5 月幾次的內部會議，1956 年 7 月 1 日，《人民日報》發表《致讀者》社論，正式宣佈改版。這一社論指名了此次改版以「擴大報導範圍」、「開展自由討論」以及「改進文風」爲重點舉措。社論指出爲了充分地反映多變化的世界，「新聞在數量上將增加一倍半左右」，「在題材上也將盡量擴大範圍」；在「開展自由討論」方面，社論強調地說「報紙是社會的言論」，「有許多問題需要在群眾性討論中逐漸得到答案。」並指出「在開展自由討論，過去我們的報紙是作的很不好的，因而也減少了報紙的生氣。」；在改進文風方面，比較重視報紙讀者的興趣，指出過去「生硬的、枯燥的、冗長的作品還是很多，空洞的、武斷的黨八股以及文理不通的現象也遠沒有絕迹。我們希望努力改變這種狀況。」〔註4〕改版後，報紙面貌煥然一新，7 月 1 日的社論中所提出的改版重點都取得了很大的成果，首先，頭版以經濟新聞爲主，7、8 月經濟新聞在頭版頭條佔了一半，反映了這一社會主義建設時期的特殊氣氛，其次，針對「雙百」方針展開自由討論，7 月共發表了三十多篇的討論文章，表現出了獨立思考與發表意見的自由，成功地改進了報紙文風。

　　7 月 1 日的社論還說明了改版後版面的變化，擴大版面（由六個版增到八個版），增加報導內容，並且在第八版上恢復了副刊。《人民日報》創刊初期曾有「星期文藝」，「人民文藝」等文藝副刊，創刊以來一直設有文藝部，積極參與文學創作和文藝運動的開展。1956 年改版過程中，《人民日報》文藝部於 4 月 28 日邀請北京各報文藝部編輯舉行了座談會，對如何改進副刊工作進行討論〔註5〕。7 月 1 日，《人民日報》副刊正式開闢。當時，這一副刊沒有刊名，人們就稱之爲「八版」。擔任這一「八版」副刊的主編袁鷹對這時期《人

〔註4〕　致讀者〔N〕，人民日報，1956-7-1。
〔註5〕　參見錢江，《人民日報》1956 年的改版〔J〕，新聞研究資料，1988，（3）：13。

民日報》副刊的性質規定爲「有文學色彩的綜合性副刊」，改版第一天，袁鷹在八版上刊登了一份副刊稿約，說明了副刊所需要的稿件類型：

本報副刊（第八版上半版）需要下列稿件：

一、短論、雜文、有文學色彩的短篇的政論、社會批評和文學批評；

二、散文，小品，速寫，短篇報告，諷刺小品，有文學色彩的遊記、日記、書信，回憶；

三、關於自然現象和生產勞動的小品，關於歷史、地理、民俗和其他生活知識的小品；

四、短詩，民歌，寓言，故事，短篇小説，短劇；

五、讀書筆記，短篇的書評、劇評、影評、美術評論、音樂評論和其他文學藝術的評論；

六、小幅美術作品。

除了適宜於連載的少數作品以外，一般稿件的篇幅希望在一千字左右。

有特別適合的翻譯稿件（包括由外國文翻譯的和由古文翻譯的）也可以接受一部分。〔註6〕

這份稿約證明這時期《人民日報》副刊對「文學性」的追求。當時負責指導改版工作的胡喬木也比較重視副刊的文藝性，這份稿約是袁鷹起草之後，經過胡喬木的修改補充定稿，「有文學色彩」的五個字，就是他親自加上的〔註7〕。而且，他還特別看重作者隊伍和稿件，這一時期副刊刊登了不少優秀的散文和詩歌作品。其中也有許多出自著名的老作家之手，茅盾（玄珠）、巴金（余一）、葉聖陶（秉丞）、沈從文、周作人、夏衍（子布）、艾青、何其芳（桑珂）、馮至、邵燕祥、公劉、穆旦、蔡其矯等等，都在這一時期《人民日報》的副刊上發表了自己的作品。這些作家的作品，充實了副刊的內容，提高了副刊的文學性，形成了《人民日報》文藝副刊最初一次鼎盛期，還得到了讀者的歡迎。特別是一些 50 年代以後基本上停止寫作的老作家的名字又重新出現，引起了人們的關注。1956 年 7 月，《人民日報》副刊編輯部特意請沈從文爲副刊寫一篇散文，他應邀寫了一篇《天安門前》〔註8〕。

〔註6〕 讀者　作家　編者〔N〕，人民日報，1956-7-1。
〔註7〕 參見袁鷹，風雲側記──我在人民日報副刊的歲月〔M〕，北京：中國檔案出版社，2006，42。
〔註8〕 載於 1956 年 7 月 9 日《人民日報》副刊。

沈從文在 40 年代已被稱爲資產階級的「自由主義」作家，建國後相當長一段時間，似乎沒有公開發表文章，「『沈從文』這名字在《人民日報》副刊上出現，引起了熱烈的回響」〔註 9〕。此外，這一時期《人民日報》副刊還刊載了《郁達夫日記》〔註 10〕、周作人（啓明）的《談毒草》〔註 11〕、夏衍（子布）的《關於電影的雜感》〔註 12〕、王統照的詩歌《遊開羅紀感》〔註 13〕等等，這些作家的作品在《人民日報》的版面上都是很罕見的，這些作品的刊登，體現了這一時期《人民日報》副刊對於文學性和多樣性的追求。

4.1.2 改版後《人民日報》副刊上的新格局

改版初期《人民日報》副刊的主要關注點還是「如何貫徹『雙百方針』的精神」，胡喬木在副刊工作中也非常強調這一點，指出「副刊同整個報紙一樣，要宣傳黨的政策精神，尤其要作爲貫徹『百花齊放、百家爭鳴』方針的重要園地，對學術問題和文藝理論問題可以有不同意見乃至爭論，不要有一樣的聲音；提倡文責自負，並不是每一篇文章都代表報紙，更不是代表黨中央；副刊稿件的面盡可能地寬廣，路子不能太狹……，要包羅萬象；作者隊伍盡可能地廣泛」〔註 14〕，此後，他的意見在很長時期內都成爲副刊編輯工作的指針。《人民日報》的改版得到了上級肯定的評價。改版一個月後的 8 月 1 日，中共中央批轉了「人民日報向中央的報告」〔註 15〕，肯定了人民日報的

〔註 9〕 袁鷹，風雲側記——我在人民日報副刊的歲月〔M〕，北京：中國檔案出版社，2006，45。

〔註 10〕 1956 年 8 月 30 日，《人民日報》副刊刊登《郁達夫日記》，並寫出一個「編者按」說明「已故作家郁達夫先生的未發表的日記原稿，是在作者的家鄉浙江富陽發現的。這本日記自 1929 年 9 月 8 日起，至 1930 年 6 月 17 日止，中間有殘缺處。我們選錄了一些發表在這裡。」

〔註 11〕 載於 1957 年 4 月 25 日《人民日報》副刊。

〔註 12〕 夏衍的《關於電影的雜感》一共有三篇連續發表，《一個聯想——關於電影的雜感之一》發表於 1957 年 1 月 11 日，《又一個聯想——關於電影的雜感之二》發表於 1957 年 1 月 13 日，《關心與干涉——關於電影的雜感之三》發表於 1957 年 1 月 14 日。

〔註 13〕 載於 1956 年 11 月 27 日，附注王統照對這首詩解釋：「二十多年前我去歐洲時，船過蘇伊士運河，曾得一日時間往開羅遊覽，後在船上草成這首詩，但向未發表，今從舊筆記本上錄出刊佈，贈與埃及人民」。

〔註 14〕 袁鷹，風雲側記——我在人民日報副刊的歲月〔M〕，北京：中國檔案出版社，2006，42。

〔註 15〕 中共中央關於人民日報編輯委員會向中央的報告的批語〔J〕，1956 年人民日報改版的有關資料（內部刊物）《報紙工作研究參考資料》（1）。整個刊物由

改進辦法：「爲了便於今後在報紙上展開各種不同意見的爭論，人民日報應該強調它是中央的機關報又是人民的報紙。過去有一種論調說『人民日報的一字一句都必須代表中央』，『報上發表的言論都必須完全正確連讀者來信也必須完全正確』。這些論調顯然是不實際的，贊同報紙可以有不同意見的爭論，今後人民日報發表的文章，除了少數中央負責同志的文章和少數的社論外，一般地可以不代表中央的意見，而且可以允許一些作者在人民日報上發表同我們共產黨人的見解相反的文章，這樣做就會使思想更活躍，使馬克思主義的眞理愈辯愈明。」〔註16〕儘管還存在著不少限制，這種寬容的評價對於《人民日報》的改版確實提供了更有利的環境，對於副刊工作也拓展了更多的自由討論的空間。

在這種氛圍的帶動下，從 1956 年 7 月到 1957 年的上半年《人民日報》的副刊成爲了名副其實的「鳴放的陣地」，積極參與了「百花文學」的發展。特別是在改版後最初幾個月，《人民日報》在副刊上每天平均發表 4、5 篇評論文章。當時，「反對教條主義」和「反對官僚主義」，「獨立思考」和「價值多元」是文學界所關注的最大焦點。這時期蘇聯文藝政策和文藝思潮的變動對於這種新焦點的出現產生了很大的影響。尤其是 1954 年召開的蘇聯第二次作家代表會對文藝的行政命令、官僚主義、文學創作的模式化的質疑，直接引導了中國國內的文藝政策變化。另外，1956 年 1 月中國對知識分子政策的調整也成爲這一年「雙百方針」提出的一個重要背景。中共在 1956 年 1 月召開了全國知識分子問題會議，周恩來在會議上作了題爲《關於知識分子問題》的報告，這一報告的重要意義在於它承認了知識分子的力量，報告指出，爲了加速社會主義建設的任務，「除了必須依靠工人階級和廣大農民的積極勞動以外，還必須依靠知識分子的積極勞動」，「我們現在所進行的各項建設，正在愈來愈多地需要知識分子的參加。」〔註17〕，爲了最充分地動員和發揮知識分子的力量，報告具體提出了三個方案：第一，應該改善對於知識分子的使用和安排。第二，應該充分的瞭解他們，給他們以應當的信任和支持。第三，應該給他們以必要的工作條件和適當的待遇。可見，周恩來的報告是對於知識分子問題的一個重新的考察，它試圖讓知識分子在他們的專業知識領

新聞戰線編輯部、北京新聞學會合編，1981，轉引自王曉梅，1956 年《人民日報》的改版過程〔J〕，新聞大學，2007，（4）。

〔註16〕丁淦林，中國新聞事業史〔M〕，北京：高等教育出版社，2007，308。
〔註17〕周恩來，關於知識分子問題的報告〔N〕，人民日報，1956-1-30。

域中享有一定的自由和待遇，以利於掌握國家發展所需要的專業知識。這一報告對於「雙百方針」出臺提供了一個適合的環境。

反對「教條主義」的思想束縛，以「獨立思考」和「自由討論」來繁榮科學和文化事業，就是「雙百方針」的出發點。爲了這一方針的成功，當時對於知識分子政策的調整是首先要解決的問題。50 年代初期經過了幾次思想批判鬥爭，學術界和文藝界所承受思想壓制相當嚴重，這種思想壓制日益成爲社會發展的不利因素。1956 年「雙百方針」的提出對於中國學術界文藝界確實如溫暖的春風，知識分子在「百花齊放、百家爭鳴」口號的鼓勵下，對於「反對教條主義」和「反對官僚主義」，「獨立思考」和「價值多元」這些新的焦點慢慢表現出了自己的意見，逐漸形成了「百花時代」的新局面。

1956 年 7 月改版後的《人民日報》副刊，也展現出了這種新的局面。從1956 年 7 月到 1957 年的上半年《人民日報》的副刊眞已成爲「鳴放的陣地」，副刊刊登了不少涉及到「雙百方針」提出後新話題的文章。當時，很多作家開始探討當前文學現狀以及阻礙文學發展的各種問題，包括改善文學創作的工作環境、文學批評的合理性問題等等。周恩來發表《關於知識分子問題》的報告之後，1956 年 3 月召開的中國作家協會第二次理事會提出文學界也要改進作家的文學創作條件的問題，巴金在發言中特別強調「創作是一個很嚴重、很艱苦的事業」，爲了繁榮創作，提高創作的質量，作家在文學創作工作中需要「充分的時間」，包括「執筆以前的醞釀、思索的時間」〔註18〕。這確實是當時作家在創作中所面臨的實際問題，8 月 29 日，蹇先艾在《人民日報》副刊上發表《創作的時間》的一文，說巴金的發言是一個「代表很多作家共同的意見」，並指出有些作家在名義上已經變成了一個「創作幹部」，要參加很多「重要會議」，作家的構思常常被會議打斷，形象思維也就遇到了困難。當時很多人對作家的這種困境並不理解，作家還不免頗受責難，這對作家形成了「很大的壓力」。關注的是對於創作困境，要求更充分的創作時間，是一個這時期文學界的新動態，也就是當時文學界眞正爲繁榮創作、提高創作質量邁出的重要努力。

另外，「雙百方針」提出後，在思想領域，反對「教條主義」，提倡「獨立思考」就成爲中心問題。當時，在思想文化方面普遍存在的「教條主義」

〔註18〕巴金，在文學作家協會第二次理事會議擴大會議上的發言〔N〕，人民日報，1956-3-25。

和缺乏「獨立思考」確實是文學現狀的重大問題，《人民日報》副刊圍繞著這個問題刊出了不少文章。其中茅盾的《談獨立思考》是一篇值得關注的文章，他在這篇文章中非常辛辣地批評缺乏「獨立思考」的「井底之蛙」和「應聲蟲」的存在：

> 眼睛只看上邊、不看下邊的人，耳朵只喜歡聽好話、不喜歡聽批評的人，常常只想到自己、不想到別人的人，他們面前的可能的危險是：讓「獨自」思考頂替了獨立思考。教條主義是獨立思考的敵人，它的另一敵人便是個人崇拜。如果廣博的知識是孕育獨立思考的，那麼，哺養獨立思考的便應是民主的精神。井底之蛙恐怕很難有獨立思考的能力。應聲蟲大概從沒有感到有獨立思考之必要。
> 而日馳數百里的驛馬雖然見多識廣，也未必善於獨立思考。〔註19〕

這篇文章表現出對於50年代以來的文藝政策中越來越嚴重的「教條主義」傾向的反思。當時反對「教條主義」是文藝理論領域的工作重點，隨著「雙百方針」的提出，很多作家開始探討這個問題。由於過去過多強調文藝為工農兵服務的方針，以及對社會主義現實主義創作方法的過多重視，產生了教條主義和片面性，以至使文藝創作發展受到了限制。在學術思想領域，為了造成一個具有「獨立思考」和「自由討論」的環境，首先就要脫離這種「教條主義」的思想束縛，也需要建設一個健康合理的「批評機制」。當代文學誕生以來一直伴隨著頻繁的批判鬥爭，經過1951年《武訓傳》批判和1954年《紅樓夢》研究批判，特別是1955年下半年的「胡風反革命集團」的鬥爭，以及在全國開展了「肅清反革命」運動，思想批判運動大大背離了學術批評的性質，而以政治批判代替學術批評，完全失去了學術批評的規範。這接踵而至的批判，將文學創作和批評中的自由空間大大地減縮，沉重地打擊了知識分子的自由思想的發展。這一時期很多作家和評論家特別關注這樣的文學批評現狀，還發表了新的觀點和意見。

何其芳在這時期《人民日報》副刊上發表了幾篇評論，他特別關注「粗糙的批評」的「障礙」和「可怕」。《批評和障礙》指出，「對於自覺的成熟的文學家和批評家，批評決不能成為他們的創造的障礙。那麼我們為什麼又反對粗暴的批評，簡單的批評呢？棍子打不倒大樹，然而它卻可以毀壞新從土裡長出來的幼芽。更可憂慮的是粗暴的簡單的批評可以在社會上發生很壞

〔註19〕玄珠，談獨立思考〔N〕，人民日報，1956-7-3。

的作用，可以毒害讀者的頭腦和心靈。」〔註20〕實際上，1951年的《武訓傳》批判事件，已經「開闢了建國以來以政治批判代替學術討論的惡劣文風的先河」〔註21〕，批評完全變成為非常「可怕」的事情，何其芳在《批評和可怕》中說「批評成為可怕，是在有些時候批評具有一種超過批評本身的力量。也是聽說，有一位作家因為被一首諷刺詩諷刺過，於是不但他筆者要作檢討，要公開承認錯誤，而且他在別的工作崗位上的愛人也受到周圍的人們的指責和不齒。這樣，一個人受到批評就比犯法還要重了」。他認為，「這種奇怪的不合理的現象的存在，是由於社會上有些人對於批評抱有不正確的看法的緣故。這種不正確的看法的存在，又是由於過去缺少批評的習慣的緣故。」〔註22〕當時，缺少良好的批評習慣，確實是一個非常重要的文學問題，特別是在新中國初期一段時期裏，文學批評往往成為一種對於文學創作以及作家身份的絕對性的「判決」。方浦在《批評家——不是法官》裏指出這一點，說：「批評家在文章裏說的畢竟只是他個人的意見，而不是對作品的判決：誰也沒有給過他這種權利。杜布洛留勃夫說的很對，他認為批評家不是法官，而是律師。對作品的判決，權利只能屬於歷史。」〔註23〕不過，在建國初期的特殊時期裏，現實政治的邏輯封閉了獨立思考的空間，文學批評卻被賦予了這種「判決的權利」。文學批評的「合理性」和「獨立思考」是在一個橫線上的問題。批評家應該保持著相對「獨立」的思考，這就是具有「合理性」的批評的基本條件，可惜，在新中國成立之後很長一段時期裏，由於社會政治和思想觀念方面的諸多原因，未能形成文學批評的良好條件。到1956年夏天，迎接這一「百花時代」很多作家和評論家關注「獨立思考」和「批評的合理性」問題，並大膽地發出自己的意見，這些文章體現了對於50年代以來文學批評的惡劣文風的反思。在《人民日報》副刊上出現這些具有尖銳批判精神和真誠思考的雜文和評論，對於當時文學現狀問題的反思也發揮倡導的作用。這可以說是1956年改版後《人民日報》副刊的最大成果之一。

　　值得注意的是，這些作家發表這些評論的時候，並沒有使用自己本名，

〔註20〕桑珂，批評和障礙〔N〕，人民日報，1956-7-1。
〔註21〕李揚，中國當代文學思潮〔M〕，上海：上海社會科學院出版社，2005，19。
〔註22〕桑珂，批評和可怕〔N〕，人民日報，1956-7-11。
〔註23〕方浦，批評家——不是法官〔N〕，人民日報，1956-7-7。

都是用當時鮮爲人知或者久已不用的筆名，如茅盾署名「玄珠」，葉聖陶署名「秉丞」，巴金署名「餘一」，何其芳署名「桑珂」，夏衍署名「子布」等等。這可以說是 1956 年至 1957 年上半年之間的特殊現象，通過這一現象可以窺見當時不少作家還是具有一些愼重的態度。對於這一時期的「齊放」和「爭鳴」的召喚，大多數知識分子自然很興奮而歡迎，然而，某種程度上的顧慮和猶豫也確實普遍存在。費孝通在 1957 年 3 月 24 日《人民日報》七版上發表的《知識分子的早春天氣》可以說是一個直接表達出這種「顧慮和猶豫」現象的代表性文章。他在這篇文章中描述了當時一部分作家在難以把握自身命運的時代裏所感到的複雜的情緒：「百家爭鳴的和風一吹，知識分子的積極因素應時而動了起來。但是對一般老知識分子來說，現在好像還是早春天氣。他們的生氣正在冒頭，但還是有一點覷覰，自信力不那麼強，顧慮似乎不少。早春天氣，未免乍寒乍暖，這原是最難將息的時節」。這種表達不僅僅是這一個作家個人的感受，而是形象地描繪了當時不少知識分子在社會政治潮流中所處的「夾縫」的位置，以及由此產生的複雜的思慮。

在這一「最難將息的時節」裏，「疑慮」是確實有的，但是《人民日報》好像還是比較相信這一早春時節所包含的新鮮的空氣會給它帶來新的格局，因而堅持進行改版，到 1957 年春天還保持著當初改版的革新宗旨。費孝通發表這篇文章之後，「早春」很快成爲知識界的中心話題。1957 年春天，《人民日報》在七版上還開闢了「筆談『百花齊放，百家爭鳴』」專欄，刊登了倪鶴笙《讀〈知識分子的早春天氣〉》、翦伯贊《爲什麼有「早春」之感？》等很多著名學者的不同意見〔註 24〕。

另外，1957 年 1 月《人民日報》還刊登了陳其通、陳亞丁、馬寒冰、魯勒的文章《我們對目前文藝工作的幾點意見》，這篇文章的觀點就代表著黨內存在的對於「雙百方針」的「疑慮」，他們認爲『雙百方針』不利於發展文學藝術的戰鬥性，壓住陣腳進行鬥爭。當時在《人民日報》上出現這幾位作者的文章後自然引起了很大的反響。《人民日報》發表這篇文章之後，很長時間沒有表示自己的態度，這也就是給讀者一種印象，「似乎《人民日報》是贊成陳其通等四人的這種意見的，這樣就增加了一些人對鳴放的疑慮」〔註 25〕。

〔註 24〕 關於這一「筆談」專欄可以參見洪子誠，1956 年：百花時代〔M〕，北京：北京大學出版社，2010，22。

〔註 25〕 朱正，1957 年的夏季：從百家爭鳴到兩家爭鳴〔M〕，鄭州：河南人民出版社，1998，15。

面對這種情況，毛澤東在 2 月 27 日最高國務會議上的《關於正確處理人民內部矛盾的問題》講話中嚴厲批評了黨內不贊成「雙百方針」的人們，同時對《人民日報》發表該文之後「沒有表示明確的態度」提出了批評。此後，《人民日報》在 3 月 18 日副刊上刊出了茅盾的《貫徹「百花齊放、百家爭鳴」，反對教條主義和小資產階級思想》一文，批評了陳其通等四人的文章「沒有說服力」，認為他們的批評方法是「教條主義的」。接著，4 月 10 日《人民日報》又發表了社論《繼續放手，貫徹「百花齊放、百家爭鳴」的方針》，就批評陳其通等人的《意見》：「目前的問題不是放得太寬而是放得不夠。黨的任務是要繼續放手，堅持貫徹『百花齊放、百家爭鳴』的方針。有些人對於黨的方針抱著不同的想法。照他們看來，這樣下去，思想界將會一團混亂，文化科學發展的方向將要模糊，資產階級思想將要泛濫，馬克思主義的理論將要動搖——總而言之，前途簡直是不堪設想。在本報一月七日所發表的陳其通、陳亞丁、馬寒冰、魯勒等四同志的文章『我們對目前文藝工作的幾點意見』，就是這種傾向的一個代表。」不過，《人民日報》的這些彌補措施也晚了一步，結果未能避免中央的批評。誰也不曾料到，刊登陳其通等人的文章卻成為《人民日報》改版夭折的一個誘因。

4.1.3 「百花時代」《人民日報》副刊上的詩歌

提出反對「教條主義」，提倡「獨立思考」和「自由討論」，是「雙百方針」提出後在文學理論方面的最大成果。文學創作方面的最大成果可以是一批「揭示社會內部矛盾的創作」的出現。文學創作題材範圍的狹窄、單調，創作風格的不夠多樣化，文學創作的公式化、概念化傾向是 50 年代初期中國文學的普遍問題，1956 年「雙百方針」提出後，很多作家開始探討這些文學問題，「干預生活」成為一種克服這些問題的方案。這時期出現了一批大膽干預生活，深刻反映社會的複雜矛盾，揭露和批評官僚主義的弊端的作品，如王蒙、劉賓雁、宗璞、李國文等作家的小說，以及流沙河、邵燕祥、公劉、穆旦等詩人的詩歌，文藝理論和批評相應和，充實了這一時期文學界的新氣象。這些作品高揚著現實主義精神，也繼承了「五四」以來新文學的批判精神和啟蒙意識。

在當時，很多文學期刊也開始進行了改革，中國作家協會也召開了幾次有關文學期刊的會議。尤其是 1956 年 11 月 21 日至 12 月 1 日，在北京召開了

文學期刊編輯工作會議，討論文學期刊如何貫徹執行「雙百方針」，以推動文學創作的繁榮和發展。當時《人民日報》特別關注這次會議，報導了會議所提出的各項工作措施的內容：「必須大膽放手，敢於在刊物上發表各種不同的見解，開展自由論爭，發表多種多樣形式的作品，並且促使各種文藝形式得以發展，敢於干預生活，發表批評現實生活中的缺點的作品」。這次會議還特別提出「從 1957 年 1 月起，全國各個文學期刊一律取消機關刊物的名義。文藝團體對所屬刊物只作原則方針上的領導，不干涉其日常編輯工作」〔註26〕。在這種主張的鼓舞下，《人民文學》、《文藝報》等重要文學期刊都開始進行改革，《人民文學》對這時期「干預生活」的創作起到了重要作用，刊出了劉賓雁《在橋梁工地上》、王蒙《組織部新來的青年人》、宗璞《紅豆》等重要作品。《文藝報》在文學理論和政策方面進行了更多的探討，特別是在批評文學的「教條主義」、「宗派主義」和「公式化、概念化」方面起到了帶頭的作用。此外，1957 年 1 月《詩刊》和《星星》等重要詩歌刊物連續創刊，刊出了很多帶有這時期特有的「異質」特徵的詩歌，這兩個詩歌刊物在創刊號上各自發表了艾青《在智利的海岬上》、馮至《西北詩鈔》（《詩刊》1957 年 1 月 25日）和流沙河《草木篇》、曰白《吻》（《星星》1957 年 1 月 1 日）等詩歌，引起了很大的反響。與之同時，這時期有幾位老詩人的詩集也前後出版，如徐志摩和戴望舒的詩選也在 1957 年與讀者見面。

　　《人民日報》的改革比這些文學期刊還早半年，1956 年 7 月改版後，《人民日報》副刊刊登了不少顯示出這時期特殊的異質性的詩歌作品。首先要說明，《人民日報》副刊所刊出的文學作品一般局限於散文、隨筆式的短文和短評以及詩歌，這是因為副刊的篇幅太小，只占於八版的上半版（下半版是廣告）。因而，編輯人在副刊編輯工作中不得不首先要考慮稿件長短〔註27〕，副刊所刊登的文學創作比較側重於散文和詩歌，其中詩歌在這時期揭示社會矛盾方面的成果更為突出。這時期《人民日報》副刊刊出了邵燕祥的《走敦煌》、《琴》、《賈桂香》、公劉的《風啊，別敲》、《繁星在天》、《謁魯迅墓》、馮至的《西北故事雜詠》、王統照的《遊開羅紀感》、穆旦的《九十九家爭鳴

〔註26〕文學期刊編輯工作會議要求認真貫徹百花齊放，百家爭鳴的方針，人民日報〔N〕，1956-12-4。
〔註27〕胡喬木在副刊工作中主張「報紙的文章要短些，再短些」，袁鷹說「短短一則」就成為「多年副刊的基本藍圖」。參見袁鷹，風雲側記——我在人民日報副刊的歲月〔M〕，北京：中國檔案出版社，2006，43。

記》、蔡其矯的《西沙群島散歌》等詩歌。和過去幾年對比，這時期《人民日報》，具有政治時事性以及思想鬥爭性的詩歌減少了很多，頌歌和讚歌也很少出現，另有一些歌頌軍隊的詩歌，不過戰鬥性不強，也帶有一定的抒情性。詩歌主題和題材也在一定程度上取得了多樣化，這些都是在改版後副刊上出現的變化。特別是一些揭示社會內部矛盾的詩歌在《人民日報》副刊上一出現就得到了人民的關注，還引起了很大的反響。其中，艾青的《畫鳥的獵人》、邵燕祥的《賈桂香》、穆旦的《九十九家爭鳴記》這三首詩歌可以說是代表性的作品。

邵燕祥的《賈桂香》發表於 1956 年 12 月 13 日，這首詩是詩人讀了 10 月 11 日《黑龍江日報》報導的一個真實的悲劇事件後有感而寫的。詩人在「後記」中說「佳木斯園藝示範農場青年女工賈桂香，受不住主觀主義和官僚主義的圍剿，在 7 月 27 日自殺。……讀之心怦怦然，因寫這首詩呼籲：『不許再有第二個賈桂香！』」〔註28〕這首詩是像詩人自己說的那樣確實是「從詩人血管中流出的血，真誠的血」〔註29〕，是充滿正義感的控訴，也就是真誠的鬱怒和激情的噴出：

> 到底是怎樣的一股逆風
>
> 撲滅了剛剛燃點的火焰？
>
> 海闊天空任飛翔的地方，
>
> 折斷了剛剛展開的翅膀！
>
> 告訴我，回答我：是怎樣的，
>
> 怎樣的手，扼殺了賈桂香！？

可以說，這是「一首大膽觸及了生活真實的詩篇，它在一片光明之中看到陰暗的角落，它敢於像歌頌光明那樣理直氣壯地鞭打黑暗」〔註30〕。在 50 年代文學中，如此地直接對現實生活或實際事件進行批評的詩歌極少，邵燕祥的《賈桂香》確實是一個具有突破性的作品。尤其是它在《人民日報》上出現，更具有「突破性」。《人民日報》1948 年創刊以來刊登過許多詩歌，那些詩歌

〔註28〕 邵燕祥，賈桂香（後記）〔N〕，人民日報，1956-12-13。

〔註29〕 邵燕祥在《獻給歷史的情歌》後記中關於《賈桂香》說，「這首詩寫得不夠深刻，也還有失於天真之處，但確是從我的血管中流出的血，真誠的血」。參見邵燕祥，獻給歷史的情歌（後記）〔J〕，讀書，1980，（4）。

〔註30〕 謝冕，浪漫星云：中國當代詩歌札記〔M〕，廣州：廣東人民出版社，1999，171。

都帶有濃厚的宣傳性和指導性，特別是在建國初期幾年中，《人民日報》所發表的詩歌基本上都屬於頌歌和戰歌的範疇。新中國成立初期它刊出了郭沫若的《新華頌》、田間的《新中國》、胡風的《時間開始了》、呂劍的《英雄碑》等頌歌，在韓國戰爭時期主要刊登了艾青的《前進，光榮的朝鮮人民軍！》、卞之琳的《向朝鮮人民致敬》、邵燕祥的《唱吧，高唱你們的戰歌！——獻給英勇的朝鮮人民軍》、綠原的《一分鐘不能忘記》、《戰鬥的朝鮮》等戰歌。「雙百方針」的提出之後，在《人民日報》副刊上出現了邵燕祥的《賈桂香》，它突破了只准「歌頌」，不准「暴露」的戒律，敢於大膽正視社會的陰暗面，反映社會生活中的矛盾。這就意味著它突破了詩歌創作的題材的局限性，在一定程度上克服了當時詩歌創作的概念化和公式化的毛病。並且，這首詩創作的出發點是對人的生命和人格的尊重，詩人在無意中啓示了「人對人的關心、同情和愛護不應當成爲罪過，人應當尊重人。」〔註 31〕在這方面，這首詩可以說承接了「五四」新文學的人道主義精神。

對人的關心，對人的心靈的關心是文學的永遠的主題。不過，在當時的文學觀念中，「表現個人感情的作品往往被視爲『小資產階級的』，『不健康』的東西。」〔註 32〕因此，50 年代中國詩歌逐漸失去了這一主題。然而，在 1956 年以後一年多的時間裏，即出現了不少更爲關注人的感情世界的作品，這也是「百花文學」的一大成果。可惜，這時期《人民日報》副刊所刊出的詩歌作品中，直接表現出個人感情的詩歌作品依舊屬於少數，其中要提到的是蔡其矯的組詩《西沙群島散歌》。這是詩人「從一九五六年九月到一九五七年三月，生活在福建和廣東的海上和陸地上時，所寫的抒情詩」〔註 33〕，一共有八首詩歌組成的組詩，其浪漫主義色彩很深。下面是其中以《夜光》爲題的一首。

> 沒有月亮的晚間
> 爲什麼海島一片光明？
> 是雲在輝耀
> 還是浪在返照？

〔註 31〕 謝冕，浪漫星雲：中國當代詩歌札記〔M〕，廣州：廣東人民出版社，1999，171。

〔註 32〕 朱寨，中國當代文學思潮史〔M〕，北京：人民文學出版社，1987，249。

〔註 33〕 蔡其矯，濤聲集（後記）〔M〕，上海：新文藝出版社，1957。

我看見每一珊瑚碎片

都如珍珠般閃爍。

南海的夜

是青春年華的裸胸；

那光潔的肌膚下

一顆處女的心在跳動；

它整夜朝著北斗星

訴説著萬年的愛情。

在這首詩裏，詩人大膽採取了「青春年華的裸胸」、「處女的心」等等詩語，生動地描寫了充滿感情的「夜光」。在 50 年代中國詩歌中，表現出這種個人感情，尤其是描寫個人的「愛情」的詩歌極少。不管蔡其矯的這首詩有多少藝術成就，在當時的詩歌界出現這種充滿個人情緒的抒情詩本身就具有很大的價值。這是詩人試圖在這一短暫的早春天氣裏能夠從思想的束縛裏把個人感情解放出來的嘗試，是詩人重新回到「爲人生的文學」的追求。

此外，對於「獨立思考」的關心在詩歌中也有體現。50 年代初期艾青在《人民日報》發表過不少詩歌，那些主要是頌歌和關於國際和平的詩歌〔註34〕，然而，他的《畫鳥的獵人》顯示出了與其他詩歌完全不同的詩風。這首詩發表於《人民日報》開闢副刊不久的 1956 年 8 月 9 日，詩人採取散文詩體的寓言詩形式。「雙百方針」的提出之後，「寓言詩」形式重新得到重視，這時期艾青寫了《養花人的夢》和《畫鳥的獵人》、此外還有流沙河的《草木篇》、公劉的組詩《烏鴉與豬》等優秀的寓言詩都是在這一時期出現的。這類詩歌不僅具有形式上的創新，還包涵著相對自由的思想。「寓言詩」本身就是一種充滿智慧和思索的文學形式，善於表現出諷刺和幽默的美學追求。艾青的《畫鳥的獵人》充分體現了這種寓言詩特有的藝術特徵，富有多種思考的餘地。在提倡「思考的自由，辯論的自由，有創作和批判的自由」的鼓勵下，這種富於思辯和批判精神的寓言詩的出現，確實是「雙百時代」文學的一大成果。

穆旦的諷刺詩《九十九家爭鳴記》在《人民日報》副刊上出現比上述作

〔註34〕艾青在 1950 年代初期《人民日報》上發表的詩歌有《人民歌頌斯大林（節錄長詩「獻給斯大林」）》（1949 年 12 月 18 日）、《我在和平呼籲書上簽名》1950 年 5 月 21 日、《前進，光榮的朝鮮人民軍！》（1950 年 7 月 16 日）、《千千萬萬人朝著一個方向》（1952 年 9 月 28 日）等等。

品稍晚，時間是 1957 年 5 月 7 日。

　　百家爭鳴固然很好，
　　九十九家難道不行？
　　我這一家雖然也有話說，
　　現在可患者虛心的病。

　　我們的會議室濟濟義堂，
　　恰好是一百零一個人，
　　為什麼偏多一個？
　　他呀，是主席，但等作結論。

　　因此，我就有點心虛，
　　盤算好了要見機行事：
　　首先是小趙發了言，
　　句句都表示毫無見識。

　　但主席卻給了一番獎勵：
　　錢、孫兩人接著講話，
　　雖然條理分明，
　　我知道那內容可是半真半假。

　　老李去年作過檢討，
　　這次他又開起大炮，
　　雖然火氣沒有以前旺盛，
　　可是句句都不滿領導。

　　「怎麼？這豈非人身攻擊？
　　爭鳴是為了學術問題！
　　應該好好研究文件，
　　最好不要有宗派情緒！」

現在看這首詩，誰也無法否認穆旦在詩中表達出來的是「所有的『鳴放』實

際上都是在權威話語所劃定的範圍內的行為。事先早已設定了前提和限度的爭鳴，無非是對權威話語的重複與轉述而已」〔註35〕。在這這群「應聲蟲」和「假進步」的九十九個爭鳴家之中，另有「一家不鳴的小卒」，以沉默為代替鳴放，而保持自己的信念和獨立思考。

艾青的《畫鳥的獵人》、邵燕祥的《賈桂香》和穆旦的《九十九家爭鳴記》等詩歌試圖正視生活的另一面中的矛盾現象，發揮了珍貴現實主義的批判精神的力量。它們是這時期「百花文學」中的重要詩歌成果，這三首詩歌作品將這時期《人民日報》副刊的百花文學精神推向深處。

4.2 一個注定失敗的改革

1957 年春天，這一短暫的文學的「百花時代」已經面臨了夭折的局面。4 月 27 日中共中央發出《關於整風運動的指示》，5 月 1 日，《人民日報》開闢了專欄並公開發表了中央的《指示》，從此，「整風」已成為《人民日報》宣傳工作的重點。「整風」很快便成為「反右」，6 月，「反右」鬥爭全面展開，《人民日報》自然迅速捲入這場運動之中，很快成為「反右」鬥爭的主要宣傳工具，理所當然，《人民日報》的改版也遇到了嚴重的挫折。

1957 年下半年文藝界「反右派」鬥爭沉重地打擊中國文藝界，1956 年的「雙百方針」由倡導「鳴放」始而以「反右」終。這一切，讓那些沉醉在早春夢幻裏的知識分子感到很大的失望。這場批判運動給文學批評帶來了極大的消極作用；首先嚴重擠壓了文學批評的多樣性和合理性的發展，其次深深地打擊了作家的創造精神和創作自由。在這場文藝界「反右派」鬥爭中，《人民日報》發出了許多具有「權威性」的社論和批判文章，對於文學批評和創作導致了嚴重的影響。《人民日報》的這些措施是明顯得違背 1956 年它積極提倡的「自由討論」、「改進文風」等改版目的和原則，當然也表明它的改版的徹底失敗。

4.2.1 《人民日報》改版的中斷

1957 年 1 月，《人民日報》發表陳其通等人的《我們對目前文藝工作的幾點意見》一文，引起了很大的反響，這成為了改版中斷的導火線。當時，

〔註35〕段從學，論穆旦 50 年代詩歌創作〔J〕，涪陵師範學院學報，2002，18，（2）。

《人民日報》對於這篇文章，未發任何評論，但毛澤東卻對於極為重視。1957年2月27日，在最高國務會議第11次擴大會議上，毛澤東以《關於正確處理人民內部矛盾的問題》為題發表講話，進一步論述了「雙百方針」的問題，嚴厲批評了黨內不贊成「雙百方針」的人們，不過，當時，作為中央機關報的《人民日報》卻表現得十分謹慎，對於國務會議，它遲至3月3日才刊登了一條新聞報導，並沒有發社論和宣傳文章。3月12日，毛澤東在全國宣傳工作會議上又特別強調「雙百方針是一個基本性的同時也是長期性的方針，不能『收』，只能『放』。這一次，《人民日報》還是保持沉默，根本沒有報導。對於這兩次重要會議，當時《人民日報》總編輯鄧拓採取這種「按兵不動」的態度，也可能是他這時候已經預見了政治氣候轉變的徵兆。1956年11月，毛澤東在第八屆二中全會上已宣佈了「我們準備明年開展整風運動」，1957年3月12日在全國宣傳工作會議上專門講了整風問題，要求全黨認真地「整頓思想作風和工作作風」。據當時人民日報社的副總編輯胡績偉後來分析，鄧拓對毛澤東講話採取「經過中央批准以後宣傳」的辦法，而不是聞風而動，是他「不僅看出毛主席這番話很快會變，而且還很可能潛伏著一場『引蛇出洞』的災難。」〔註36〕不過，《人民日報》在採取慎重態度的同時，還繼續堅持改版的原則，結果，4月10日下午，毛澤東在中南海對《人民日報》的編委常委提出了嚴厲的批評：「黨的報紙對黨的政策要及時宣傳。從陳其通的文章，最高國務會議後，《人民日報》無聲音，非黨的報紙在起領到的作用。」並對鄧拓批評了改版後的工作：「你們多半是對中央的方針唱反派，是牴觸的，反對中央的方針的。不贊成中央的方針的。你們的意見都很一致，都不敢批評鄧拓。中央開了很多會，你們參加了，不寫，只使板凳增加了折舊費。如果繼續這樣，你們就不必來開會了。」〔註37〕《人民日報》的改版工作受到了沉重的一擊，頓時產生了嚴重的混亂，這一事件直接導致了新聞改革的挫折。

事實上，4月初這一事件之後，《人民日報》的改版工作已經被中斷了。《人民日報》改變了態度，開始進行了調整。4月13日，刊出了以《怎樣對待人民內部矛盾》為題的社論，報導了毛澤東在3月全國宣傳工作會議上的講話。4月22日調整了版面，原二三版的經濟版移至三四版，原四版的

〔註36〕胡績偉，胡績偉自選集：第三卷〔C〕，北京：人民日報社，2002，23-24。
〔註37〕張帆，鄧拓在《人民日報》的沉浮歲月〔J〕，世紀行，2000，（5）。

國內政治版移到第二版，這顯然違背了當初改版的原則，這就意味著《人民日報》又回到改版前的軌道，回歸於新聞「緊密結合政治」的狀態。

4月27日中共中央發出《關於整風運動的指示》，5月1日，《人民日報》開闢了專欄並公開發表了中央的《指示》，從此，「整風」已成爲《人民日報》宣傳工作的重點。「整風」很快便成爲「反擊」，6月「反右」鬥爭就全面開展了，《人民日報》自然迅速捲入這場運動之中，6月8日刊出社論《這是爲什麼？》，吹響了「反右」鬥爭的號角。6月19日，《人民日報》刊登了毛澤東在2月最高國務會議上的講話《關於正確處理人民內部矛盾的問題》，這時，其中關於「雙百」方針的內容已經作了很大的修改，並且加上了六條政治標準，提出了「鳴放」的「前提」：一、有利於團結各族人民，而不是分裂人民；二、有利於社會主義改造和社會主義建設，而不是不利於社會主義改造和社會主義建設；三、有利於鞏固人民民主專政，而不是破壞或者削弱這個專政；四、有利於鞏固民主集中制，而不是破壞或者削弱這個制度；五、有利於鞏固共產黨的領導，而不是脫離或者削弱這個領導；六、有利於社會主義國際團結和全世界愛好和平人民的國際團結，而不是有損於這些團結。」在這重新作的解釋中，「雙百」方針的基本性質已經發生了變化，它就「似乎成了爲鋤掉毒草而引蛇出洞的政策」〔註38〕。

此後，《人民日報》又陸續發表了《鬥爭正在開始深入》（7月8日）、《使鬥爭深入，再深入》（8月16日）、《嚴肅對待黨內的右派分子》（9月11日）等社論，集中推動和宣傳「反右」鬥爭。曾在《人民日報》上發表過文章的許多作者被打成「右派」，在《人民日報》內部也有一些編輯、記者被打成「右派」〔註39〕。在實施「雙百方針」的過程中它所提倡「擴大新聞報導」，「自由討論」，「改進文風」等努力都在殘忍的「反右」鬥爭之中被淹沒，隨著鬥爭的嚴重擴大化，《人民日報》很快成爲「反右」鬥爭的主要宣傳工具。

〔註38〕 李新宇，「早春天氣」裏的突圍之夢——五十年代中國文學的知識分子話語〔A〕，賀雄飛，思想的時代：《黃河》憶舊文選〔C〕，長春：吉林文史出版社，2000，260。

〔註39〕 《人民日報》從1957年6月下旬開始了內部整風運動。此後，6月13日黨中央派吳冷西擔任《人民日報》總編輯，鄧拓只任社長，「後來只管文藝，實際已被架空。」，1957年10月7日副總編輯楊剛自殺，1958年4月11日新的副總編輯黃操良也在反右運動後期自殺。在這場人民日報內部的反右鬥爭中被打成「反右分子」的一共有30人，詳細名單可以參見楊立新，「左」傾錯誤時期的人民日報〔D〕，北京：人民大學新聞學系，2005，22。

特別是在這時期文藝界「反右」鬥爭中，它發揮了帶頭的作用，產生了極大的影響。

4.2.2　詩歌界「反右」鬥爭與《人民日報》副刊

　　1957 年 6 月 19 日，《人民日報》發表《關於正確處理人民內部矛盾的問題》前後，報紙言論對於「雙百」方針的闡釋已經有了根本性的變化。6 月 10 日，《人民日報》刊登了朱學範的《讓「鳴」「放」向健康方面發展》，文章中說：「現在全國人民響應黨的號召，幫助黨進行整風，正在大放大鳴，這是歷史上從來沒有的好現象，所有擁護共產黨的，維護社會主義的人，都應該不斷地本著知無不言、言無不盡的精神，繼續大放大鳴。使得領導國家事務的共產黨，有可能從發現的問題中找出缺點和錯誤，加以克服改進。但是在鳴放中間我們不能模糊了總的方向，放棄了階級意識的思想鬥爭，一切批評、建議，都應該從維護社會主義的要求、鞏固共產黨的領導出發。不能讓資本主義思想擡頭，不能讓歪曲言論混淆視聽。」6 月 17 日，刊登了茅盾的《「放」、「鳴」和批判》，指出在雙百方針的號召下，很多「右派分子使出了許多理論和建議的花招，最後，眞相畢露，公然反對人民民主專政，反對共產黨領導。」，「『百花齊放，百家爭鳴』是爲了使得思想鬥爭活躍而深入，使得思想鬥爭不犯教條主義的錯誤；而大『放』、大『鳴』之時必需有大『爭』，也正是爲了『百家爭鳴，百花齊放』的堅決貫徹和健康地發展！」在這些論述中，「雙百」方針的基本性質已經發生了變化，這些論述的前提就是「文藝從屬政治，文藝應當爲政治服務」。很明顯，這時「鳴放」已經變質爲排除「毒草」的鬥爭工具。

　　1957 年 6 月以後，《人民日報》副刊一時變成爲「文藝界反右鬥爭的陣地」。實際上，這時期文藝界的「反右派」鬥爭是一個中央的重要措施，當時文藝界「反右派」鬥爭的宣傳也就是《人民日報》工作重點之一。因此，關於文藝界「反右派」鬥爭的許多宣傳文章及報告文章，它就直接發表在 2、3 版的各種「反右」專欄上〔註40〕，而不是在八版的文藝副刊上，甚至有些重要文章發表在第一版〔註41〕。這就說明當時文藝界的「反右派」鬥爭確實是全社

〔註40〕 1957 年 6 月以後，《人民日報》爲了開展「反右」鬥爭的宣傳，在 2、3 版上開闢了《在反右派戰線上》、《什麼話》等「反右」專欄。

〔註41〕 這時期關於文藝界「反右派」鬥爭，《人民日報》發表在第一版的文章有《丁陳集團的參與者　胡風思想同路人　馮雪峰是文藝界反黨分子》（1957-8-27）、

會的重大事件，受到了極大的重視。《人民日報》所發表的對文藝界的批判文章，基本上都具有很高的「權威性」，有些文章甚至可以說是一種決定作家或作品的政治命運的「判決文」。正是由於這種「權威性」的存在，在文藝界「反右派」鬥爭中，《人民日報》的社論或文學批判文章往往成為了批判的「發動點」。比如7月1日的著名社論《文匯報的資產階級方向應當批判》直接推動了文藝界「反右派」鬥爭。當時，7月初出版的其他文學刊物顯然還來不及跟上形勢的轉變，如7月8日出版的《人民文學》第7期是作為「革新特大號」，刊登了李白鳳的《寫給詩人們底公開信》、豐村的《美麗》、宗璞的《紅豆》等後來被稱為「毒草」的作品。而在7月25日出版的《詩刊》第7期迅速地轉向，出版了「反右派鬥爭特輯」，到了8月，《人民文學》也開始加入到反右的潮流，刊出了公木的《「寫給詩人們底公開信」讀後感》、葉聖陶的《右派分子與人民為敵》等批判文章。

在這時期文藝界反右鬥爭中，對於詩歌界的批判也是相當激烈，許多詩人被捲入到「反右派」批判運動的漩渦，一大批參與鳴放的詩人被打成了「右派」。這時期關於詩歌界的批判，《人民日報》發表了不少批判文章，被批判的詩人有艾青、流沙河、李白鳳、穆旦、公劉、穆木天等等。艾青在「雙百」期間創作活動很活躍，1956年8月在《人民日報》副刊上發表過寓言諷刺詩《畫鳥的獵人》，1957年1月在《詩刊》創刊號上發表了《在智利的海岬上》，4月在《人民文學》發表了《南美洲的旅行》，10月還出版了詩集《海岬的上》。這些詩歌可以說是艾青50年代比較重要的創作成果。艾青發表這些詩歌不久受到了很高的評價，4月艾青發表《南美洲的旅行》之後，沙鷗寫出一篇評論非常積極地肯定了這些詩歌，文章中說，「幾年來，艾青寫出了許多出色的作品。他在南美洲的旅行中寫的二十首詩是他的重要的作品。」，「艾青還極力在追求表達他的思想感情的新的手法，新的風格。像『在智利的海岬上』就是詩人創造新風格的一個例子。」〔註42〕不過，僅僅幾個月後，艾青卻被牽連到「反黨集團」，成了「右派分子」。這時期對於艾青批判的出發點，就是9月4日《人民日報》所發表的以《丁玲的夥伴、李又然的老友、江豐的手足、吳祖光的知心艾青長期奔走於反動集團之間》為題的一文，這一天《人民日報》報導了中國作家協會黨組擴大會議的內容，發表了這篇「可

《為保衛社會主義文藝路線而鬥爭》（1957-9-1）等等。
〔註42〕沙鷗，艾青近年來的幾首詩〔J〕，詩刊，1957（4）。

怕」的文章，文章中艾青已被指定是「反黨分子」：

> 艾青的反黨思想的根，是繫在他那極端腐朽的資產階級個人主
> 義的泥坑裏。……艾青在道德品質方面，也是極端惡劣的。他一貫
> 玩弄女性、道德敗壞。黨一再嚴屬地批評他，教育他，他不但不感
> 謝黨對他的挽救，反而對黨不滿。……艾青近年來的創作越來越缺
> 少革命和生活的氣息；他在民主主義革命階段，曾經寫過一些好詩，
> 但由於他嚴重的個人主義長期沒有得到改造，到了社會主義革命階
> 段，他就不能爲社會主義歌唱了。〔註43〕

批評十分嚴重，這些論述不僅完全脫離了文學批評的範圍，而且嚴重混淆了
「文學和政治」兩種不同性質的批評標準。這時，文學批評已變質爲嚴重的
政治批判，甚至變質爲不合理的人身攻擊。接著，9 月 6 日《人民日報》副
刊刊出了金真的批判文章《艾青的「逆境」》，白樺的批判詩《有這樣的詩人》。
《人民日報》發表了這些文章之後，不少重要文學刊物就跟著開始發表了對
艾青的批判文章。首先是《文藝報》9 月 8 日發表了《文藝界對丁、陳反黨
集團的鬥爭深入開展李又然、艾青、羅烽、白朗反黨面目暴露》的通訊文，
9 月 25 日《詩刊》轉載徐遲發表在 9 月 24 日《人民日報》副刊的文章《艾
青能不能爲社會主義歌唱？》，同時還刊登了田間的《艾青，回過頭來吧！》、
編輯部所發寫的文章《反右派鬥爭在本刊編輯部》等等。關於艾青的批判，
值得關注的是沙鷗的評價，1957 年春天，對於艾青這兩年之間的詩作提出很
高評價的沙鷗，到這年夏天對艾青的評價發生了很大的變化，他在 10 月 25
日《詩刊》發表了《艾青近作批判》，文章中說「艾青對黨的關係是站在反
黨的立場上；艾青的情緒是陰暗的，空虛的；艾青的主觀世界落後於客觀世
界足一個時代，應該算是艾青深刻的危機了。」甚至他寫了一首詩專門批
判艾青，題目叫做《艾青》〔註44〕。沙鷗發表在 4 月《詩刊》上的評論《艾
青近年來的幾首詩》和 10 月同樣是在《詩刊》上發表的《艾青近作批判》
所表現出的極端的差異，就表明這場文藝界「反右派」鬥爭的不合理，同時
反映了在這政治風暴之中，作家和評論家共同處於一個無法脫身的危難局
面。

〔註43〕丁玲的夥伴、李又然的老友、江豐的手足、吳祖光的知心　艾青長期奔走於
　　　　反動集團之間〔N〕，人民日報，1957-9-4。
〔註44〕沙鷗，臉譜種種續集〔N〕，人民日報，1957-9-14，這組詩裏面有《馮雪峰》、
　　　　《艾青》、《李又然》、《陳明》4 首詩。

在這時期文藝界反右鬥爭中，流沙河是引起最大反響的詩人之一。對流沙河的批判，主要是由 1957 年 1 月《星星》創刊號上發表的《草木篇》引起的，這組詩當時被認爲是突出的「右派詩作」，發表的同時就引起了許多批評和爭論，有柯崗、黎本初、程在華、徐鋪之等人在四川報刊上一共發表了二十幾篇批判文章。隨著文藝界反右鬥爭的擴大化，對於流沙河和《草木篇》的爭論重新得到了重視，並加以充分地利用。6 月 21 日《人民日報》轉載了這五首組詩，並配發了一篇較長的《編者按》（一千多字）。這篇《編者按》表面上是介紹有關《草木篇》的批評和爭論，不過文章具有明顯的傾向性，它指出「許多批評是正確的，它們批評了這組詩宣揚了脫離群眾、孤高自賞的個人主義，散播了對社會的不滿和敵對情緒；認爲這組詩對讀者是有害的。」此外，這篇《編者按》的主要關注點是作家流沙河對於這些批評所表示的「反批評」，文章指出「他（流沙河）認爲這一批評不僅是教條主義，而且是宗派主義，他把許多批評，形容爲『殘酷』、『人身攻擊』、『政治恐嚇』、『猖狂』、『排斥異端』，他還說由於這組詩，受到四川省文聯機關內部的『壓制』，通訊、行動自由都遭到侵犯等等。」最後，《編者按》認爲這些流沙河的陳述「都不符合事實。」《人民日報》所發表的這篇《編者按》推動了文藝界對於流沙河和《草木篇》批判的擴大化。7 月，很多文學期刊連續發表了批判文章，7 月 4 日《文匯報》發表社論《從「草木篇」的錯誤報導吸取教訓》，7 月 28 日《文藝報》發表徐逢五的批判文章《從殺父之仇看「草木篇」》和田間的批判詩《關於「白楊」的詩——駁「草木篇」》等。

8 月，《人民日報》又連續發表《流沙河怎樣把持「星星」培植毒草》（8 月 5 日）、姚丹的《在「草木篇」的背後》（8 月 16 日）、《改組編輯部扭轉政治方向「星星」除去毒草開香花》（8 月 24 日）等文，這時整個批判的範圍更爲擴大，直至擴大到對詩歌刊物《星星》的批判。姚丹在《在「草木篇」的背後》中指出「『星星』創刊於今年 1 月。早在創刊以前，石天河、流沙河和白航就秘密策劃好了通過『星星』進行反黨的陰謀。」，「今年春季，『草木篇』受到批評以後，他們又密謀採取各種卑劣的手段，向黨發動猖狂的進攻。這一大群右派分子差不多都寫了充滿謾罵攻擊的『反批評』文章，投到各報刊。」這些批判文章的論述反映出當時已被僵硬化了的思想氣氛。一年前，毛澤東提出「雙百」方針，提倡「在文學藝術工作和科學研究工作中有獨立思考的自由，辯論的自由，有創作和批判的自由，有發表自己意見、堅持自己意見

和保留自己意見的自由。」〔註45〕就是在這個文藝方針的鼓勵下，很多作家和評論家關注「獨立思考」和「批評的合理性」問題，並大膽地發出自己的意見，一年後，文學藝術工作中的「自由」的空間完全消失，「雙百」方針的號召徹底淪為政治「陰謀」的工具，這時，誰也不敢質疑這些批評的「合理性」。

此後，9月1日的《星星》編輯部也刊發了《右派分子把持「星星」詩刊的罪惡活動》，開始批判這份詩歌刊物的領導流沙河、石天河、白航，並宣佈「現在，『星星』詩刊編輯部已經改組。改組後的編輯部，對『星星』詩刊1～8期作了初步的檢查」，所檢查出的「毒草」作品，「除『草木篇』和『吻』而外，我們認為還有『風向針』（右派分子流沙河化名陶任先，4期）『傳聲筒』『泥菩薩』（白鴿飛，6期、5期）『步步高升』『我對著金絲雀觀看了好久』（右派分子長風，2期），我們所以把這些當作毒草提出，因為從政治思想傾向上看，它們是不符合六條標準的，有的異常惡毒地誣衊黨的領導；有的則辱罵人民、辱罵新社會，造謠新社會沒有自由，人民甘願過不自由的生活；有的則進一步詆毀我們的社會制度，散佈官僚主義是社會制度產物的讕言，實質上宣傳了取消黨的領導，推翻人民民主專政制度的主張，和全國各地的右派分子唱著同一個調門。」在這一論述中，以「政治標準」代替為文學批評的標準，這種批判的前提還是「為政治服務」的觀點，當時，很多詩歌批判文章都不斷要求「詩歌更加緊密地配合現實政治」。

對於穆旦的批判是針對發表在1957年5月7日《人民日報》副刊上的諷刺詩《九十九家爭鳴記》開始的，這首詩對「百家爭鳴」中的矛盾現象加以揭示和批評。在這場文藝界反右派運動中，穆旦被定為「歷史反革命」。關於這首詩，最早提出的批判也是《人民日報》副刊，它在1957年12月刊登了戴伯健的文章《一首歪曲「百家爭鳴」的詩——對「九十九家爭鳴記」的批評》，文章中指出「今年5月7日人民日報八版上刊登的穆旦所寫的『九十九家爭鳴記』，我認為是一首不好的詩。作者儘管用了隱晦的筆法，但是也不能掩飾它所流露出來的對黨的「百家爭鳴、百花齊放」的方針和整風運動的不信任和不滿。」批評者還質問「這難道不是作者別有用心地製造出來的一幅歪曲現實的圖畫嗎？為什麼同領導人意見一致的人都是『應聲蟲』呢？為什

〔註45〕陸定一，百花齊放，百家爭鳴——一九五六年五月二十六日在懷仁堂的講話〔N〕，人民日報，1956-6-13。

麼說『原則』話的人都是『假前進』呢？我們還要問作者，你究竟所指的那些『不鳴的小卒』又是什麼樣的人？」〔註46〕穆旦爲此在《人民日報》副刊上發表了《我上了一課》一文，作了自我檢討：「我的思想水平不高，在鳴放初期，對鳴放政策體會有錯誤，模糊了立場，這是促成那篇壞詩的主要原因。因此，詩中對很多反面細節只有輕鬆的詼諧而無批判，這構成那篇詩的致命傷。就這點說，我該好好檢查自己的思想。」從這種表述中可以感受到詩人的委屈心情。文藝界「反右派」鬥爭大大限制了創作的自由空間，還嚴重打擊了作家的創造精神，很多詩人在不同程度上都受到了人格和心靈傷害。

除此之外，對於詩歌界的批判，《人民日報》還刊出了陳敬容的《訴李白鳳》（1957 年 8 月 15 日）、《右派詩人公劉現形》（1957 年 10 月 5 日）、孫祖年的《爲資產階級叫囂的貓頭鷹——穆木天》（1957 年 8 月 5 日）等文。

毫無疑問，在文藝界「反右派」鬥爭中，《人民日報》發揮著它的權威性，積極推動了文藝界的批判運動，產生了嚴重的消極影響。這場政治鬥爭的風暴裏，文學創作的自由受到了極端的限制，文學批評變成了文學創作的嚴重障礙。對於詩人和詩歌的批評也完全脫離了文學批評的正常軌道，並遠遠超越了文學批評的範疇，許多批判文章都嚴重缺乏合理性和科學性的批評根據。在「雙百方針」提出初期，很多作家和評論家關注「獨立思考」和「批評的合理性」問題，並大膽地發出自己的意見，那是爲了改進 50 年代以來文學批評的惡劣文風，建設一個健康合理的「批評機制」的試圖。可惜這些試圖在「反右派」鬥爭中遇到了徹底的失敗，這一時期文學的批評完全淪爲了控制政治思想的手段，非合理、非科學、粗暴的文學批評模式，就是這場批判運動的嚴重後果。

4.2.3 《人民日報》副刊上的「反右」詩歌

《人民日報》在 1956 年 7 月改版之後一年的時間裏，刊登了邵燕祥的《賈桂香》、艾青的《畫鳥的獵人》、穆旦的《九十九家爭鳴記》、蔡其矯的《西沙群島散歌》等詩歌，這些詩歌突破了公式化和概念化傾向，擴大了題材範圍，屬於「百花文學」中的重要成果。不過，在「反右」鬥爭中，這些詩人眞誠的努力都遇到了嚴重的挫折，他們這些具有「異質性」的詩歌作品，

〔註46〕戴伯健，一首歪曲「百家爭鳴」的詩——對「九十九家爭鳴記」的批評〔N〕，人民日報，1957-12-25。

無一例外受到了猛烈的攻擊。在詩歌創作中，發揚現實主義批判精神，關切現實生活的嘗試，因此宣告失敗。

在文藝界反右派鬥爭中，詩歌不斷被要求成為「政治批判的工具」。1957年7月20日，《人民日報》副刊刊出了臧克家的《讓我們用火辣的詩句來發言吧》，這一文章就是反映了這種時代對詩歌的要求：

> 詩人們，在反右派鬥爭中，讓我們踴躍地用火辣的詩句來發言吧。
>
> 我們的新詩，是在鬥爭裏成長壯大起來的。「五四」時代，它向封建社會的黑暗冷酷衝鋒；抗日戰爭時期，它成為民族解放的號角；在反抗蔣介石反動政權的鬥爭中，諷刺詩鼓舞了廣大人民的鬥志。在解放後的每一次運動裏，詩人們都是用詩作武器參加了戰鬥的。在這次反右派的鬥爭裏，詩歌，應該用不到號召自己就會響起來的吧？政治熱情是詩人的靈魂。看到美好的東西被玷污，看到醜惡的嘴臉在陰謀叫囂，由於愛，也由於憎，你能不一躍而起？聞擊鼓而思猛將。聽到鬥爭的聲音我想起了詩人同志們。政治諷刺詩多起來了。這樣的詩，像戰鬥的鼓點，令人振奮。鬥爭在猛烈的進行，鼓點敲得再響些吧。鬥爭在猛烈的進行，諷刺詩來得更多些，更有力些吧！〔註47〕

臧克家的這篇文章直接號召詩人用「火辣」的諷刺詩參與「反右派」鬥爭，《人民日報》所發表的這一文章與其說是臧克家個人的主張，不如說代表著時代對於詩人的號召。這種號召的出發點仍然是文學的「工具論」。在他的論述中，「政治熱情」被形容為是「詩人的靈魂」，詩歌是「鼓舞廣大人民鬥志」的工具。在當時的特殊政治氣氛裏，對於詩歌的這種看法被認為一種「正當」的要求，並產生了許多「批判性」、「聲討性」的「反右」詩歌。這時期《人民日報》副刊也刊出了許多「火辣」的「諷刺詩」。不過，那些詩歌與「雙百」時期的「諷刺詩」完全不同，那些詩歌更接近於「批判詩」或「聲討詩」。

> 我們說，向左，向左，
> 你們偏要向右，向右。

〔註47〕臧克家，讓我們用火辣的詩句發言吧〔N〕，人民日報，1957-7-20。

　　　　是你們點燃了人民的怒火，

　　　　這怒火，燒出了你們的狐尾蛇頭。

　　　　這怒火，燒出了你們的狐尾蛇頭，

　　　　大好的江山不容你們侮辱！

　　　　社會主義道路，坦坦蕩蕩，

　　　　不回頭，休想混迹於人民的隊伍！〔註48〕

這是 1957 年 7 月《人民日報》副刊刊出的一首「反右街頭詩」。詩的風格與「抗美援朝」運動時期的諷刺詩十分相似，在詩歌寫作裏普遍出現充滿暴力的話語，帶有的強烈的「戰鬥性」。並且，通過這種「反右」詩歌可以看出，詩歌的「宣傳性」和「指導性」再次被加強了。7 月 19 日《人民日報》副刊刊登了幾首「反右」詩歌，並配發了一條「標語」──「這裡是詩，也是傳單，它是號角，也是子彈。」這一句，就代表著當時特殊的詩歌觀念。詩歌是宣傳某種政治思想或方針的「傳單」，詩歌也就是攻擊違背這種政治思想或方針的敵人的「子彈」。嚴格說來，這一時期《人民日報》副刊所刊出的「反右」詩歌屬於反右宣傳工作中的一種「工具」，也就是純粹的政治產物，並不能說是文學創作的結果。

　　不過，這種「反右」詩歌作爲 50 年代一種詩歌現象，反映著當時的特殊詩歌觀念。在許多反右鬥爭的場所，這種「反右」詩歌的出現是非常普遍的現象了。這時期《人民日報》副刊進行搜集，刊登了各種「反右」詩歌，其中大多數詩歌都屬於「詩傳單」的形式來發表的，如原載北京大學「紅樓」、清華大學「牆報」、北京大學「666 牆報」、《江西日報》等地方報刊的「反右」詩歌，都在副刊上有轉載〔註 49〕。其中有不少「街頭詩」和「田頭詩」，筆者認爲這是一種值得關注的詩歌形式，它反映著當時詩歌生存的特殊情況。8 月 16 日，《人民日報》副刊轉載了閩東北福安專區「新農村報」文藝版所發表的幾首「反右派田頭詩」，其中一首詩寫「你說合作糟得很，／我們生

〔註48〕 方殷，反右街頭詩〔N〕，人民日報，1957-7-12。

〔註49〕 比如，1957 年 7 月 19 日《人民日報》副刊刊登了原載清華大學「街頭詩」的《俄瘦了的惡浪下山來》等詩，7 月 22 日刊登了原載北京大學「紅樓」的「反右」詩歌《這是一場險惡的戰鬥》、《捉狐妖》、《反右肖像》三首詩。除此之外，《人民日報》副刊從 1957 年 7 月到 12 月刊出了許多類似的「反右」詩歌。

產更起勁。／／你說統購要不得，／我們賣糧快如飛。／／你要共產黨下臺，／我們對黨更熱愛。／／你要農民跟你走，／一鋤把你頭打壞！」〔註50〕這裡「宣傳性」和「指導性」都很明顯，這種詩歌的存在目的，就是推動當地的政治鬥爭和宣傳農村合作社政策並鼓舞農民生產的積極性。這說明當時實際詩歌的生存環境，詩仍然生存在「為政治而存在」的偏見之中。因此，這時期詩歌具有很嚴重的「宣傳工具化」、「標語口號化」的特點，就是一個必然的結果。

有些「反右」詩歌是專門批判「詩人」而創作的。1957 年 9 月 6 日《人民日報》副刊所刊出的《有這樣的詩人》是一個典型的例子。

> 有這樣的詩人，
> 反黨時非常機智和毒很，
> 在大眾睽睽的大會上，
> 他裝扮得可憐而又愚蠢。
>
> 有這樣的詩人，
> 讀者已經聽不見他的聲音；
> 因為他只在死胡同裏喊叫，
> 暗地裏把毒箭射向黨和人民。
>
> 有這樣的詩人，
> 離開了黨和革命，
> 也背叛了詩歌，
> 他就是艾青！〔註51〕

這是針對詩人艾青所寫的批判詩，這顯然是「具有詩歌形式」的「聲討文」。當時，幾個重要文學期刊也刊登了這種「反右」詩歌，如《文藝報》1957 年 7 月第 17 號刊出了田間《關於「白楊」的詩——駁「草木篇」》，《處女地》1957 年 8 月號和 9 月號連續刊出了井岩盾《右派》、項蘭田《反右派諷刺詩》、苗雨《給流沙河的「草木篇」》等詩。此外，《人民日報》副刊還刊登了沙鷗的兩組「反右」詩歌《臉譜種種》（8 月 9 日）和《臉譜種種續集》（9 月 14 日），

〔註50〕反右派的田頭詩〔N〕，人民日報，1957-8-16。
〔註51〕白樺，有這樣的詩人〔N〕，人民日報，1957-9-6。

其中,《臉譜種種續集》是專門批判「反右」作家而寫的組詩,一共有《馮雪峰》、《艾青》、《李又然》、《陳明》4首。這些「反右」詩歌的存在可以說體現出了當時文學界的悲劇,時代要求詩人「用詩作武器來參加戰鬥」〔註52〕,這場批判運動徹底破壞了詩歌藝術的人道主義精神。

　　在當時的論述裏面,文藝界「反右派」鬥爭被形容為「黨在文藝戰線上的巨大的勝利」〔註53〕,或「純潔文藝隊伍,鞏固黨對文藝的領導」的「文藝界鬥爭的勝利」〔註54〕。在這種「勝利」的氣氛下,文學界開始進行了「大整大改」的措施。在這過程中,「文藝為政治服務」的觀念再次得到了高度的重視,文學與政治的關係更加緊密,黨對於作家和文學創作的領導更加強化,作家的「思想改造」必要性再次受到了極大的重視。9月1日,《人民日報》發表了《為保衛社會主義文藝路線而鬥爭》的社論,這一天的社論宣佈「黨堅持文藝必須為政治服務,必須服從於各個革命時期的革命任務。在今天來說,文藝就是要為社會主義革命和社會主義建設服務,要鼓舞人們去建設社會主義的作用。」9月29日,《人民日報》刊登了茅盾在9月17日中共中國作家協會黨組擴大會議上的報告文章,茅盾在報告中主張「我們大家加倍努力,在鬥爭的深入擴大中,克服資產階級自由主義和個人主義,克服溫情主義,堅決批判反黨的文藝思想,無情地揭露反黨的言行,藉此教育自己,改造自己,過好社會主義這一關,在新的基礎上加強文藝界的團結,發展社會主義的文藝。」〔註55〕為了「改造自己」,很多詩人就參加了「下鄉下廠」活動,詩歌忠實地響應這一黨的號召,鼓舞知識分子的「上山下鄉」。

　　　　下鄉去!上山去!——響應黨的號召:
　　　　叫只會拿筆桿的手去插秧扶犁握鋤操鐮刀!
　　　　叫知識分子的思想感情去曬曬太陽,洗洗澡,
　　　　把個人主義的毒菌統統曬死,把自私自利的污垢兜底洗掉!
　　　　下鄉去!上山去!——響應黨的號召:
　　　　去再一次參加革命,在這革命的洪流裏把自己徹底改造;
　　　　在人民群眾中生根長大,在勞動鍛鍊中學習提高;

〔註52〕臧克家,讓我們用火辣的詩句發言吧〔N〕,人民日報,1957-7-20。
〔註53〕錢俊瑞,大大加強黨對文藝事業的領導〔J〕,文藝報,1957(25)
〔註54〕郭沫若,努力把自己改造成為物產階級的文化工人(1957年9月17日在中共中國作家協會黨組擴大會議上的講話)〔N〕,人民日報,1957-9-28。
〔註55〕茅盾,明辨大是大非,繼續思想改造〔N〕,人民日報,1957-9-29。

成爲眞正的工人階級知識分子是我們努力奮鬥的光榮目標！
〔註56〕

　　1957 年文藝界「反右派」鬥爭對於知識分子的社會價值和地位的認定，留下了嚴重的後果。作家精神勞動的價值被嚴重貶低，知識分子的政治社會的地位被大大降低，知識分子在政治上被認爲是不可靠的，在思想方面帶有污染，需要「洗澡」。對於知識分子的這種錯誤認識，加強了對知識界的「思想改造」運動的必要。作家和詩人不斷被要求改造思想，深入群眾的生活和鬥爭，實際上，許多作家和詩人已經選擇了下鄉、上山、下廠之路。當時，不少作家眞心實意地選擇了這種思想改造活動，不過，他們必然要付出喪失精神獨立和人格獨立的代價。正如李澤厚所說，這種「思想改造」運動，使知識分子「完全消失了自己」。在當時的情況下，「他們只有兩件事可幹，一是歌頌，二是懺悔。」〔註57〕

　　在文藝界「反右派」鬥爭之後，作爲主要的詩歌形式，「頌歌」確實再次受到了高度的重視。在《人民日報》副刊上「頌歌」很明顯地增加了，特別是 1957 年 10 月，《人民日報》爲了慶祝「偉大十月社會主義革命四十週年」，在副刊上開闢了「十月頌歌」專欄，一共發表了 35 首頌歌，主要詩歌有沙鷗《火焰的熱情爲了黨》、韓憶萍《紅色的花瓣》（10 月 1 日）、郭沫若《長江大橋》等詩五首（10 月 6 日）、臧克家《一顆新星》（10 月 8 日）、蔡其矯《把心交他帶去》、李季《玉門人想巴庫人》、王統照《四十年前與四十年後》、蕭三《歌唱十月革命的凱歌》（11 月 6 日）等等。11 月 16 日，《人民日報》副刊編輯部寫出了一篇文章，直接號召創作「頌歌」：

　　　　正值農村展開社會主義大辯論的時候，發展我國農業的四十條綱要（修正草案）公佈了。這個綱要的實行，將要使我們的農村的面貌起根本的變化。現在，從內蒙古草原到海南島，從東海之濱到天山腳下，五億農民在黨的領導下，正跨著豪邁的腳步，沿著社會主義的道路，以熱烈的行動來建設自己的新生活！這個變化，豈不正是詩人們、作家們和廣大的作者們無窮無盡的寫作源泉嗎？

　　　　今後一個時期內，副刊準備以較多的篇幅反映社會主義農村豐富的生活、反映農村急速變化著的面貌、特別是歌頌那些爲了建設

〔註56〕屠岸，下鄉去！上山去！〔N〕，人民日報，1957-12-7。
〔註57〕李澤厚，中國現代思想史〔M〕，北京：三聯書店，2008，264。

　　社會主義農村而辛勤勞動著的普通人。我們希望詩人們、作家們投
　　身到沸騰的生活中去，希望在農村的作者們也拿起筆來，以巨大的
　　熱情爲社會主義的農村歌唱吧！〔註58〕

這篇編者的文章，預告中國詩歌界將進入一個更爲「極端」的「頌歌時代」。
「雙百方針」未能發展眞正文學繁榮的機會，「反右鬥爭」的經驗卻爲詩歌界
留下了更爲狹窄的道路。「頌歌」再次被推舉爲最高的詩歌形式。「詩歌」經
過了幻想和絕望的季節，又回到頌歌的時代。在權威的控制下，詩歌界形成
了一個「大統一」的局面。「頌歌」——這一統一的主題和形式迅速地覆蓋了
反右派鬥爭之後的詩歌界。

〔註58〕爲了社會主義的農村歌唱吧！〔N〕，人民日報，1957-11-16。

5 《人民日報》文藝副刊與新民歌運動

　　1958 年是中國當代文學，尤其是當代詩歌史上具有特別意義的年份，這一年，中國大陸上發生了一場轟轟烈烈的全國性的新民歌運動。新民歌創作和對民歌的搜集，發展成了一場規模浩大的群眾性運動。1958 年之後一段時間裏，全國各地報紙、刊物，紛紛以大量篇幅刊登「新民歌」作品。「新民歌」很快被稱爲「最好的詩」，社會主義時代的新「國風」，逐漸覆蓋了中國詩壇，甚至改變了中國人民的生活。數十個縣、鄉、村被樹爲「詩縣」、「詩鄉」、「詩村」的典型，當時，在這些詩歌之鄉的「牆上、門上、山岩上、田壁上、樹上、電杆上，省直在商店的櫃檯上、烤酒的地酒桶商上、磨盤上，到處都是詩和畫」。「新民歌」的各種出版，數量驚人。除了中央和地方出版社正式出版的大量民歌選外，各地，包括工廠、機關、學校、軍隊、農村等基層單位，也都編印了大量的選集。[註1]

　　當時，《人民日報》也非常重視「大躍進新民歌運動」，從運動的開始到結束，它作爲最有權威的言論媒體，直接參與了這場運動的推動和發展的全過程。在 1958 年一年的時間裏，《人民日報》刊登了大量的新民歌作品，發表了大量的宣傳文章。並且，1959 年 1 月《人民日報》召開「詩歌發展道路問題」的座談會，刊登了不少評論文章，直接參與到當時的新詩發展問題的論爭。

〔註1〕 洪子誠，劉登翰，中國當代新詩史〔M〕，北京：北京大學出版社，2005，80。

5.1 新民歌運動與「文藝大眾化」理想

5.1.1 大躍進民歌運動的興起

　　1957 年的冬天，「反右派」鬥爭已告尾聲，開始出現經濟建設的熱潮。1957 年 9 月至 10 月間，中共在北京召開了八屆三中全會，全會通過了《1956 年到 1967 年全國農業發展綱要（修正草案）》（即後稱農業四十條的綱要），規定了以後十年經濟建設的奮鬥目標和方法，並號召「實現一個巨大的躍進」。10 月 27 日，《人民日報》發表了一篇關於這四十條修正草案的社論，指出「這是建設我國社會主義農村的偉大綱領」，「我們正在進行大規模的經濟建設，我們的目標是建設一個既有現代化工業又有現代化農業的社會主義強國。」〔註2〕這篇社論表明，1957 年 9 月的八屆三中全會，已經拉開了發動農業「大躍進」的序幕。四十條綱要公開發表後，上至各省、市、區，下至各合作社，紛紛召開各種大會，開展了大辯論，新聞媒體紛紛發表了各地去生產大辯論的情況，為農業大躍進大造聲勢。新聞媒體也開始報導了全國各地農業「大躍進」的成就，「全國各省市已經達到了農業發展綱要所要求的糧食增產指標」，「許多達到指標的地區，並沒有滿足已得到的成就，紛紛提出更高的指標。」在當時的歷史敘述中，1958 年就被記錄為創造「奇迹」的一年。「人們每天早晨一張開眼睛，就從報紙傳來了各地人民所創造的新的奇迹；在這一年裏，農業上出現了小麥、中稻、番薯空前未有的高產大豐收；工業上的創造發明也無法描述，勞動生產率一倍二倍乃至幾倍地往上跳；許多複雜難以解決的技術問題，一個一個地迎刃而解；史無前例的躍進，驚震了全世界」〔註3〕。

　　這種經濟建設的大躍進熱潮直接引發了「文藝領域」的「大躍進」。從 1958 年春天開始，出現了全國範圍的，聲勢浩大的「大躍進」新民歌運動。關於大躍進「新民歌」的出現，不少學者認同在 1957 年冬天廣大農村水利建設熱潮中出現的歌謠化的生產口號就是它出現的起點。在 1957 年底至 1958 年春的農田水利建設事業中，「許多地方為了動員群眾，將政治、生產口號歌謠化了」〔註4〕。其中也有一些用民歌形式創作的革命歌謠。這場農田水利建設是

〔註2〕　建設社會主義農村的偉大綱領〔N〕，人民日報，1957-10-27。
〔註3〕　天鷹，1958 年中國民歌運動〔M〕，上海：上海文藝出版社，1959，2。
〔註4〕　洪子誠，劉登翰，中國當代新詩史〔M〕，北京：人民文學出版社，1993，163。

農業「大躍進」運動的主要政策之一，其規模是空前的據統計其投入的勞動力，在 1957 年 10 月份是二三千萬人，到 1958 年 1 月份達到一億人〔註5〕。1958 年 2 月，在第一屆全國人民代表大會第五次會議上，來自各地的代表在發言中講述了全國各地的農田水利建設的熱鬧場景，一些代表引用這些歌謠化的口號和民歌，來描寫了「大躍進」中的農村場景和群眾的勞動熱情。當時，詩人蕭三挑選了其中一部分，發表在《人民日報》，並稱它們是「最好的詩」。他用激昂地聲音來描寫出了各地代表的發言：「在這個莊嚴的講壇上，展開一幅又一幅祖國社會主義建設的壯麗的圖畫。他們的發言就是一篇又一篇最美合最動人的詩歌！」〔註6〕

> 天上滿天星，地下萬盞燈。
>
> 要把龍青寺，變爲水晶宮。
>
> 把一座座的高山搬了家，
>
> 把許多懸崖斬了腰，
>
> 把許多河流改了道。

這是其中湖北代表所引的山歌，也就是在《人民日報》文藝副刊上最早出現的大躍進民歌之一首。通過蕭三在這篇文章中所介紹的山歌，不難可以看到這時已經形成了大躍進新民歌特有的創作風格。詩歌表現出了社會主義農村建設的理想和覺悟，反映了當時激昂的情緒。這種在大躍進期間的情緒高漲是新民歌熱潮發生的主要因素之一，不過，將新民歌創作發展爲一個全國規模的政治文化運動形態，毫無疑問是來自於有計劃的政治權力的推定。

3 月 22 日，毛澤東在成都召開的一次中央工作會議上談到詩歌發展道路問題時，正式提出「革命現實主義和革命浪漫主義相結合」的創作原則，號召在全國範圍內發動群眾搜集民歌。關於「中國詩的出路」他還直接提出了自己的意見：「第一條是民歌，第二條是古典，這兩面都要提倡學習，結果要產生一個新詩。現在的新詩不成型，不引人注意，誰去讀那個新詩。將來我看是古典同民歌這兩個東西結婚，產生第三個東西。形式是民族的形式，內容應該是現實主義與浪漫主義的對立統一。」〔註7〕4 月 14 日《人民日報》發

〔註 5〕 參見宋連生，總路線、大躍進、人民公社化運動始末〔M〕，昆明：雲南人民出版社，2002，61。

〔註 6〕 蕭三，最好的詩〔N〕，人民日報，1958-2-11。

〔註 7〕 毛澤東，在成都會議上的講話提綱：建國以來毛澤東文稿（7）〔M〕，北京：中央文獻出版社，1992。

表了《大規模地收集全國民歌》的社論，從此，全國文聯以及各省、市、自治區和各地、縣黨組，都發出相應的通知，要求成立「採納」的組織和編選民歌的機構，開展全國範圍規模空前的民歌搜集運動。5月，毛澤東在中共中央八屆五中全會上，再次強調搜集民歌問題的重要性，新民歌運動正式拉開了序幕。

大躍進民歌運動以空前的速度和規模迅速掩蓋了全中國，在這一年裏，「許多省、市、縣、區、鄉都召開了群眾創作大會、文藝躍進大會、民間歌手大會等，成立各種民歌創作組」〔註8〕，全國各省都開展了各種「賽詩會」，全國各地出現了不少詩歌縣、詩歌鄉、詩歌社。各地報紙和刊物大量刊出了民歌，《人民日報》、《解放日報》、《中國青年報》等許多報紙都用巨量的篇幅，經常刊出以「最好的詩」、「躍進戰歌」、「口號和戰歌」等為名的民歌專欄和專頁。書籍出版上更是一種「無比宏偉」的景象，根據天鷹《1958 年中國新民歌運動》的統計，全國省以上出版社出版的民歌集種數達 700 多種，至於地委、縣委、區、鄉，乃至人民公社出版的民歌集，「更是無法計算」，以四川省為例，到 1958 年 10 月為止，已出版了 3,733 種民歌集。〔註9〕如此，在毛澤東的倡議和各級政權機構的具體操持下，「大躍進」新民歌的創作和搜集，逐漸成為一個規模巨大的群眾運動，形成了當代詩歌史上的一大奇觀。

其實，「詩歌運動」一直是當代詩歌史的一個特點，每當某種政治運動的開展，詩歌不斷被要求作政治運動的「宣傳武器」，便像追逐風浪的潮汐一樣，形成了配合一個個政治運動的「詩歌運動」。不過，大躍進新民歌運動確實具有與過去及以後其它中國當代詩歌運動不同的一種特殊性。這場運動是自上而下由領導者組織發動的「詩歌運動」，關於詩歌創作和詩歌發展，包括詩歌運動，國家領導人如此直接干預，在中國文學史上確實是一個非常稀見的事情。在農工業大躍進運動中，最高政治領導為什麼發動全國規模的民歌運動，其運動所追求的志向點是什麼？這就是關於大躍進民歌運動研究的最關鍵的問題。關於這個問題，《人民日報》也是一個不可忽視的非常重要的研究資料。這時期，作為中共黨報，《人民日報》為這場運動推動和發展作社會輿論和氣氛上的準備。它積極宣傳了新民歌運動，刊登了許多有關的社論和評論文章，並刊出了大量的全國各地新民歌，對這場運動的發展發

〔註 8〕 洪子誠、劉登翰〔M〕，北京：北京大學出版社，1993，164～165。
〔註 9〕 天鷹，1958 年中國民歌運動〔M〕，上海：上海文藝出版社，1959，10～11。

揮了指導的作用。筆者認爲，在它所發出的言論敘述中可以探討這場新民歌運動的主要志向點。

5.1.2 在《人民日報》文藝副刊上的「新民歌」

1958 年，在大躍進民歌運動中，各種文學期刊和報紙作爲宣傳運動思想理論及傳播民歌創作的陣地，利用各種特刊專欄刊出了大量的文章和詩歌，響應了新民歌創作熱潮。《詩刊》從 4 月號開始，陸續在「工人談詩」、「戰士談詩」、「讀者談詩」等專欄中發表大量文章，如《農民喜歡自己的歌》、《我喜歡民歌體的詩》、《戰士喜歡什麼樣的詩》、《對詩的意見和要求》，闡明了工農兵的立場。《人民文學》在 4 月號刊出了郭沫若《迎春序曲》、郭小川《爆竹兩三聲》、林庚《十三陵水庫》、蔡其矯《水利建設山歌十首》、王亞平《鋤麥》等詩；並開闢《工人的詩》欄刊，刊登了溫承訓《氧氣瓶》、孫友田《本礦消息》等民歌。

在大躍進民歌運動的伊始，《人民日報》比其他文學刊物更爲積極、迅速地反映了新民歌創作潮流。在《人民日報》文藝副刊上最早出現的大躍進民歌是 1958 年 2 月 11 日，在蕭三的文章《最好的詩》之中。在這篇文章中，蕭三介紹了湖南、湖北、黑龍江、四川、陝西、江西、廣西等地的二十首民歌。這是在第一屆人民代表大會第五次會議上，各地代表在發言中所念的自己地方的民歌，這些民歌描寫了各地工農業「大躍進」的場景和群眾的勞動熱情。

> 生產躍進人心暖，
> 不怕風雪刺骨寒。──黑龍江肇源縣

> 百畝沙灘變良田，
> 茫茫棉海滾雪團，
> 今年大旱九十天，
> 棉麥畝產到一千。──湖北麻城縣

當時，蕭三將這些民歌稱爲「最好的詩」，在這篇文章中，蕭三對詩人們熱烈號召：「今年是我國第二個五年計劃的頭一年，也是要在十五年內在鋼鐵及其他重要工業生產在產量方面趕上英國的頭一年。在這時候，全國各地正唱著多少雄偉的詩！這些都是最好的詩！詩人們，多讀些這樣的詩吧，去和人民

群眾打成一片，也寫出這樣的好詩來吧！」〔註10〕蕭三的文章對於詩人們顯然提出了一個直接的要求，專業詩人也要參與這一新的詩歌創作潮流。7 天後，臧克家對蕭三的文章發出了相當迅速地響應，他寫出三首詩歌，以《春天的歌》爲題發表在《人民日報》副刊，其中一首就是他讀了蕭三的「最好的詩」以後寫出的詩歌，在這首詩裏，詩人歌頌新民歌是「社會主義時代的新『國風』」：

> 這樣的詩篇，
> 讀了叫人眼明；
> 這樣的歌聲，
> 聽了叫人心動。
> 征服自然的響亮口號，
> 它充滿了信心和豪情！
> 每一首詩跟著一場猛烈的鬥爭，
> 它是社會主義時代的新「國風」。〔註11〕

這時，專業詩人已經開始參與新民歌創作潮流。蕭三的主張並不是他一個人的想法。隨著工農業大躍進運動在全國開展，如何迎接這一社會主義建設事業飛越向前的時代，如何把社會主義建設的新面貌和勞動人民的英雄氣概在文藝創作中反映出來，如何展開文藝創作方面的大躍進，就成爲了整個文壇的主要任務。2 月 13 日到 16 日，中國文聯召開會議，討論進一步發展文藝創作以適應全國生產大躍進的形勢。會議上，文聯副主席周揚提出了「要文藝創作來一個大躍進」的主張，3 月 7 日，中國作家協會召開擴大會議，討論文學工作的大躍進問題，會議提出「文學工作大躍進三十二條」草案，並強調「文學戰線上當前迫切的任務就是動員一切可以動員的力量，今年內在全國掀起一個創作熱潮，爭取在三、五年內實現社會主義文學的大豐收。」同一天，中國作家協會還發表了以《作家們！躍進，大躍進！》爲題的一封信，向全國作家發出了參與「文藝大躍進」的號召。第二天，《人民日報》將這封信的全文刊登在七版上。

　　請作計劃！有規劃，有指標，就便於督促、競賽、檢查與評比。我們必須知道自己要作什麼，要作多少；作家協會也必須知道大家都要作什麼，要

〔註10〕蕭三，最好的詩〔N〕，人民日報，1958-2-11。
〔註11〕臧克家，春天的歌〔N〕，人民日報，1958-2-18。

作多少，以便協助與檢查。在大躍進中，個人的勞動須有集體的督促，這才能大家一個勁兒都幹得又快又好。我們願意知道今年產生多少百萬噸鋼，大家也願意知道我們寫出多少作品。我們也許不喜歡數字，但是在社會主義大躍進裏事事都要算賬。假若一千位作家在寫長篇之外，還計劃都寫十篇短文，一年便出一萬篇。「作協」把這個數字公佈出去，我們便無法打退堂鼓。我們必須躍進，也就必須有創作計劃，以便完成計劃，超額完成計劃。我們的計劃是諾言，是合同，不許落空，失信於人民！〔註12〕

中國作家協會的號召特別強調「必須有創作計劃，以便完成計劃，超額完成計劃」。這種對於計劃和產量的高度追求，可以說是大躍進新民歌運動的一個重要特點。中國作家協會發出「作家們！躍進，大躍進！」的號召之後，在北京的作家們，當天就召開了首都文學界座談會，不少作家紛紛提出了自己「創作躍進的計劃」。作家的創作計劃相當具體，比如，臧克家在會議上提出，「1958 年創作二十首詩，十五篇散文、雜文和文學評論，歌詞一篇。」〔註13〕不難看出，在生產大躍進運動中制訂「高指標」的現象，對於「文藝大躍進」也起到了不小的影響。大躍進的熱潮已經對作家提出了「多寫、快寫、寫的好」〔註14〕的要求，文藝創作變成了一種有「計劃和指標」的生產活動，詩人要「像完成鋼鐵產量和糧食徵購任務一樣完成創作任務。」〔註15〕

4 月 14 日，《人民日報》發表《大規模地收集全國民歌》的社論之後，在全國收集民歌的過程中也出現了這種對「產量」的極端要求，當時全國文聯以及各省、市、自治區和各地、縣黨組，都立刻組織和動員力量收集民歌，並制訂了一年的收集計劃。據 4 月 21 日《人民日報》報導，4 月 19 日，中共江西省委宣傳部發出通知，要求全省各地黨委宣傳部收集山歌和民歌，「在 5 月 5 日和 15 日分別將第一和第二批稿本送給省委宣傳部選編出版，還要求各縣今年內編出民歌選集二本到五本」。按照這個的新聞報導，在不到一個月的

〔註12〕 中國作家協會發出響亮號召　作家們！躍進，大躍進！〔N〕，人民日報，1958-3-8。

〔註13〕 爭取社會主義文學大豐收〔N〕，人民日報，1958-3-9。

〔註14〕 中國作家協會發出響亮號召　作家們！躍進，大躍進！〔N〕，人民日報，1958-3-8，「又多、又快、又好」是在 1958 年農工業生產大躍進中流行的政治口號，1955 年 10 月，在推進農業合作社高潮中，毛澤東在第七屆六中全會上第一次提出了這個口號：「要使合作社辦得『又多又快又好』」。

〔註15〕 李新宇，1958：「文藝大躍進」的戰略〔J〕，文藝理論研究，2005，（5）：87。

時間內，要編出一本民歌選集。此外，據 6 月 9 日報導，內蒙古自治區委員會向各級黨委發出通知，「五年內在全區搜集一千萬首」。這種對產量的極端的要求，助長了在大躍進新民歌運動中嚴重的詩歌創作彭張傾向。全國各地出現了許多民間歌手和詩人，到處都湧現出了許多大躍進民歌，大躍進新民歌運動中「產生了數以億萬計的民歌」〔註 16〕。《人民日報》發出收集民歌的社論之後，不到一個月，雲南收集了「萬首民歌」，內蒙古變成了「民歌之海」，山東已收集「民歌五萬」，四川農村已經「詩化了」。據《人民日報》的報導，「山東省委 4 月中旬發出搜集民歌的通知後，到 5 月底止，全省已收集民歌五萬首」〔註 17〕，四川成都僅古藺縣農民創作的各種歌謠「就有十萬首之多」，民間歌手有「幾百人」，只是宜賓、古藺兩縣，「農民組成的民歌隊和山歌創作小組就在八千個以上」〔註 18〕。

這些新聞報導顯然具有很濃厚的煽動性，對於當時全國各地收集和創作民歌的競爭，產生了不少影響。在這种競爭的氣氛下，各地的新聞和期刊都刊出了大量的新民歌作品。在這一年裏，《人民日報》副刊開闢了「新民歌選」專欄，發表了七百多首的民歌，所發表的詩歌在數量上大幅度地增加。下面這個不完全的統計大體可以看出 1949 年至 1959 年，《人民日報》所刊出的詩歌在數量上的增減。

不難看出，1958 年，在《人民日報》文藝副刊上詩歌大幅度地增加，和新中國成立後的前五年相對比，增加了十倍以上。這統計表反映著在大躍進新民歌運動中嚴重的詩歌創作膨脹傾向。當時《人民日報》副刊總編輯袁鷹回憶說，當時「副刊編輯部收到的新民歌稿件每天都有幾十首，上百首，成冊的油印本，看也來不及看」〔註 19〕。《人民日報》不是一個專門文藝報紙，而是一個政治性特別強的報紙，它從 1957 年到 1959 年的三年之間，刊出了一共一千七百多首的詩歌，這確實是個「不平凡」的年代。

〔註 16〕洪子誠、劉登翰〔M〕，北京：北京大學出版社，1993，166。
〔註 17〕山東已收集民歌五萬，二十本民歌選將出版〔N〕，人民日報，1958-6-19。
〔註 18〕田埂邊，牆壁上，詩句琳琅滿目四川農村已經詩化了〔N〕，人民日報，1958-6-19。
〔註 19〕袁鷹，風雲側記——我在人民日報副刊的歲月〔M〕，中國檔案出版社，2006，149。

表格3

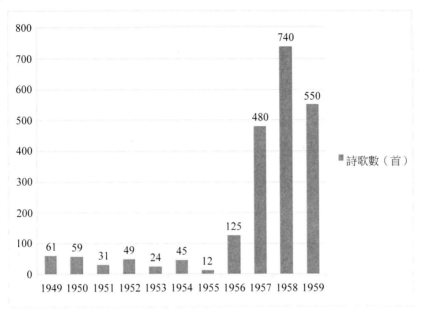

在新民歌運動中，在詩歌創作方面，制訂「創作計劃和指標」，就是為了實現「文學大豐收」一種新的「督促、競賽、檢查與評比」的手段，這種過度強調「產量」而忽視「質量」的觀念，使得詩歌創作的藝術性被完全排除，把藝術創作這種複雜的精神勞動，看作物質生產那樣的可以大批定貨生產。在這樣的情況下，作家發揮自己的創作個性或創作風格的機會完全被排除了。當時，剛從「反右」鬥爭走出來的許多作家，為了適應這一新的形勢，紛紛制訂自己的工作計劃，為了完成這個「生產計劃」，努力寫出了大量的反映「大躍進」新面貌的創作。

為了充分地反映大躍進運動的這些奇迹般的成就，很多詩人都選擇了「頌歌」，實際上，不能有其他的選擇。在這一年裏，臧克家、郭沫若、蔡其矯、沙鷗、李季、徐遲、郭小川、馮至、田間、王亞凡等詩人都寫了民歌體的頌歌，也在《人民日報》副刊上發表了不少頌歌。這時期《人民日報》文藝副刊所刊出的大多數民歌，從性質上看，基本上都是配合中心工作，闡釋政治口號的詩歌。隨著大躍進運動的各項工作的開展，副刊編輯部就「緊緊跟上，聞風而動，立刻組織詩文稿件，出專頁」〔註20〕。因此，這時期《人民日報》

〔註20〕袁鷹，風雲側記──我在人民日報副刊的歲月〔M〕，中國檔案出版社，2006，146。

副刊上出現大量「全民辦水利」、「全民寫詩歌」、「大煉鋼鐵」、「辦大隊公共食堂」、「糧食放高產衛星」等政治主題的詩歌。

　　隨著這些新的政策和成就的出現，當時的詩人都寫出了配合那些政策和成就的宣傳性的頌歌。1958 年春天，《人民日報》文藝副刊上出現的頌歌當中，最多的是歌頌農村水利建設的詩。4 月 2 日，李季發表了《天生泉》，歌頌了水利建設事業以後農村的變化：

> 皋蘭縣的北山，
> 有個天生泉。
> 村子名叫莊子坪，
> 又乾又旱又苦窮。
> 山是拉羊皮不黏草的乾山，
> 地是十種九不收的莊田。
> 家家吃了上頓愁下頓，
> 人人穿了上身缺下身。
> 憑著這樣的地，
> 憑著這樣的山，
> 他們也能夠戰勝乾旱，
> 改變自然。
> 過去山是和尚頭，
> 溝裏無水流，
> 現在清水遍地淌，
> 年年都豐收。
> 誰要是不相信人的幹勁能勝天，
> 就請他到莊子坪農業社來看看。

從這年夏天後，出現了很多歌頌「人民公社」的詩歌。9 月 24 日，田間在《人民日報》文藝副刊上發表了《花園公社贊》、《火箭頌》、《人民公社頌》等三首詩歌，歌頌了農村「人民公社」。下面是其中的一首《火箭頌》。

> 火箭頌十八萬人趕火箭，
> 火箭就是大公社。
> 坐上火箭進樂園，
> 一天勝過二十年。

10 月 10 日，徐遲也發表了歌頌「人民公社」的頌歌《吃飯不要錢》：

> 糧食慶豐收，
>
> 辦起大公社。
>
> 生產翻幾番，
>
> 糧食吃不完。
>
> 吃飯不要錢，
>
> 夢想要實現。
>
> 消息傳出去，
>
> 世界要震動。
>
> 東方一片紅，
>
> 萬歲毛澤東。

從創作思想上看，這些詩歌是圍繞當時實施的政策和流行的政治口號作出的命題詩。因此，這些詩歌從性質上看，與新中國成立以來配合中心工作、闡釋政治口號的詩歌作品，沒有什麼區別。大多數詩歌採取過去和現在進行對比的方式，歌頌大躍進運動後的變化。如李季的詩「過去山是和尚頭，／溝裏無水流，／現在清水遍地淌，／年年都豐收。」，過去總是被輕易否定，現在總是被無限美化。許多詩歌歌頌生產大躍進的速度就像一支放射了的「火箭」那樣快，「一天勝過二十年」，坐上這個「火箭」可以進入「樂園」，建立人民公社後，在變成「樂園」的全國各地農村，「糧食要堆成崑崙山，煉爐裏要煉出萬萬噸鋼」。〔註21〕就這樣，對現實「歌頌」進一步發展為對於現實的「誇張」和「浮誇」，大多數詩人歌頌的正是大躍進運動中的虛假現象。文學要真實地反映現實生活，一直是被反覆強調的基本要求。然而，在新民歌運動中，詩歌卻表現出了完全脫離生活，走進另一個幻想世界的狀態。

在詩歌創作中出現這種「誇張」和「浮誇」現象，其主要原因就在於當時實際生活中確實存在的大量的虛假、浮誇的現象。報紙每天報導生產大躍進的「奇迹」，在這一年的《人民日報》上很容易看到關於全國各地糧食高產「衛星」的報導，如 9 月 5 日報導「廣東窮山出奇迹，一畝中稻六萬斤」，9 月 18 日報導廣西環江縣紅旗公社的「中稻高產衛星」，說「平均畝產量高達十三萬零四百三十四斤十兩四錢！」，9 月 3 日報導「山東曹縣培植南瓜西瓜各一棵，共結 72 個大瓜，淨重 1320 斤」，「四川江津縣最近挖出一窩芋頭，

〔註21〕李季，紅旗歌〔N〕，人民日報，1958-6-19。

淨重 250 斤」等等。人們生活在這種浮誇虛報的泛濫之中，使得人們能夠相信這些從報紙傳來的新的「奇迹」。在很多情況下，詩人的表述只不過是膚淺地重複這些新聞媒體的報導，許多詩人都根據報紙的報導而寫詩。如郭沫若 9 月 2 日在《人民日報》文藝副刊發表了《跨上火箭篇》的組詩，歌唱「麻城縣的中稻產量達到四萬三」：

> 早稻才聞三萬六，
> 中稻又傳四萬三。
> 繁昌不愧號繁昌，
> 緊緊追趕麻城縣。

在這首詩中，可以明確地看到，詩人就是根據新聞媒體「傳」來的數字而寫詩的。有趣的是，新聞媒體所傳出的這些數字很快就會變，報紙上又有更高的數字出來。郭沫若發表這組詩一個星期之後，他給《人民日報》寫一封信加以解釋：「聞報見麻城早稻常量已超過繁昌，前寄上的『跨上火箭篇』中有一節必須要全改。」9 月 9 日，《人民日報》副刊編輯部刊出了這封信的內容和修正的詩歌。詩歌改為：

> 麻城中稻五萬二，
> 超過繁昌四萬三。
> 長江後浪推前浪，
> 驚人產量次第傳。

當時現實生活中大量存在的虛假、浮誇的現象就造成了這種場景，詩人願意寫出一首真實地反映現實生活的詩歌，詩人的「筆是趕不上生產的速度。」〔註22〕

　　1958 年的夏秋兩季是大躍進歷史上最激進的階段。當時，人們對於將來經濟富裕和未來共產主義烏托邦的希望最高，而且，人們為了實現這些理想而努力工作的熱情最充沛。「人民公社」被看成為「共產主義烏托邦的基本社會單位的萌芽」，許多人們都相信「共產主義的烏托邦」很快就到來。人們陶醉於時代所提示的完美的理想之中，詩歌也因此沉浸在充滿幻想和浪漫的氣氛裏。大躍進新民歌運動中出現的大多數民歌都彌漫著這種幻想和浪漫。這時期，《人民日報》文藝副刊所刊出的許多民歌都歌頌著這種「奇迹」的情景。

> 萬斤地瓜千斤糧，

〔註22〕郭沫若，筆和現實——郭沫若信〔N〕，人民日報，1958-9-9。

坐著火箭過長江。
白米要到天上收，
層層梯田像高樓，
離天只有九尺九，
半截伸在雲裏頭，
白米要到天上收。——湖北鄖縣（5 月 27 日）

太陽能煮飯，
大糞能發電，
空氣能點燈，
樹葉能織緞，
柴草當飼料，
野根當蜜餞。——四川中江（7 月 7 日）

千年鐵樹開了花，
保守思想大解放，
糧食從此大增產，
畝產萬斤是平常。——安徽（10 月 6 日）

這些新民歌體現的是，大躍進的「浮誇風」使得「現實與理想」的界限模糊
了的狀態。新民歌就是這種 50 年代特有的時代氛圍的集中體現。大躍進新民
歌運動中出現的「革命現實主義和革命浪漫主義」的創作原則，為新民歌創
作提供了理論的根據，這種新民歌的「誇張」和「浮誇」的特點也因此取得
了合法性，從此，民歌，逐漸失去了其原有的眞實、樸素、自然的特點，逐
漸成爲文藝爲政治服務的典範。

天上沒有玉皇，
地上沒有龍王，
我就是玉皇，
我就是龍王，
喝令三山五嶺開道：
我來了。——陝西安康（5 月 27 日）

> 誰說人力難勝天，
> 鐵龍抽水上山巔，
> 高坡旱地裝滿水，
> 笑的太陽空發癲。——貴州天柱（5月14日）

> 稻堆腳兒擺得圓，
> 社員堆稻上了天，
> 撕片白雲揩揩汗，
> 湊著太陽吸袋煙。——安徽（12月10日）

民歌裏的抒情主題已不是普通的工農群眾，而是一種「超人」，他們藐視一切自然界的困難，把自己看成神化中的英雄，他們能夠創造出「鐵龍抽水上山巔，高坡旱地裝滿水」的奇迹。大躍進新民歌中出現的這種「自我誇張」的現象，就呈現了當時社會生活中誇大主觀意志的潮流，「人有多大膽，地有多大產」、「不怕做不到，只怕想不到」這類主觀唯心主義的提法，就是大躍進運動的基本政治指向，宣揚這種精神萬能的唯意志論，就成為大躍進新民歌的主要內容。這些顯然脫離實際現實的民歌，在當時的特殊詩歌觀念下，被認為「革命浪漫主義」的體現，常常被評為「一種極其雄偉、豪邁的氣概和樂觀主義的精神」的表現。「稻堆腳兒擺得圓，社員堆稻上了天，撕片白雲揩揩汗，湊著太陽吸袋煙。」這種荒誕的描寫也被看成為「大膽的幻想，豪邁的氣魄」，甚至說「這種大膽的幻想，絕不是虛張聲勢或者想入非非，而是以現實作基礎，和革命的實踐緊密地結合在一起的。這正是革命的浪漫主義與革命的現實主義相結合的特色。」〔註23〕

> 合作社好比幸福梯，
> 天堂要往人間移，
> 不要一旁乾喝彩，
> 快馬加鞭趕上去！
> 四十條好比指路燈，
> 照亮億萬行路人，
> 只要朝著紅燈走，
> 如花似錦好前程。——宿縣的山歌（6月20日）

〔註23〕陸學斌，進一步發展新民歌運動〔N〕，人民日報，1958-12-10。

恩情似海的共產黨，

把人民

引到幸福的路上。

人民的思想大解放，

辦公社

一步兒登上了天堂。

公社的好處說不完，

幸福事辦了個齊全

好生活愈過愈美滿，

老年人變成了少年——青海民和縣（9月6日）

由於意識形態的推動，民歌逐漸失去了作爲「民間文學」的本性。這些新民歌與 50 年代配合中心工作、闡釋政治口號的詩歌，沒有什麼區別。「兩結合」創作方法爲詩歌配合政治需要而虛構現實開了方便之門。據說，「充實於現實生活同時又比現實生活更高，不是教人們停留在今天的現實中，而是鼓舞人們去創作更新更美的未來的現實，這正是革命現實主義和革命浪漫主義相結合的原則。我們的工人和農民正抱著無限的壯志雄心，充滿共產主義的精神，排除一切困難，以國家生活中的主人公的姿態，從事著豪邁的建設事業，只有把革命現實主義和革命浪漫主義精神密切地結合起來，才能充分地表達出人民群眾的這種英雄氣概。」〔註24〕按照這種說法，所謂「兩結合」的創作原則本身已經包含著一種追求「虛假」的性質。它爲詩歌迴避「眞實的現實」而表現「幻想的現實」提供了合法性，從此，詩歌更有效地配合現實政治的需求，產生了許多「虛假的頌歌」。

在現實政治的需求下，「新民歌」得到了極高的重視，作爲中國詩歌的「出路」，逐漸佔領了的主流位置。作爲詩歌創作的主體，「文人詩人的主流地位也受到了挑戰，他們整體被明確無誤地置放於『被改造』的位置。」〔註25〕

5.1.3 「文藝大眾化」的理想與詩人的使命

隨著大躍進新民歌運動的展開，《人民日報》大力宣傳了這場運動。這時

〔註24〕 爭取文學藝術的更大躍進〔N〕，人民日報，1958-9-30。

〔註25〕 謝冕，爲了一個夢想〔J〕，文藝爭鳴，2008，8：72。

期《人民日報》所發表的重要社論都涉及到有關「新民歌」的問題，不少社論中，新民歌都受到了極高的評價。實際上，這時期《人民日報》的許多論述都過渡地強調「文藝的工農兵方向」和「新民歌」的優越性。

1958 年 4 月 14 日，《人民日報》以社論形式發表了社論《大規模收集全國民歌》的倡議。倡議正式提出了收集民歌的問題，對以後新民歌運動的擴大化產生了直接的影響。社論指出，新民歌是「群眾的智慧和熱情的產物」，它還強調新民歌是「勞動群眾自發性行為的產物」，提出「農業合作化以後的大規模的生產鬥爭中，農民認識到勞動的偉大，集體力量的偉大，親身地體會到社會主義制度的優越性，他們就能夠高，大膽幻想，熱情奔放，歌唱出這樣富於想像力的、充滿革命樂觀主義精神的傑作。」這篇社論說明，新民歌運動一開始就確定了其運動的主體是「勞動群眾」，民歌寫作行為本身及其創作形象和情緒的基本主體就是「勞動群眾」。

8 月 2 日，《人民日報》發表《加強民間文藝工作》的社論，其中說，新民歌「是一種嶄新的文學，是以建設社會主義、共產主義為目標的體力勞動與腦力勞動結晶的產物。」，新民歌「應該說就是共產主義文藝的萌芽，它們使我們看到了未來的共產主義文學藝術的繁榮興旺的無比寬廣的道路。舊的民間文學的概念已經不完全適合於今天的群眾文藝創作了。我們應該對新的群眾創作給以最高的估價和重視。」〔註 36〕這時，在《人民日報》的社論中，新民歌已經被認為「一種嶄新的文學」，「共產主義文藝的萌芽」，它作為「群眾文藝創作」獲得了「最高的估價和重視」。並且，作為「文藝創作的主體」，勞動群眾逐漸佔領了主導的地位。社論中勞動群眾被描寫為開拓「未來共產主義文學藝術」道路的主體。《人民日報》所提出的這種論述，就呈現出了這場「新民歌」運動作為文藝界「反右派」鬥爭之後的新的文藝政策，其運動的目的本身已內涵著一種重新建立新的文藝、新的文藝創作主體的目標。

9 月 30 日，《人民日報》又發表了《爭取文學藝術的更大躍進》的社論，這篇社論比較明確地概括了這場新民歌運動所追求的「新的文藝」的性質：「我們的文藝是為工農兵的，供他們欣賞，也由他們自己來創造。我們的文藝不同於過去任何時代的文藝，它是全民的、群眾的文藝，是勞動人民自己的文藝，而不是少數人的文藝。我們正面臨一個偉大的群眾創造的時代。」

通過這幾篇的社論，我們清楚地看到，「群眾的文藝」——「為工農兵的，

〔註 36〕加強民間文藝工作〔N〕，人民日報，1958-8-2。

供他們欣賞，也由他們自己來創造」的文藝，這種「文藝大眾化」就可以說是新民歌運動從一開始到底一直追求的文學的理想。從形式、藝術風格、創作方式、傳播方式以及對作品產量與作家數量的極端追求等方面來看，新民歌運動本身可以看成爲是「文藝大眾化」的過程。「文藝的工農兵方向」是整個五十年代文藝政策的重點方向，最爲普遍的文藝觀念。在 1958 年的新民歌運動中，文藝的工農兵方向得到了更高的重視，達到了一個新的高度。這時期文藝的工農兵方向，更強調人民群眾在創造「共產主義新文藝」上的主導地位，新民歌被人爲「開拓勞動群眾自我創作時代的偉大證據」〔註27〕。

不過，實際上，大躍進新民歌的形態，發表方式，及運動開展過程，卻都是由於政治權威的力量來決定。新民歌運動，一開始就採用搞政治運動的行政手段，下達創作指標，要求大量收集民歌。全國各地省委宣傳部成立了專門的編輯機構，民歌選集的出版也是通過各地省委宣傳部來出版。大量的新民歌，「由於是按照統一的思想和藝術格式生產的產品，發表過程中，又經過各級幹部、文人的加工」〔註28〕4 月 14 日，《人民日報》發表《大規模收集全國民歌》社論的那一天，中國民間文藝研究會「民間文學」編輯部訪問過郭沫若，向他提出關於民歌，民間文學的價值、作用及收集、整理等方面的問題，4 月 21 日《人民日報》報導這次的訪談，並刊登了郭沫若對於這些問題的看法。這可以說是文藝領導人所提出的收集民歌工作指南。郭沫若在這次訪談中談過關於在收集的方法上「民歌的潤色和修改」的問題，郭沫若認爲原始材料和再加修改都是必要的，他還特別強調了「加工」的重要性：「從文學觀點上，加工也是很重要。詩，硬是可以點石成金的！改了一個字，詩就活了。『推敲』就是很有名的例子。拿『詩經』來說，『國風』毫無疑問是經過刪改，加工潤色的。」12 月 10 日，《人民日報》發表了陸學斌的《進一步發展新民歌運動》一文，再次提到了「民歌的潤色和修改」的問題。陸學斌在這篇文章中特別強調地主張「必須做好民歌的整理和加工工作」。他認爲，「在整理的過程中，對於那些本來就很好的民歌，我們不要輕率地加以改動；但是，對於那些思想健康、主題很好但表現手法上比較粗糙的作品，就應該在不損害原來的思想、感情和語言風格的原則下，進行適當的加工。」，「事實上，許多優秀的民歌，都是在傳唱的過程中，經過不斷地修改，才最

〔註27〕周揚，新民歌開拓了詩歌的新道路〔J〕，紅旗，1958，1。
〔註28〕洪子誠、劉登翰，中國當代新詩史〔M〕，北京：人民文學出版社，1993，168。

終形成了比較完美的作品。」可見，當時新民歌的發表過程中，這種加工和修改工作是普遍的現象，許多新民歌都經過高級幹部或文人作家的加工而發表。因此，在運動的發展過程中，民歌逐漸失去了「口傳」的特性，並且，失去了民歌質樸自然的本性。如「社會主義是天堂，／缺少技術不能上。／為了全面大躍進，／個個必須動腦筋。」，「夜校改爲技術校，／天天推廣好經驗，／黨團員帶頭幹，／搞不好改革非好漢。」等民歌，都逐漸成爲了一種政治理念的有效宣傳工具，被利用爲配合政治需求。

　　「民歌」被選上的原因就在於這種實用價值上，「新民歌」之所以得到如此特別推崇，就因爲它具有很強的現實政治的含義。詩歌是一個最短的文學樣式，被認爲便於迅速地反映當前的「現實」，「民歌」具有特有的大眾性，作爲運動的宣傳工具，它將更能表達大眾集體的意志、情感，並更能容納政治運動，國家政策等內容，充分發揮了其有效能。更重要的是，它主要不是文人知識分子的寫作，工農大眾是這種新詩歌的創作主體，從「新民歌是共產主義文學的萌芽」的觀念來看，工農群眾就是「共產主義文學」的主要創作主體，通過開展新民歌運動，可以達到眞正的「文藝大眾化」理想。

　　新民歌運動一開始就在國家權力的運作下推動而發展，它進一步強化了勞動群眾作爲文藝創作主體的主導地位以及知識分子作家寫作必須「徹底改造」的理念。正如不少《人民日報》的社論宣揚「我們正面臨一個偉大的群眾創造的時代」的同時，不斷要求「我們的文藝工作者必須首先把自己的思想從資產階級文學貴族的偏見和個人主義的低級趣味中解放出來，打破對各種文藝教條的迷信，努力使自己在思想感情上眞正和勞動人民打成一片，向勞動人民學習，學習他們的勞動精神和創造精種」〔註29〕。

　　所以，在新民歌運動中，作爲文藝創作的主體，專業作家的地位，受到了致命的打擊。他們逐漸失去了作爲文藝創作主體的主導地位，甚至他們的思想和文學創作都被認爲是開展共產主義文藝大躍進的一個障礙因素。毫無疑問，新民歌運動與 1957 年的「反右鬥爭」緊緊聯繫在一起。在那短暫的時間裏，全國有 55 萬多人被劃爲「右派分子」，一大批作家也被批判爲「反動分子」，被要求參與體力勞動，其結果對中國文壇帶來了「大面積的荒蕪」現象。1958 年初，提倡「文藝大躍進」就是爲了塡充空白，重新建立新的文藝繁榮局面。「反右派」鬥爭之後「知識分子的普遍『失勢』，必然會呼喚工農

〔註29〕爭取文學藝術的更大躍進〔N〕，人民日報，1958-9-30。

兵成爲時代生活的主角；也必然會用以工農兵爲主要陣容的文學創作，取代知識分子的文學創作」〔註30〕。1957 年末，文藝界領導者提出一場「文藝大躍進」時，這種創作主體的變化已經是注定了的結果。2 月 28 日，《人民日報》公開發表周揚在 1957 年 9 月中國作家協會擴大會議上講話《文藝戰線上的一場大辯論》，這可以說是對文藝界「反右派」鬥爭進行理論總結的文章，文章中，周揚提出文藝的「兩條路線」，進一步強調文藝爲工農勞動人民服務的理論，並系統地闡述「無產階級的文藝觀」和「資產階級的反動文藝觀」的基本分歧。在經過毛澤東審閱中，毛澤東在這篇文章中加上了一段話，在這段文章中，可以窺見他要建立一個「新的文藝」的設想：

> 在我國，1957 年才在全國範圍內舉行一次最徹底的思想戰線上和政治戰線上的社會主義大革命，給資產階級反動思想以致命的打擊，解放文學藝術界及其後備軍的生產力，解除舊社會給他們帶上的腳鐐手銬，免除反動空氣的威脅，替無產階級文學藝術開闢了一條廣泛發展的道路。在這以前，這個歷史任務是沒有完成的。這個開闢道路的工作今後還要做，舊基地的清除不是一年工夫可以全部完成的。但是基本的道路算是開闢了，幾十路、幾百路縱隊的無產階級文學藝術戰士可以在這條路上縱橫馳騁了。文學藝術也要建軍，也要練兵。一支完全新型的無產階級文藝大軍正在建成，它跟無產階級知識分子大軍的建成只能是同時的，其生產收穫也大體上只能是同時的。這個道理只有不懂歷史唯物主義的人才會認爲不正確。〔註31〕

當時，1957 年 7 月中國作家協會擴大會議之後，11 月 12 日，《人民日報》刊出了一篇社論，針對著文藝界積極號召「建立一支強大的眞正工人階級的文藝隊伍」，並強調這是「我們當前重大的歷史任務」：

> 建立一支強大的眞正工人階級的文藝隊伍，是我們當前重大的歷史任務。而要建立這樣一個隊伍，除了實行文藝工作者和工農群眾相結合併從工農群眾中培養新作家以外，再沒有任何其他的道路。我們必須堅決地實行這個方針。我們相信，廣大的文藝工作者也會擁護這個方針，響應黨的號召，長期地、無條件地、全心全意

〔註30〕程光煒，中國當代詩歌史〔M〕，中國人民大學出版社，2003，110。
〔註31〕周揚，文藝戰線上的一場大辯論〔N〕，人民日報，1958-2-28。

地到工農群眾中去，鍛鍊自己，改造自己，同時從人民生活中取得
豐富的創作源泉和深刻的藝術感受，寫出許多無愧於這個偉大時代
的藝術作品。這樣，我們的社會主義文藝，就會達到一個更高的繁
榮的階段。這是可以預期的。〔註 32〕

在這兩篇文章中，可以很明顯地看到，1958 年「文藝大躍進」的設想一開始
就追求「工人階級的文藝隊伍」，知識分子作家徹底被排除，對他們只要求
「長期地、無條件地、全心全意地到工農群眾中去，鍛鍊自己，改造自己」。
這種要求就意味著讓許多作家放棄自己的藝術個性和創作精神，完全被奪去
思想的自由和藝術探索的自由。

　　1958 年 2 月，周揚在中國文聯會議上，提出「要文藝創作來一個大躍進」
的主張時，他再次強調「文藝工作者必須堅持下鄉、上山、下廠、下部隊，
長期和勞動人民生活在一起，這應成為我們文藝工作的根本方針。他希望下
鄉的文藝工作者除積極參加體力勞動以鍛鍊自己外，還應盡力幫助當地群眾
提高文化和進行業餘藝術活動。」3 月 8 日，中國作家協會擴大會議決定，在
1958 年內「全國要組織四百到五百名作家長期深入廠礦、農村、部隊、工地
和林區、牧區、漁區、邊遠地區去；使全國業餘作家都有機會到工廠、農村
接觸群眾生活，爭取今年內要有一千名專業和業餘作家長期或短期到群眾中
去，並把這一制度鞏固下來。」〔註 33〕中國作家協會在提出「文藝大躍進」
的時候，作出「作家下鄉活動的制度化」決定，這都為重新建立新的文藝、
新的創作隊伍，開展新的「文藝大躍進」，創作著一個有利的條件。

　　在這場「文藝大躍進」的期間，知識分子詩人的使命還是「到群眾去，
和群眾相結合，拜群眾為老師，向群眾自己創造得詩歌學習」〔註 34〕。4 月，
《人民日報》正式發出收集民歌的社論之後，陸續發表了幾篇文章，提出了
關於文藝大躍進運動中「詩人的使命」的看法。比如 5 月 16 日，發表林陵的
文章《詩歌的道路》，號召對詩人：「我們的詩人要從人民的詩庫裏去領取糧
食，然後再為人民創作詩歌，創作人民喜愛的、易讀易懂的詩，給和黨的政
策的詩，表現時代精神的詩，反映人民思想和感情的詩，代表中國人民『真
的聲音』的詩。」5 月 27 日，發表丁力的文章《詩風雜談》，文章直接批判了

〔註 32〕要有一支強大的工人階級的文藝隊伍〔N〕，人民日報，1957-11-12。
〔註 33〕爭取社會主義文學大豐收〔N〕，人民日報，1958-3-9。
〔註 34〕大規模地收集全國民歌〔N〕，人民日報，1958-4-14。

知識分子詩人的詩歌創作，文章中提出「勞動人民能夠產生許多好的民間詩歌。而詩人的有些作品卻不受歡迎。這究竟是誰的文化水平高呢？」在這篇文章中，知識分子詩人的作品被描述為「脫離群眾、脫離現實的」的「歐化的長詩」。與在《人民日報》上的許多文章一樣，都過度地強調「新民歌」的優越性，相反，知識分子詩人的詩歌作品以及專業詩人的創作精神卻輕易地被否定了。

詩人不斷被要求「徹底改造」，「學習群眾創作」，這就是要求詩人完全放棄他們的語言和形式，乃至放棄作為知識分子的自我和精神。大躍進民歌運動的最根本特點便在於「將民歌和知識分子的『對立』絕對化，而且是試圖用『民歌』的一元價值來完成對『知識分子寫作』的徹底取代，最終實現詩歌創作的徹底『換語』，這樣便將藝術的發展引導到一個十分逼仄的境地。」〔註35〕在這場轟轟烈烈的民歌運動中，作為詩歌創作的主體，知識分子詩人逐漸失去了主導的地位，同時，他們的創造精神和創作自由也逐漸地退色，個人的聲音完全被淹沒在新民歌的狂熱之中。

5.2　新民歌與中國詩歌的「出路」

1958 年出現的「新民歌」的狂熱和對「群眾創作」的崇拜，給當時的中國詩壇帶來了巨大的衝擊，詩人的藝術思想普遍地處在困惑中。許多詩人放棄了自己的藝術理想和創作個性，模仿著大躍進新民歌的形式和語言，寫出了一批毫無獨創性的「民歌體的新詩」〔註36〕，這對當時的新詩觀念自然產生了很大的影響。實際上，毛澤東提出民歌問題時，作為「中國詩歌的出路」，新詩傳統已經徹底被忽略了。從政治文化的層面上看，新民歌運動是文藝界領導人企圖用民歌來統一新詩的一種激進的文藝運動，它「以『工農兵』、『民間』、『人民』的名義，徹底否定了中國新詩五四以來所形成的價值觀、審美要求，否定了幾代詩人創造的文學成就，從而把新詩引向了災難深重的歧途」〔註37〕。這引起當時詩歌界許多人的憂慮，並推動了有關「中國詩歌發展道路」的爭論。

〔註35〕李怡，現代性：批判的批判——中國現代文學研究的核心問題〔M〕，北京：人民文學出版社，2006，271。
〔註36〕洪子誠，劉登翰，中國當代新詩史〔M〕，北京：北京大學出版社，1993，184。
〔註37〕程光煒，中國當代詩歌史〔M〕，北京：中國人民大學出版社，2003，110。

5.2.1 「詩歌發展道路」的爭論

在 1958 年到 1959 年的兩年時間裏，「中國詩歌發展道路」就成爲了當時中國詩壇最關注的問題，《詩刊》、《星星》、《處女地》、《紅岩》、《蜜蜂》等文學期刊紛紛地開闢了討論專欄，刊載了大量的論爭文章。當時文藝界的主要領導人周揚、郭沫若、邵荃麟、張光年，著名詩人卞之琳、何其芳、臧克家、田間、袁水拍、郭小川、徐遲等都參與了這場爭論。從論爭的規模和持續的時間等方面看，都可以說是一場「盛況空前」的詩歌爭論，「在 20 世紀新詩歷史上，實屬罕見」〔註38〕。

爭論的焦點集中於對「新民歌」的看法，對新詩的歷史評價，「民歌」在新詩建設上的地位，以及新詩發展的藝術基礎等。關於這些問題，參與爭論的評論者雖然在具體的問題上有不同的看法，但是，在幾個基本點上，卻都持有相近的觀點。首先，對「新民歌」的看法，許多評論者都表現出了高度讚揚新民歌的思想藝術價值的態度。其次，對新詩的歷史評價，他們都批評了五四以來新詩的「缺點」。一些評論者雖肯定了新詩的成就，不過，大多數評論者都認同了五四以來新詩「外來文學的影響很大」，「脫離勞動群眾」，這就是新詩的「根本缺點」。最後，對於新詩的發展方向，幾乎所有的評論者都贊同「民歌和古典詩歌是新詩發展的基礎」。

這樣的基本觀點，在當時的爭論中佔有了主導的地位。實際上，這些基本觀點都來自於文藝領導人的「權威的闡述」裏。1958 年 6 月 1 日，周揚在《紅旗》創刊號發表了《新民歌開拓了詩歌的新討論》，對於新民歌和五四以來的新詩作出了權威的闡述。在這篇文章中，新民歌得到了極高的評價，文章指出：「這是一種新的、社會主義的民歌；它開拓了民歌發展的新紀元，同時也開拓了我國詩歌的新道路。」相反，新詩的藝術成就和價值大大地被貶低。周揚指出新詩的「最根本的缺點就是還沒有和勞動群眾很好地結合」，批判有些詩人「醉心於模仿西洋詩的格調，而不去正確地繼承民族傳統」，他認爲這就是「新詩脫離勞動群眾的重要原因」。當時作爲作協領導人的邵荃麟在《詩刊》4 月號發表了《門外談詩》一文，提出了「兩種詩風」的觀點：「五四以來每個時期，都有兩種不同的詩風在鬥爭著。一種是屬於人民大眾的進步的詩風，是主流；一種是屬於資產階級的反動的詩風，是逆流。」〔註 39〕

〔註38〕洪子誠，劉登翰，中國當代新詩史〔M〕，北京：北京大學出版社，2005，86。
〔註39〕邵荃麟，門外談詩〔J〕，詩刊，1958，（4）。

文章中胡適和「新月派」、「現代派」，以胡風爲首的「七月派」以及在文藝界
「反右派」鬥爭中出現的「右派分子」詩人和他們的詩風都被稱爲「逆流」，
屬於「主流」的是郭沫若爲代表的創造社詩歌運動，左聯的現實主義詩歌，
以《王貴與李香香》爲代表的解放區詩歌以及大躍進新民歌等。這篇文章很
明顯地將新詩和新民歌放在二元對立的構圖中，並「把新詩的發展武斷地批
判爲『革命』與『反動』、『東風』與『西風』的兩條路線的鬥爭，從而排斥
了新民歌之外其他詩歌現象在新詩發展中的生存的權利。」〔註40〕

　　展開討論之前，文藝領導人率先地寫出這種結論性的闡述，對這場討論
的影響是可以揣想的。雖然有何其芳、卞之琳、紅百靈等人表現了維護新詩
的看法，但大多數評論者的態度基本上都與權威的觀點完全一致，他們都擁
護「民歌和古典詩歌是新詩發展的基礎」的看法，並指責「五四以來新詩有
根本缺點」。這樣，這場爭論未能得到平等和自由的討論環境，爭論一直未能
脫離限定的思想框架。在這樣的情況下，何其芳和卞之琳在《處女地》1958
年 7 月號上各個發表了《關於新詩的「百花齊放」問題》和《對於新詩發展
問題的基點看法》等文，提出了「異議」，這兩篇文章很快引起詩歌界的關心，
這兩位詩人因此被捲入到這場爭論的漩渦。

　　何其芳在《關於新詩的「百花齊放」問題》一文中，從形式方面進行分
析，提出「民歌體的句法和現代口語有矛盾」，「民歌體的體載很有限制」等
問題，主張「民歌體雖然可能成爲新詩的一種重要形式，未必就可以用它來
統一新詩的形式，也不一定就會成爲支配的形式」〔註41〕。卞之琳在《對於
新詩發展問題的基點看法》中指出「我們學習民歌，並不是要我們依樣畫葫
蘆來學『寫』民歌，因爲那只能是僞造，注定要失敗。」，「我們學習新民歌，
除了通過它在勞動人民的感情裏受教育以外，主要是學習它的風格，它的表
現方式，它的語言，以便拿它們作爲基礎，結合舊詩詞的優良傳統，『五四』
以來的新詩的優良傳統，以至外國詩歌的可吸取的長處，來創造更新的更豐
富多彩的詩篇。」〔註42〕實際上，這兩位詩人提出這些主張，是他們作爲從
五四時代過來的詩人之一，所表現的對當時混亂的文學現實的深切的憂慮。
不過，在這場爭論中，他們的主張卻普遍地被批評爲「以局限性爲理由來輕

〔註40〕程光煒，中國當代詩歌史〔M〕，北京：中國人民大學出版社，2003，121。
〔註41〕何其芳，關於新詩的「百花齊放」的問題〔J〕，處女地，1958，（7）。
〔註42〕卞之琳，對於新詩發展問題的幾點看法〔J〕，處女地，1958，（7）。

視新民歌」〔註43〕。在當時的思想潮流中，「新民歌」不僅僅是一種詩歌的形式，而是「開拓勞動群眾自我創作時代的偉大證據」〔註44〕，也就是中國詩歌實現「文藝大眾化」理想的證據。從政治思想的角度來看，「新民歌」本身已在發揮著這種極高的權威性，當時對待新民歌的態度，已經不是屬於個人可以選擇的愛好、趣味的範疇，它被看作是對待勞動人民的態度，是階級立場、階級感情的一種表現。詩人應當「重視」新民歌，還要「學習」新民歌。實際上，對詩人要求「學習新民歌」可以說是一種具體的實踐形式，這一要求的本質還是在於「學習群眾」，「改造自己」，詩人以「學習新民歌」為具體的實踐形式，應該要表達出自己「能夠學習群眾」的意識形態。

因此，在這種情況下，何其芳和卞之琳提出「民歌體有限制」，「新民歌需要發展」的看法，就未能避免「輕視新民歌」的指責，甚至被批判為「走入了主觀唯心主義的歧途」，「資產階級的藝術趣味與脫離群眾的傾向」〔註45〕。至此，爭論顯得失去了尊重客觀事實的學術討論的氣氛，形成了一種類似於政治思想檢討的模式。

5.2.2 《人民日報》的「詩歌發展道路」座談會

在這種濃鬱的政治氛圍中，爭論自然也引起了「黨報」的關注。對於「詩歌發展道路」的爭論，《人民日報》最早表示關心的是 1958 年底，12 月 10 日，《人民日報》在七版上刊出了當時中共安徽省宣傳部長陸學斌的《進一步發展新民歌運動》一文，並配發了一篇「編後」文章，在版面上首次介紹了「詩歌發展道路」爭論，號召詩人和批評家參加討論：

> 新民歌的蓬勃發展引起了廣泛的注意。幾個月來，文藝刊物上發表了許多關於新民歌的文章，其中有一些分歧的意見，主要是關於新民歌和新詩的關係、新詩的發展道路問題。有的意見認為民歌體在表現現代生活的時候有限制，有必要建立新的格律體。也有人不同意這樣的意見。今天，這裡發表的中共安徽省委宣傳部長陸學

〔註43〕宋壘，與何其芳、卞之琳同志商榷〔J〕，詩刊，1958，（10），除了宋壘的這篇文章以外，具有類似觀點的批判文章有蕭殷的《民歌應當是新詩發展的基礎》（《詩刊》1958 年 10 期）、張先箴的《談新詩和民歌》（《處女地》1958 年 10 期）、張光年的《新事物的面前》（《人民日報》1959 年 1 月 29 日）等。

〔註44〕周揚，新民歌開拓了詩歌的新道路〔J〕，紅旗，1958，1。

〔註45〕陳鸝，關於向新民歌學習的幾點意見〔J〕，詩刊，1958，（11），連敏，62。

斌同志的文章，雖則主要是根據安徽省部分地區的經驗來談新民歌
運動的進一步發展的問題，但也涉及了對新民歌、民歌體的看法問
題，而與當前有些意見是不一致的。我們歡迎詩人、批評家和讀者
來參加討論。〔註46〕

12月31日，《人民日報》又刊出了沙鷗的評論文章《新詩的道路問題》，
對於爭論再次作出了簡單的介紹，特別強調地指出「這種討論無疑是及時的、
必要的」。《人民日報》發表陸學斌和沙鷗的兩篇文章正式開始參與這場爭論。
此後，1959年1月，《人民日報》為了進一步展開討論，邀請了一些詩人、評
論家和報刊編輯，舉行了詩歌座談會。陸續召開了兩次的詩歌座談會，並刊
出了不少評論文章。在這場爭論期間，《人民日報》所刊出的主要評論文章有
以下幾篇：

表格4

1958年	1. 陸學斌《進一步發展新民歌運動》（12月10日）
	2. 沙鷗《新詩的道路問題》（12月31日）
1959年	3. 臧克家《民歌與新詩》（1月13日）
	4. 卞之琳《關於詩歌的發展問題》（1月13日）
	5. 田間《民歌為新詩開闢了道路》（1月13日）
	6. 徐遲《民歌體是一種基本的形式但不要排斥其他形式》（1月21日）
	7. 宋壘《新民歌是主流，詩歌的發展應當以民歌體為主要基礎》（1月21日）
	8. 張光年《關於詩歌問題的討論在新事物的面前》（1月29日）
	9. 郭沫若《當前詩歌中的主要問題》（2月13日）
	10. 茅盾《漫談文學的民族形式》（2月24日）
	11. 趙玉《專業和餘業兩條腿走路》（3月10日）
	12. 邵荃麟《「五四」文學的發展道路》（5月4日）
	13. 徐遲《讀「動盪的年代」》聞捷（7月21日）

1958年12月10日，《人民日報》提出「參加討論」的號召之後，首次
發表評論的是沙鷗。他在《新詩的道路問題》一文中，主要批判了卞之琳和
何其芳在《處女地》發表的兩篇評論：「用『有限制』的說法，來否定新民

〔註46〕編後〔N〕，人民日報，1959-1-13。

歌，或輕視新民歌，這顯然是不正確的。」他認為卞之琳和何其芳的觀點「忽略了這些舊形式，在勞動群眾的手中，給了改造，也就變成了革命的、為人民服務的東西了。」他還特別強調地指出五四以來新詩「沒有與勞動群眾很到結合」，「沒有充分的反映勞動人民的現實生活」，最後得出了這樣的結論：「新詩要很好與勞動群眾結合，必須要改變形式，必須使形式更富有民族性。」〔註47〕

　　《人民日報》舉辦的第一次詩歌座談會召開於 1959 年 1 月 5 日〔註48〕，卞之琳在會上的發言中，對沙鷗的文章加以反駁。卞之琳再次強調地說自己的兩個論點：「一、民歌體不應是唯一的形式，二、新民歌需要發展」，同時對沙鷗提出質問這「怎麼就是要『否定新民歌或輕視新民歌』呢？」〔註49〕不過，當時「民歌」已經被賦予了「民族傳統」的名義，很多批判者往往利用「民族性」、「勞動群眾」、「革命」、「為人民服務」等權威話語，以「廣大群眾對新詩形式的意見必須重視」〔註50〕為根據，高揚新民歌的思想藝術價值的同時，徹底否定了五四以來新詩的傳統。在這種情況下，卞之琳「承認」自己的看法「確乎有一些缺點」：

　　　1、我的說法裏包含的「新民歌需要發展」和「民歌體不應是唯一的形式」這兩個論點，提得也有點過早了。我在新民歌運動剛展開的時候，就對於新民歌當中發展出「更新的更豐富多彩」的新詩歌（以至「前無古人的『新』文學」）表示期望，不能說過早；主張首先體會新民歌所表現的思想感情，主要拿新民歌的形式（廣義的形式）「作為基礎」，加以發展，對於寫新詩的詩人說來，也不能說過早。同時，當時也確乎有主張用民歌的五、七言體統一詩歌形式的傾向，因此提出「百花齊放」的意思，也不能說過早吧？只是就當時整個形勢說來，新民歌運動和學習新民歌運動還在開始，就提出「發展」問題，就提不用一種「體」統一形式的問題，要是吸

〔註47〕沙鷗，新詩的道路問題〔N〕，人民日報，1958-12-31。

〔註48〕參加討論的人有卞之琳、田間、沙鷗、徐遲、張光年、郭小川、賀敬之、臧克家、丁力等，主要發言者有臧克家、卞之琳、田間、張光年、沈季平等。1月 13 日，《人民日報》報導了這天的詩歌座談會，並刊載了臧克家、卞之琳、田間等三位詩人的發言文。

〔註49〕卞之琳，關於詩歌的發展問題〔N〕，人民日報，1959-1-13。

〔註50〕沙鷗，新詩的道路問題〔N〕，人民日報，1958-12-31。

引了大家過分的重視，那麼對運動的消極作用就會大於積極作用。
所以我現在承認：也有點過早。

……

4、我對於學習新民歌的要求提得也有點過高。一開始學習新
民歌就提出從新民歌創作情況中發展出「前無古人的『新』文學」，
拿新民歌的形式（廣義的形式）「作為基礎」，「創造更新的更豐富
多彩的詩篇」，提出這樣的奮鬥目標，總不能說誇口，不切實際。
可是實際中的另一方面，也應顧到，那就是：從學習新民歌皮毛入
手也可能逐漸得其神髓。忽視了這一點，我的提法也就有副作用，
使學寫新民歌的知識分子詩人感到為難。所以我承認：也有點過
高。〔註51〕

很明顯，卞之琳對自己缺點的「承認」，事實上包含著一種諷刺的反問，在他
的「承認」裏面，可以感覺到對「新民歌」和「學習新民歌運動」的強烈的
「否定」。他承認了自己的觀點對新民歌運動和學習新民歌運動產生了「消極
作用」，但重要的是，他根本沒有承認這場「運動」的「積極作用」。在發言
中，卞之琳對「新民歌」作出了比較明確的定義：「新民歌創作，成為運動，
也已經包括了另一個方面，不限於自發性較多的唱出來、集體性較重的修改
出來的創作活動，也包括群眾中有意識寫『詩』（就叫「詩」！）以至部分勞
動化的知識分子在群眾中學用民歌體寫作的創作活動。新民歌的意思就是指
新的民歌體群眾創作。」這種定義應該說是很尖銳的諷刺。總的來看，卞之
琳提出的是「新民歌和新詩逐漸合流，促進新詩歌的百花齊放」看法，不過，
他最後堅決主張「在合流而成的新詩歌園地內必然會百花齊放，容許以新民
歌以外的別種詩歌類型為基礎而另行發展，也可以促成百花齊放。」這裡表
現出了作為中國新詩參與者的所擁有對五四以來新詩的深厚的感情，以及對
當時混亂的文學現實的質疑。

臧克家在座談會上以更為慎重的態度辯護了新詩和自由詩體的價值。他
對當時「民歌與新詩」成為一種二元對立式的分歧狀態表示了擔憂，指出「兩
種意見都偏了」。他在肯定「向民歌學習」的重要性的前提下，反對為了高揚
民歌的偉大成就就把新詩貶低的現象，主張對五四以來新詩也需要公平合理
的評估。文章指出：「強調詩人們向民歌學習，但對詩人們的勞動成果也應當

〔註51〕卞之琳，關於詩歌的發展問題〔N〕，人民日報，1959-1-13。

給予公平的估計。」，「評得過高了是不對的，低估了它的價值也是不公允的。」「我們不能因為強調民歌或民歌體式的新詩就排斥或另眼看自由詩，這未免太狹隘。」〔註52〕

不過，卞之琳等人的發言還是未能避免評論者的批判，田間指出「有些人對自己民族詩歌傳統的學習，實際上是抱著輕視的態度。不分青紅皂白地情調繼承『五四』新詩的傳統。何其芳、卞之琳同志的兩篇文章，引起大家的爭論，主要的原因，也正在此。」，「卞之琳同志在這次座談會上說，他並不輕視民歌，但就他這次的發言來看，依然沒有重視民歌的影響。」至此，「民歌」被描述為「民族詩歌傳統」，完全排斥了可以存在其他詩歌形式的餘地。這種極端地擁護「民歌體」的觀點，在《人民日報》召開的第二次會議上，得到了更高的肯定。

1月16日，《人民日報》召開了詩歌問題的第二次座談會〔註53〕。21日，《人民日報》報導這天的會議情況，提出「進行討論，發表文章，應該採取實事求是的態度」的號召，但是，《人民日報》的報導已經具有著明顯的傾向性。編者最後特別指出：「會上，許多同志認為李亞群在《我對詩歌下放問題的意見》（星星1958年11月號）一文中對紅百靈的輕視新民歌的批評是對的。」紅百靈在《星星》1958年第8期發表了《讓多種風格的詩去受檢驗》一文，提出了「詩歌要下放，詩人也要向民間歌手學習，但是，是不是叫詩人們千口一致地唱一個調子的民歌呢？是不是叫詩人們的原來跳動著時代脈搏的各種風格都不要了呢？」的質疑，對此，李亞群加以批判，認為這是「輕視新民歌」。在《人民日報》的報導中，李亞群的看法被視為大家所認同的正當的批判，這天《人民日報》只刊登了徐遲和宋壘的兩篇文章，在座談會上作出發言的何其芳等人的文章卻沒有見報。

徐遲在發言中表現出了「反對清一色」的看法，指出「我們的詩歌的形式是豐富多采的。我們有古典詩歌，至今仍有生命力。我們有群眾創作的大躍進民歌，還有各種新詩、自由詩。路不應該越走越狹窄。我們的詩歌的道路應該越建設越寬闊。希望座談詩歌的發展問題之後，不至於因為殺傷很大，

〔註52〕臧克家，民歌與新詩〔N〕，人民日報，1959-1-13。
〔註53〕會上參與者有何其芳、丁力、沙鷗、李廣田、邵荃麟、宋壘、徐遲、賀敬之、郭小川、蕭三等人，何其芳、丁力、蕭三等作了發言，徐遲和宋壘寫書面意見，參與了座談會。

只剩下一種形式。」〔註54〕他對於「用民歌統一新詩」的潮流表示了真誠的憂慮，但是，他的觀點還是未能突破「新詩人應向民歌學習」「應具有勞動人民的思想感情」的前提。

宋壘可以說是最為極端擁護「新民歌」的評論者，會上，還是堅持主張「新民歌是主流」。他認為「五四以來自由詩是主流，它能夠表現當時的時代精神，在我國古代，唐詩、宋詞、元曲……在一定時代也有著處於支配地位的一定的形式。而現在，則新民歌是主流，在詩體上，民歌體是主流了。這並不是簡單地按形式來分，而是因為民歌體最能體現現在的時代精神。」〔註55〕他將五四以來新詩看成為一種過去時代的遺產，從而否定了五四新詩的傳統。

這樣，從 1958 年夏季開始展開的「詩歌發展道路」的爭論，到 1959 年初也沒有結束，形成了相當激烈的論爭。1959 年 1 月，爭論的規模變為廣泛，除了《人民日報》以外，《詩刊》、《星星》、《文藝報》、《人民文學》、《蜜蜂》、《火花》、《紅岩》、《萌芽》等很多文學刊物都參與到了這場爭論，《詩刊》編輯部對這場爭論的評論文章進行收集和整理，編出了詩論集《新詩歌的發展問題》〔註56〕。《人民日報》召開這兩次詩歌座談會之後，對這場爭論開始進行「總結性」的措施。2 月以後，《人民日報》陸續刊出了郭沫若和茅盾、邵荃麟等文藝界領導人的文章，對前兩次詩歌座談會作出了總結性的闡述。2 月 13 日，《人民日報》把《詩刊》1959 年 1 月號所刊載的《郭沫若同志就當前詩歌中的主要問題答本社問》一文轉載，郭沫若在這篇文章中，對於「新民歌是否當前詩歌運動的主流？」、「新民歌有無局限性？」、「中國新詩在什麼基礎上發展？」、「怎樣估計五四以來的新詩？」等這場爭論的四個重要焦點，作出了結論性的闡述。首先，郭沫若提出「詩歌的形式也可能會發生變化。所以不要偏重在固定的形式上談問題」的觀點。他不斷地強調問題的核心是「精神」，指的是「新民歌的精神和氣概」：「新民歌都是從生產和勞動實踐出發的，它表現了勞動人民的革命樂觀主義和共產主義風格，這種精神

〔註54〕 徐遲，民歌體是一種基本的形式　但不要排斥其他形式〔N〕，人民日報，
　　　　　1959-1-21。

〔註55〕 宋壘，新民歌是主流，詩歌的發展應當以民歌體為主要基礎〔N〕，人民日報，
　　　　　1959-1-21。

〔註56〕 1959 年 1 月由作家出版社出版。這本詩論集收周揚《新民歌開拓了詩歌的新
　　　　　道路》、雁翼《對詩歌下放的一點看法》、何其芳《關於新詩的「百花齊放」
　　　　　問題》、歐外鷗《也談詩風問題》等文 57 篇。

和氣概，應該說是新民歌的核心。它不僅是今天的主流，同時也是今後的主流。」其次，關於新民歌的局限性，郭沫若提出「新民歌有局限性」就是「它的好處」的說法，指出「作者能在局限中表現得恰到好處，妙就妙在這裡。」再次，關於中國新詩的發展基礎，郭沫若強調「不應該從形式上去追求，而應該從勞動實踐上，從知識分子和工農大眾打成一片上去闡發。」最後，對於新詩的估計問題，提出「應該肯定它的成績」同時，堅決主張「五四以來新詩人應該改學習新民歌」。總之，關於這四個重要問題上，郭沫若的闡述都偏重於高度肯定新民歌的思想藝術的價值，否定五四以來新詩的藝術價值的觀點。在形式方面，他肯定了新詩，不過，他堅持「五四以來的新詩形式注入今天的內容」〔註57〕的主張，又忽略了五四以來新詩的精神。

2月24日，《人民日報》所刊出的茅盾的文章也大體如此，文章基本上贊同郭沫若的觀點，茅盾簡單地概括了這場爭論的結論：「詩人們都認爲，在古典詩歌和民歌的基礎上發展新詩，這個方向是正確的。但是又發生了對新民歌估價的問題和格律詩與自由詩孰爲「主流」的問題。對於前一問題，在批評了不正確的議論以後，認識是趨於一致了。……總之，經過辯論以後，對新民歌估價的偏高偏低的毛病，得到了糾正，而且大家一致認爲：必須向新民歌學習。」〔註58〕茅盾和郭沫若作爲文藝界領導人的身份發表這種總結性的文章，實際上，這是他們代表權威機構作出一種意識形態的闡述，其權威性是不可置疑的。《人民日報》發表這兩文章對這場詩歌發展道路的討論，作出了總結性的措施，這可以說是50年代對文學藝術實施控制和規範的重要方式。此後，雖然也出現了與這些權威觀點所不同的意見〔註59〕，但是，在當時的社會背景下，這種「不諧音」的聲音總是微弱的，而且很快被淹沒在主導的潮流之中。

在政治權力的操作之下，大躍進運動中出現的「新民歌」已經得到了過高的評價和地位，由於受到當時政治形勢和社會潮流的影響，「詩歌發展道路」的爭論始終圍於政治權威的闡述，很多觀點都受到了很大的思想限制。正是由於這些種種限制，這場爭論，雖然以「詩歌發展道路的討論」爲名義召開，

〔註57〕 郭沫若，當前詩歌中的主要問題〔N〕，人民日報，1959-2-13。
〔註58〕 茅盾，漫談文學的民族形式〔N〕，人民日報，1959-2-24。
〔註59〕 比如，趙玉在1959年3月10日的《人民日報》上發表了《專業和餘業兩條腿走路》一文，提出了「今後的趨勢是專業詩人的創作逐步被餘業作者所代替，那就太偏了，不對了。我們不必爲了要重視工農群眾的創作，就一定要把專業作者的作用加以貶低。」的意見。

但討論卻一直圍繞著「民歌與新詩」的兩種詩歌形式的問題，並沒有進入到真正為詩歌發展道路的關鍵問題，也沒有探討大躍進新民歌運動對當時的詩歌發展所引起的重要影響，即詩人思想的主體意識問題，詩歌藝術的創造性問題等等，實際上，對五四以來的新詩以及五四新文化運動中形成的精神傳統的否定，是堅持實行對知識分子的改造政策的必然結果。在這種政治思想的巨大潮流之中，詩人總是很微弱的存在。大多數自從五四時期走過來的詩人自己也拋棄了五四以來新詩幾十年建立的傳統，中國詩歌因此未能走向現代化的廣闊的「發展道路」，相反卻走向更為狹窄的「規範化」、「一體化」之路。從這一意義上說，大躍進新民歌運動在政治權威的推動下借助極端的「文藝大眾化」方法，徹底地實現了中國詩歌的「一體化」，同時也為此後 20 年新詩走向更為極端的「一體化」做好了預備。

結　語

　　本書旨在立足於從 1949 年到 1959 年，新中國初期十年間《人民日報》文藝副刊所發表的詩歌展開論題，客觀分析《人民日報》文藝副刊與新中國初期詩歌創作之間的影響關係，並且，通過《人民日報》文藝副刊，重新探討剛剛進入到「當代」這一新環境裏的中國新詩，在政治體制的框架中逐漸演化為規範的體制文學，並為當代詩歌奠基的歷史過程。

　　在中國新詩的發展過程中，1949 年 10 月新中國成立是一個非常重要的歷史大事件，從此，中國新詩進入了一個特殊的生存環境。在這特殊的環境裏，詩歌的成長和政治的發展方向密切地聯繫在一起，詩歌不斷被要求直接地配合政治的需要，詩歌的發展，實際在很大程度上受到了政治因素的影響。進入當代以後的詩歌是經過詩人艱苦的「思想改造」的產物，詩歌都經歷了思想感情和藝術觀念上的轉變。長期強調「階級鬥爭」，使得詩人有意識地隱藏自我，流出符合政治意識形態的統一的情感。到 50 年代以後，純粹的個人抒情詩歌基本上已經不存在了，詩歌發展上的問題都與政治情況密切聯繫在一起。這就是整個 50 年代詩歌的最大特點。既然如此，關於 50 年代中國新詩的研究，《人民日報》文藝副刊就是一個非常好的文本材料。

　　作為中共中央機關報的《人民日報》，是一份對中國當代文學產生最大影響的非文學報紙，《人民日報》文藝副刊與當時的文學發展之間形成了緊密關係，它對於這時期中國新詩的發展也起到了巨大的作用。特別是在新中國初期的一段時間裏，它一直在文學傳播、宣傳文藝政策、推行文學運動、指導文學創作等方面扮演著非常重要的角色。再說，《人民日報》是傳達國家的主導意識形態的重要宣傳機制，它的文藝副刊可以說是國家實現對文學發展的

領導的重要工具。《人民日報》和它的副刊，用它特有的權威的闡述，建構一種完全符合現實政治需要的輿論導向，使得文學走向配合黨和政府的方向，從而，加強了對文學的管理和監督，實現了一種文學與主流意識形態的統一。

與此同時，《人民日報》文藝副刊，在新中國成立以後很長一段時期內成了非常重要的文學陣地，承擔著文學生產和傳播的作用，刊登了許多文學創作和評論作品。作為中共中央機關報的《人民日報》，開闢文藝副刊，還刊登了大量的詩歌作品，這可以說是一種新中國初期文學的特殊現象，它呈現出了中國當代文學與政治之間的特殊關係。

本書中，筆者在經過對於新中國初期十年間《人民日報》和它的文藝副刊所發表的大量的文獻資料的閱讀和分析的基礎上，初步論述了《人民日報》文藝副刊的基本特點，各時期《人民日報》文藝副刊的中心主題和當時的重要詩歌現象，並以典型的作品為例，揭示了各時期《人民日報》文藝副刊和當時的詩歌創作之間的影響關係及其主要特徵。

1949 年 10 月，新中國成立以後，中國新詩所面臨的第一任務是「歌頌」。「歌頌國家」，「歌頌新時代」是在 1949 年以後歷史發展過程中時代對詩歌的要求，新中國的誕生激勵和鼓勵著文學工作者，「頌歌」成為他們一致的選擇，而且不能有另外的選擇。頌歌在新中國初期新詩創作中佔有了特殊的地位，還極大程度地影響了中國新詩在當代的發展。在新中國成立初期一年內，《人民日報》文藝副刊刊登了大量的頌歌，這些頌歌可以分成為兩個主題，首先是以《新華頌》和《時間開始了》為代表的「開國頌歌」，這些「開國頌歌」塑造出了配合政治意識形態的國家形象，其所涵蓋的主要思想內容本身就是國家的政治理念。另一個是歌頌「工農兵」新生活的「生活的讚歌」。《人民日報》文藝副刊所刊出的這兩種主題的「頌歌」具有著其獨特的特點，這些特點主要在於「公式化」和「兩面性」以及「時事性」。

1950 年 6 月，韓國戰爭爆發後，中國共產黨作出了「抗美援朝，保家衛國」的決策，在國內開展了一場全國範圍的群眾運動——「抗美援朝運動」。當時，「抗美援朝」運動要求文學界的積極參與，在 1950 年下半年至 1953 年之間，「抗美援朝」成為了文學創作的最重要的主題。這時期，《人民日報》實際上完全投入了「抗美援朝」的宣傳，文藝副刊也刊登了很多的「抗美援朝」主題的詩歌。重要的是，在抗美援朝運動的熱潮中，整個中國文學界處於廣泛被動員的局面。「抗美援朝」詩歌寫作在詩歌的主題和題材的處理上，

都經過了文學機構內部的反覆討論，思想上的一致是詩歌創作的基礎。創作「抗美援朝」詩歌的行爲本身成爲了詩人的政治任務，詩歌創作已經形成了一種圍繞指定的中心主題開展的反覆和集中的「詩歌生產活動」。實際上，這時期「抗美援朝」詩歌創作，爲此後在「反右鬥爭」和「新民歌運動」時期所出現的特定主題詩歌的集中生產方式，奠定了基礎。

1956 年，在「雙百方針」的鼓勵之下，《人民日報》進行了全面的改版。從 1956 年 7 月到 1957 年的上半年《人民日報》文藝副刊成爲了「鳴放的陣地」，刊登了一批突出「百花文學」精神的評論和詩歌作品。這時期，中國文學界非常關注 50 年代以來文學政策所帶有的「教條主義」傾向，並關注「獨立思考」和「自由討論」的必要性。這時，進入當代以後，中國文學界對當時的這種文學現狀問題第一次進行了反思和批評。很多作家和評論家都大膽地發出了自己的意見。不過，這種反思的努力很快遭遇了嚴重的挫折。1957 年，在文藝界「反右」鬥爭中，《人民日報》和它的副刊發揮著特有的權威性，積極推動了文藝界的批判運動。在很多情況下，它所發表的社論和批判文章成爲了批判的「發動點」，造成了嚴重的消極影響。

1958 年，在新民歌運動中，《人民日報》文藝副刊所發表的詩歌的數量達到了高峰，從 1958 年到 1959 年，這兩年的時間裏一共刊登了約 1200 多首的詩歌。這時期，《人民日報》和它的文藝副刊非常重視大躍進「新民歌運動」，直接參與了這場運動的推動和發展的全過程。並且，1959 年 1 月，《人民日報》文藝副刊召開了「詩歌發展道路問題」的座談會，刊登了不少有關的評論文章，參與到當時的新詩發展道路問題的論爭。不過，這場座談會始終囿於政治權威的闡述，很多觀點都受到了很大的思想限制。討論並沒有進入到眞正爲詩歌發展道路的關鍵問題，很多詩人自己也放棄了五四以來中國新詩的傳統，中國新詩因此未能走向現代化的廣闊的「發展道路」，相反卻走向更爲狹窄的「規範化」、「一體化」之路。

總的來看，新中國成立初期，詩歌的成長和政治發展方向之間的密切聯繫，在這時期《人民日報》文藝副刊上得到了集中的體現。《人民日報》文藝副刊的詩歌生產和傳播的模式，不僅展示了新中國初期主流意識形態對當時的詩歌創作實現領導和控制的過程，而且呈現出了進入「當代」以後中國新詩逐漸走向了一條「規範化」、「一體化」的發展道路。它所發表的社論和評論，以及詩歌作品在思想主題、生產方式、敘述模式、語言形式乃至作家隊

伍的構成等方面都呈現出了一種「文學與主流意識形態的統一」狀態，而且其具體的宣傳模式、運動的操作方式、思想的脈絡，奠定了此後「文革」時期文學的格局。

只得關注的是，作爲「黨報」的《人民日報》直接介入到了這種文學的「規範化」和「一體化」的過程，並產生了極大的影響。《人民日報》文藝副刊與黨的文藝政策緊密結合，很大程度上限制了新中國初期文學的敘述空間，特別是對於建設一個健康合理的批評機制方面，產生了嚴重的消極作用。新中國初期，文學的「體制化」帶來了文學刊物的「等級化」，當時的各種文學刊物互相未能形成一個獨立的關係。因此，在這種情況下，重要「黨報」和「黨刊」的「權威性」和「影響力」得到了極大的強化，它們所發出的聲音，很快形成爲唯一的主流，逐漸掩蓋了整個文學界，一些小數的不同的聲音，迅速地被淹沒在這種主流之中。

從這個意義上說，至少還有以下三個問題值得繼續討論和研究。

第一，在文學的生產和傳播方面，《人民日報》、《文藝報》、《人民文學》、《詩刊》等「黨報黨刊」的優勢，對新中國文學創作帶來的負面作用。新中國成立以後，「黨報黨刊」在文學的生產和傳播方面，佔有主導的地位，呈現出統一的主流意識形態，民間刊物和同人刊物完全失去了生存的空間。因而，在很大程度上，限制了獨立思考、自由批評、創作個性和創造精神的發展。早在1956年「雙百方針」的相對寬鬆的環境下，馮雪峰和流沙河等作家對創辦同人刊物作出過努力，但都很快被「反右」的浪潮淹沒了。當時，要創辦「同人刊物」的試圖被認爲是一種「分裂文藝界」的行爲，當時《人民日報》專門發表一篇社論，爲此進行了批判：「他們卻要通過所謂「同人刊物」卻準備以退出作家協會的辦法來向黨發動突然的進攻，這就顯然不是正常的行爲，而是別有用心的陰謀」，「宣傳反黨的文藝思想和文藝路線，並且以刊物爲資本，積蓄力量，作爲進行反黨活動的基地。」〔註60〕

第二，《人民日報》文藝副刊與同時代其他文學報刊之間的影響關係。爲了進一步地探析《人民日報》文藝副刊和當時的文學發展之間的關係，也得瞭解它對於其他文學報刊的影響關係。可惜，在本書中，關於這個問題的闡述未能得到進一步的展開。

第三，本書主要探討《人民日報》文藝副刊與中國新詩之間的關係，這

〔註60〕爲保衛社會主義文藝路線而鬥爭〔N〕，人民日報，1957-9-1。

與筆者個人的情趣有關，也有資料和時間的問題。不過，《人民日報》文藝副刊除了詩歌意外，確實還刊出了不少散文、雜文、小說等文學作品，對於這些其他文學領域的問題，筆者還得繼續關注和研究。

當然，《人民日報》文藝副刊與當代文學之間的關係中還有很多問題值得探討和繼續研究，希望本書爲這個課題的研究更加深入地發展，能提供一縷的思路，一個新的角度。

參考文獻

《人民日報》（1949 年～1959 年）

《文藝報》（1949 年～1959 年）

《人民文學》（1949 年～1959 年）

《詩刊》（1957 年 1959 年）

1. 程光煒，中國當代詩歌史〔M〕，中國人民大學出版社，2003。
2. 蔡其矯，濤聲集（後記）〔M〕，上海：新文藝出版社，1957。
3. 陳思和，中國當代文學史教程〔M〕，上海：復旦大學出版社，2008。
4. 當代中國叢書編輯委員會，當代中國新聞事業〔M〕，當代中國出版社，1997。
5. 當代中國研究所，中華人民共和國史編年（1950 年卷）〔M〕，當代中國出版社，2006。
6. 丁淦林，中國新聞事業史〔M〕，北京：高等教育出版社，2007，274。
7. 鄧拓，鄧拓文集：集〔C〕，北京：北京出版社，1986。
8. 傅國湧，1949 年：中國知識分子的私人紀錄〔M〕，武漢：長江文藝出版社，2005。
9. 共和國走過的路——建國以來重要文獻選編（1953～1956）〔M〕，北京：中央文獻出版社，1991。
10. 洪子誠，劉登翰，中國當代新詩史〔M〕，北京：北京大學出版社，2005。
11. 洪子誠，劉登翰，中國當代新詩史〔M〕，北京：人民文學出版社，1993。
12. 洪子城，中國當代文學史〔M〕，北京：北京大學出版社，2008。
13. 洪子誠，當代中國文學的藝術問題〔M〕，北京：北京大學出版社，2010。

14. 洪子誠，問題與方法〔M〕，北京：北京大學出版社，2010。

15. 胡風，胡風全集：第 10 卷〔C〕，武漢：湖北人民出版社，1999。

16. 胡風，牛漢，綠原，胡風詩全編〔M〕，杭州：浙江文藝出版社，1992。

17. 胡風，爲了朝鮮，爲了人類（後記）〔M〕，北京：人民文學出版社，1953。

18. 賀桂梅，轉折的時代——40~50 年代作家研究〔M〕，濟南：山東教育出版社，2003。

19. 胡績偉，胡績偉自選集：第三卷〔C〕，北京：人民日報社，2002。

20. 軍事科學院軍事歷史研究部，抗美援朝戰爭史（第 1 卷）〔M〕，北京：軍事科學出版社，2000。

21. 姜延玉，解讀抗美援朝戰爭〔M〕，北京：解放軍出版社，2010。

22. 李揚，中國當代文學思潮史〔M〕，上海：上海社會科學院出版社，2005。

23. 李新宇，「早春天氣」裏的突圍之夢——五十年代中國文學的知識分子話語〔A〕，賀雄飛，思想的時代：《黃河》憶舊文選〔C〕，長春：吉林文史出版社，2000。

24. 李怡，現代性：批判的批判——中國現代文學研究的核心問題〔M〕，北京：人民文學出版社，2006。

25. 李莊，我在人民日報四十年〔M〕，北京：人民日報出版社，1990。

26. 李澤厚，中國現代思想史論〔M〕，北京：三聯書店，2008。

27. 劉福春，中國新詩書刊總目〔M〕，北京：作家出版社，2006。

28. 劉中海，鄭惠，程中原，回憶胡喬木〔M〕，北京：當代中國出版社，1994。

29. 駱寒超，二十世紀新詩綜論〔M〕，北京：人民大學出版社，2009。

30. 毛澤東，中共中央關於請示報告制度的決定（1948 年 8 月 8 日）〔A〕，毛澤東新聞工作文選〔C〕，北京：新華出版社，1983。

31. 毛澤東，關於紅樓夢研究問題的信〔A〕，毛澤東選集：第 5 集〔C〕，北京：人民出版社，1977

32. 毛澤東，在成都會議上的講話提綱：建國以來毛澤東文稿（7）〔M〕，北京：中央文獻出版社，1992。

33. 莫里斯梅斯納，毛澤東的中國及其發展——中華人民共和國史〔M〕，社會科學文獻出版社，1992。

34. 牛漢，鄧九平，六月雪——記憶中的反右派運動〔M〕，北京：經濟日報出版社，1998。

35. 人民日報報史編輯組，人民日報回憶錄（1948～1988）〔M〕，北京：人民日報出版社，1988。

36. 宋連生，總路線、大躍進、人民公社化運動始末〔M〕，昆明：雲南人民出版社，2002。

37. 孫郁培，新聞學新論〔M〕，北京：當代中國出版社，1994。

38. 天鷹，1958 年中國民歌運動〔M〕，上海：上海文藝出版社，1959。

39. 王本朝，中國當代文學制度研究〔M〕，北京：新星出版社，2007

40. 吳尚華，中國當代詩歌藝術轉型論〔M〕，合肥：安徽教育出版社，2004。

41. 吳秀明，中國當代文學史寫真〔M〕，北京：北京大學出版社，2010。

42. 吳延俊，中國新聞史新修〔M〕，上海：復旦大學出版社，2008。

43. 謝冕，浪漫星云：中國當代詩歌札記〔M〕，廣州：廣東人民出版社，1999。

44. 楊奎松，中華人民共和國建國史研究 1～2〔M〕，南昌：江西人民出版社，2009。

45. 袁鷹，風雲側記──我在人民日報副刊的歲月〔M〕，北京：中國檔案出版社，2006。

46. 臧克家，臧克家回憶錄〔M〕，北京：中國工人出版社，2004。

47. 張濤，中華人民共和國新聞史〔M〕，北京：經濟日報出版社，1996。

48. 張文剛，簡論未央的詩歌〔J〕，湖南文理學院學報，2003，28（6）。

49. 朱正，1957 年的夏季：從百家爭鳴到兩家爭鳴〔M〕，鄭州：河南人民出版社，1998。

50. 朱寨，中國當代文學思潮史〔M〕，北京：人民文學出版社，1987。

51. 周恩來年譜（1949～1976）（上），北京：中央文獻出版社，1997，

52. 周揚，新的人民的文藝〔A〕，周揚文集：第一卷〔C〕，北京：人民文學出版社，1984。

53. 中宣部關於城市黨報方針的指示〔A〕，中國共產黨新聞工作文件彙編：上卷〔C〕，新華出版社，1980。

54. 卞之琳，難忘的塵緣〔J〕，新文學史料，1991，（4）。

55. 常彬，抗美援朝文學敘事中的政治與人性〔J〕，文學評論，2007，（2）。

56. 段從學，論穆旦 50 年代詩歌創作〔J〕，涪陵師範學院學報，2002，18，（2）。

57. 侯松濤，韓國戰爭的爆發與新中國抗美援朝的決策〔J〕，北京科技大學學報，2008，24（2）。

58. 金素賢，中國現代詩歌中的韓國戰爭〔J〕，中國語文研究叢，2009，41，（韓國）

59. 李新宇，1958：「文藝大躍進」的戰略〔J〕，文藝理論研究，2005，（5）。

60. 劉福春，中國新詩檔案，1950〔J〕，現代中國文化與文學，2005，（2）。

61. 林偉京，《人民日報》與抗美援朝戰爭中的政治動員〔J〕，江西師範大學學報，2007，40（3）。

62. 錢江，戰火中誕生的《人民日報》〔J〕，黨史博覽，2003，（2）。

63. 錢江，《人民日報》1956 年的改版〔J〕，新聞研究資料，1988，（3）。

64. 邵燕祥，獻給歷史的情歌（後記）〔J〕，讀書，1980，（4）。

65. 孫丹，論抗美援朝戰爭的國內宣傳工作〔J〕，當代中國史研究，2009，16（4）。

66. 王麗麗、程光煒，論 1949 年前後中國新詩的變動〔J〕，淮北煤師院學報，1999，（3）。

67. 王光明，論中國當代詩歌觀念的轉變〔J〕，廣東社會科學，2004，（1）。

68. 王曉梅，1956 年《人民日報》的改版過程〔J〕，新聞大學，2007，（4）。

69. 謝冕，為了一個夢想（中國新詩 1949～1959）〔J〕，文藝爭鳴，2008，（8）。

70. 葉遙，袁水拍和《人民文藝》〔J〕，百年潮，2000，（5）。

71. 葉遙，懷念袁水拍〔J〕，新文學史料，2002，（3）。

72. 葉遙，袁水拍的政治諷刺詩〔J〕，百年潮，2000，（7）。

73. 詹愛華，黨報副刊的黨性及指導性〔J〕，新聞窗，2000，（4）。

74. 張文剛，簡論未央的詩歌〔J〕，湖南文理學院學報，2003，28（6）。

75. 張帆，鄧拓在《人民日報》的沉浮歲月〔J〕，世紀行，2000，（5）。

76. 周曉風，新中國文藝政策與中國當代文學〔J〕，西南民族學院學報，2003。

77. 成謹濟，1950 年毛澤東的革命浪漫主義文藝論的形成和變異過程研究〔D〕，韓國首爾：延世大學，2002。

78. 韓曉芹，延安《解放日報》副刊與現代文學的轉型〔D〕，吉林：東北師範大學，2009。

79. 侯松濤，抗美援朝運動中的社會動員〔D〕，北京：中共中央黨校，2006。

80. 金慈恩，大躍進民歌研究〔D〕，北京：首都師範大學，2008。

81. 連敏，《詩刊》（1957～1964）研究〔D〕，北京：首都師範大學，2007。

82. 馬研，《人民日報》、《文藝報》對中國當代文學的影響〔D〕，吉林：吉林大學，2010。

83. 王曉梅，1956 年《人民日報》改版探源〔D〕，上海：復旦大學，2005。

84. 楊立新，「左」傾錯誤時期的人民日報〔D〕，北京：人民大學新聞學系，2005。